U0916475

Death of a Spy
间谍之死

[美] 丹·马里兰 著

彭娟 毛竞 吴晓菲 王一晴 译

天津出版传媒集团
天津人民出版社

谁人忘却这伤害，捐躯者永不瞑目，佛兰德斯，罂粟盛开。

——源自约翰·麦克雷中校《佛兰德斯》一诗

目　录

第一部分

1

——格鲁吉亚，第比利斯——

坐落在古老而迷人的第比利斯的达希精品酒店，里面最年长的女佣一手按摩着后背胀疼的脊柱关节，一手别过挡住眼睛的头发，看着清洁单叹了口气。

405 房，劳伦斯·普伦提斯·布兰

在她看来，世界上的男人分为两种：一种是即使没有收到任何暗示也会调戏清扫客房的年近六旬寡妇的，一种是不会这么做的。而布兰先生，恐怕属于前者。

她推着清洗车站在 405 房门口，听着房里传来的电视声，又叹了口气。

一周前，布兰先生在达希酒店住过一晚。她来清理房间时，他刚好也在房里。她仍然记得，当她弯腰去捡垃圾桶旁的两个空酒瓶时，他的目光一直在自己身上游走。要是在十年前，她或许会觉得受宠若惊；但现在，这只会让她觉得这个男人的欲望不过是极其恼人的进化特征。

现在是下午一点，只剩这间房没有打扫了。想到这，她硬着头皮敲了三下门，心想：上次他没有什么实质性的动作，这次应该也不会把自己怎样吧。

“客房服务。”她用口音浓重的英语喊道。

等待回应的时候，她瞥了眼清洗车，确认带了两罐空气清新剂。尽管酒店全面禁烟，但上次布兰先生房里还是有些烟味。她不得不多用了一罐才将味道消除。

无人应答，她又迅速敲了两下门。电子房卡就挂在围裙上，她等了一会，见还是没人开门，便将房卡插了进去。

“客房服务。”门开时她又一次说道。

进房后她首先注意到的不是房间的烟味，而是……那是什么味道?

片刻后，她就看到了布兰先生。她吓得朝后打了个趔趄。但她还算冷静，至少在发现的那一刻，尽管心跳加快，她也没叫出声。她打扫客房有二十个年头了，这也不是第一次发现客人神志不清的醉倒在地板上。

他像个胎儿似的蜷缩在那里，脸背着她。她希望在他醒来后，能自觉把周围瓷砖上的那涡尿清理干净。她闻到的就是这个味儿，真恶心。布兰先生快八十了吧，他这个年纪的男人应该知道怎么做。

她一边皱着眉摇摇头，一边走近他想看个究竟。近距离地站在他身边，她也没有尖叫，即使她明显感觉布兰先生很奇怪：他身体一动不动，左手泛紫，头也被扭曲到一个很不自然的角度。尽管服务员在客房中发现房客尸体的事情很罕见，可也并非完全没有，对此她也有心理准备。

她紧握着挂在脖子上的银色小十字架，绕着布兰先生走了一圈，终于看到了他的脸。

布兰先生面如死灰，眼睛瞪得大大的，十分恐怖。这本就够可怕了，可更可怕的是他的嘴——嘴唇拼命地往后咧着，龇着森森的黄牙，牙关紧咬，仿佛是把一声痛苦的叫喊憋了回去——这样的场景可能会让她未来几年都噩梦连连。她终于尖叫了起来。

2

——吉尔吉斯斯坦，比什凯克——

当拉里·布兰的尸体在第比利斯中央医院接受法医检查时，他曾经的上司——美国中情局驻比什凯克分局的前局长——马克·萨瓦正想着为什么这些年他在国外住过的房子都有外挂式阳台。

这并非巧合。马克在前苏联解体后各自为政的国家工作，而阳台在这些国家很普遍。马克自己也很喜欢阳台，他觉得夕阳西下时坐在阳台上品一壶酒或在温暖宜人的日子里在阳台上睡一觉都是很惬意的事。

马克像抱足球一样抱着他刚出生十天的女儿，轻轻地摇晃着。他回想起刚辞去中情局的工作后在阿塞拜疆首都巴库教授国际关系课程时住过的高层公寓。那套房子的阳台是他最喜欢的，那儿可以俯瞰全城，视野极好。

他也不是什么阳台都喜欢，其中最不喜欢的当属塔吉克斯坦首都杜尚别的那个。那是个全封闭式的阳台，只有浴缸那么大，没有栏杆，墙壁上全是弹孔。从那上面看下去能看到一个十分破旧却很热闹的公厕。不过那都是二十年前的事了，当时他还在中情局的特别行动科干着准军事工作。

他之所以会想起那些阳台，是因为他在将它们和现在他所在的阳台做比较。刚搬进来时，他觉得这儿糟糕透了：栏杆上锈迹斑斑，地板也开裂了，空间狭小得连张桌子都放不下。但他们将阳台改造了一下。他妻子重新铺了一层从伊朗进口的瓷砖，瓷砖上是手绘的菊花图案。他自己则将栏杆刷了一层黑漆，并在四周摆放了一些番茄盆栽。

现在，绿油油的番茄藤令他心旷神怡，一如六月温润的天气和他怀中的女儿带给他的感觉。但他还是觉得这个阳台太小了，而且太临街。他想着自己现在既为人夫，也为人父，事业蒸蒸日上，应该是生平最快乐富足的时光了，或许是时候换一个与自己现在的地位更相符的阳台了。

他看着那些番茄，想起那时自己就是因为它们才留下的。他俯身用手指沾了沾花盆里的土，发现都干了。他动作很轻，生怕吵醒了女儿。温度渐渐上来了，天气也变得愈发干燥。他便去厨房拿喷壶想给它们浇点儿水。

他到厨房后看到妻子也在，顿时打起了精神。“我都不知道你起来了。”马克说。

“才起来，我们的宝贝儿怎么样了？”妻子达莉亚问。他俩才结婚半年。

“六点前就没消停过，不过后来一直在睡。”

亲吻过后，马克给自己倒了杯咖啡，坐到餐桌旁。他早晨四点就起来照顾女儿莱拉了，现在脑子晕晕乎乎的。他看了电视选秀节目中一组俄罗斯杂技演员的表演，莱拉则躺在他腿上不停地打嗝，到天快亮时才好不容易睡着。她睡着后，马克吃了剩下的中餐，喝了杯很浓的土耳其咖啡，就算是早餐了。现在已经八点了，他感到有些疲乏，但并没觉得特别累，可能是喝了咖啡的缘故。

莱拉忽然哭了起来，“嘘……”马克赶紧不停地摇晃着哄她。

“会不会是尿了？”

马克抬起莱拉闻了闻，“有可能，可我在她睡觉前才换的尿布啊。”

“那可能是饿了。来，给我。”

达莉亚解开自己的睡袍，掀起里面的内衣接过莱拉，不过莱拉好像对这次交接行动不太满意，吃奶时还紧握双拳以示抗议。达莉亚一边抱着女儿，一边去拿餐桌上的手机。

“看来的确是饿了。”马克说。

莱拉和她母亲一样，有着一头深棕色的秀发。马克希望她的头发能一直保持那样，因为那很有可能说明莱拉遗传妈妈多一些。达莉亚颧骨很高，手指纤细，笑起来活泼可爱，马克希望达莉亚的这些优点都能被莱拉继承。

“小饿鬼。”达莉亚附和马克道。

“不愧是我的女儿。”

莱拉吃得太快，以至于没过一会儿就开始打嗝吐奶了。

“慢点儿。”达莉亚放下手机，轻抚着她的头发。可当莱拉好点儿后，她又拿起手机不停按着。

“你在给谁发短信呢？”马克问道。

“娜吉拉。”

“哦。”

达莉亚曾经也在中情局工作，离职后自己办了一个救助中亚地区孤儿的公益组织。娜吉拉是个柯尔克孜族姑娘，有过管理孤儿院的经历，是达莉亚的副手，也是私下的朋友。

“没什么事儿吧？”马克边问边俯身去看莱拉，让莱拉握住他的无名指。“嘿，你这个小饿鬼。”他逗她说。

“目前一切顺利，不过我下周要抽空去见见那些捐助人。娜吉拉一会儿可能要过来看看莱拉，她问我们待会儿想不想一起吃午饭。”

“要不你俩去吧，我在家带莱拉。”

一直以来达莉亚因为生活太不安定而没有结交什么朋友，所以当马克听说她要和朋友一起出去吃饭后感到很欣慰。

“莱拉和我们一起去没关系的。”

达莉亚说话时习惯把舌头紧紧抵住牙齿，听起来有种异国贵族口音。这缘于她工作中大部分时间都说柯尔克孜语或其他突厥语系的语言。况且她从小被一对富有的外交官夫妇收养，谈吐间自然会流露出一些贵族气息。

“去不去都行，”马克说，“对了，我在想一旦她会走路了——孩子什么时候会走路啊？”

“这得看情况，估计得到一岁左右吧。”

“嗯，我在想到她会走路的时候我们是不是换个大点的房子，”马克抿了一口咖啡说道，“我不是说现在，大概半年以后怎样？”

马克说话的时候，眼睛一直盯着乱糟糟的客厅。一年前他们夫妇俩刚搬到这里时，没想要怎么装修。马克总觉得这不过是个临时落脚点，住下后再慢慢想去哪儿定居。可后来他们各自都忙得不可开交，根本顾不上规划以后的生活。但在这儿住了半年以后，他们的东西越来越多，有不少是婴儿用品。达莉亚的养父母从弗吉尼亚给她寄了婴儿床、摇椅、凳子、推车、背带、尿不湿收纳袋、安全座椅、护理枕等。很多时候他们原本只是去当地的集市买袋四十斤的米，或是新鲜蔬菜，可往往最后会额外买回来一堆家具，像放在餐桌上的铜制烛台、客厅里的中式长椅和铺在卧室中的当地纯手工编织的毯子之类的。渐渐地，这个地方被布置得有了家的感觉，超出了马克的预期。

“什么？在比什凯克另找一处？”达莉亚问道。

“呃，我们不是非得待在比什凯克吧？可以看看别的地方。”

比什凯克地处中亚中心，四面环山。马克并不讨厌这儿，就是觉得这儿的冬天太冷太长。刚过去的这个冬天，路边一直积着烂泥，直到三月末才消散；城里的杨树几星期前才发芽，而如今都已经六月了。

马克朝阳台看去，天空蓝得沁人心脾。厨房里混杂着咖啡、婴儿奶香、青草、泥土和柴火的味道。这么看来比什凯克没有那么糟，可他也从没想过要在这儿度过余生，要是能去别的地方住，那也可能是——

“阿拉木图怎么样？”达莉亚忽然冒出来一句，打断了马克的思绪。阿拉木图在比什凯克的东北面，距离这儿将近 200 公里，比这儿大得多也繁华得多，是哈萨克斯坦最大的城市。“反正我现在每隔一周就要过去一趟。”

“嗯，那儿倒是可以。”阿拉木图并不是马克理想中的城市，但至少是个实际的选择。

“那儿的医疗条件更好。”

“没错。”

幸运的是莱拉的出生很顺利，也没有什么并发症，这部分得归功于达莉亚选择了顺产。因为她了解到那个剖腹产的麻醉师成日酒气缠身，还老是重复使用针头。这样看来，选择住所时也需要好好考虑一下当地的医疗条件。

“不过我还是觉得比什凯克挺好的。”达莉亚顿了顿又接着说，“我现在挺喜欢这儿的，虽然刚开始我也觉得不会在此久留，可……”

“下周找个时间我选一些地方，列个单子，比较比较。我现在去给番茄浇浇水。”

马克从水槽底下捞出喷壶，灌满水后回阳台去了。

马克穿着一件短袖衬衫，右腋还破了个洞。炭黑色的涤纶混纺的宽松裤子上有几处奶渍。他已经两天没刮胡子了。

给植物浇水时，马克回想起妻子生产时自己紧张的样子。当时他也在产房，亲眼看见活生生的孩子出来后，他心中的石头才落了地。

孩子出生后他们又担心孩子会不会患新生儿黄疸，头天的奶水足不足……天哪，他的生活从此天翻地覆。

“喂，土鳖！看着点水！”马克听到有人用柯尔克孜语喊。

马克循声望去，看到楼下的人行道上有个二十多岁的家伙正在拭去肩上的水。那人穿着修身的西装，戴着一副笨重的黑色眼镜。

马克看了一眼他的番茄。他浇得太多，水都从盆底的孔隙中流了出来，顺着阳台围墙滴落到人行道上。

他当时心情很好，要不是因为那人一下子就开口骂人，他是准备给那人道歉的。土鳖这个词是柯尔克孜语里用来称呼那些没什么文化，住在山里的农民的。

结果他不但没道歉，还回了句“去死吧”。那家伙头都没回就竖起了中指。马克于是又用俄语重复了一遍“去死吧”，生怕之前没有表达清楚他的愤怒。

“我也很高兴见到你啊。”马路另一边忽然传来这么一句。

马克一回头，看到了他的朋友，前海豹突击队队员约翰·德克尔。

“小心水。”马克提醒他。

“我知道你是在和邻居拉关系。”德克尔开玩笑地说道。

德克尔穿了条卡其色短裤，踩着双人字拖，上身那宽松的黄色 T 恤更衬出他强壮的臂膀。不过即使在大夏天，穿这样短裤的人估计在比什凯克也找不出第二个了。

“你听到他骂我什么了吗？”

“你有想过去国务院工作吗？你会成为一个很出色的外交家的。”

“你来这儿干吗？”

马克在比什凯克开了一家名为“全球情报方案”的小型间谍公司。公司主要负责中情局和国务院工作人员在比什凯克的安全，帮助在中亚地区的跨国公司搜集情报，翻译那些被安全局拦截的信息，还会为了获得机密信息帮助当地的商人和政要洗钱。

德克尔是马克的得力助手，马克休陪产假的这几天都是德克尔在忙公司的事。但德克尔和他澳大利亚籍的女友住在镇上另一头的一套小一居里，如果只是一些日常事务的话，他只需直接打电话给马克。

听到马克问他来做什么后，德克尔一下变了脸色，好像才想起自己为什么过来。“你现在有空吗？”德克尔问。

“有啊。”马克答道。他见德克尔一声不吭地站在那，接着说：“要不要上来坐坐？”

德克尔将近两米的身高和宽阔的肩膀使得他的每次到访都让马克深深感到自己住所的局促。即便德克尔光腿穿着短裤也没让这个地方显得更宽敞，因为他那浓密的腿毛占了很大空间。

“你好啊，德克尔。”达莉亚在厨房招呼道。

“好啊，达莉亚。”

“你最近怎么样？”

“我挺好。哇，你看起来——喔！”德克尔赶紧扭过头，“对不起，我不知道。”

“不知道什么？”马克面对着达莉亚在餐桌边坐下，一脸茫然。德克尔没动。

“你知道，达莉亚在喂奶。”

达莉亚笑了起来，“拜托，德克尔。你又看不到什么。”

其实达莉亚喂奶的时候看到德克尔进来了，但她并没有回避。

“我知道，我只是不想打扰你们的私生活。”

“你没有，哦不对，你确实打扰了。不过你还没说你为什么过来呢。”马克说。

德克尔挠了挠自己的金色短发，对马克说道：“一小时前我接到一个电话。虽然我万分不想打扰你，但……见鬼，抱歉。这个消息实在是太让人难受了。拉里死了。

3

达莉亚轻轻抚摸着莱拉的头，看着马克，然后俯身去拉他的手。“抱歉，亲爱的，很遗憾。”她不喜欢拉里·布兰，因为他总是把她当作瓷娃娃，好像一不小心就会摔碎。而和马克在一起时，他俩总是在谈论工作，而且感觉特别亲密。所以，尽管拉里的死不是什么好消息，却不足以让她自己感到难过。但马克和拉里是多年的好友，她为马克感到难过。

马克就那么站着，静静地看着达莉亚。

“我接到第比利斯使馆来的电话，”德克尔说，“记下了拉里所在的医院。”

达莉亚只到过格鲁吉亚首都两次，每次都只在那儿稍作停留，所以对那儿并不熟悉。但她知道对马克来说那是个再熟悉不过的地方：他的间谍事业就是从那起步的。

马克摇了摇头，用一只手扶着额头。

“他是怎么死的？”达莉亚问。

“我想他们大概认为是心脏病发作之类的吧。他们还在殓房做尸检。”

“他在医院去世的？”

“不，在酒店。酒店一位女清洁工发现的。你知道，拉里也有些年纪了。”

“当时他在执行任务吗？”达莉亚问道。

拉里·布兰是马克在中情局[①]的第一位上司。七个月前他从局里退休后，加入了马克的公司。

“嗯。”

达莉亚点了点头。格鲁吉亚和美国关系不错。同时，它也是将石油从里海地区运输到地中海这条线路上的重要交通枢纽。达莉亚很肯定中情局在那里有自己的情报人员。她猜中情局委托马克公司的唯一原因是他们中欧亚部门的负责人不想这件事被中情局各种繁琐的规章制度所束缚。而之所以想避开中情局各种规章制度的唯一原因是他们对这项任务知之甚少。马克对那位负责人很是了解。至于其他，她无须，也不想知道。

---

① 美国中央情报局。

“还有就是，”德克尔说，“拉里基本已经完成任务了，还提交了一个初步报告。所以我不知道杀他有什么意义。”

“他嗜酒。”马克说。虽然拉里只有七十二岁，但看上去老态龙钟。

“确实。”达莉亚附和道。据她所知，拉里年轻时是个享乐主义者。

“在他房间找到酒了吗？”马克问，“他是饮酒过量去世的吗？”

“不清楚。”德克尔说，“但不管死因如何，我们不能就这样把他丢在那。我是说，就算可以，也……”

“是的，”马克说，“他还有个母亲……”他叹了口气，用手捋了捋头发。“难以置信。他还有位年过九十的老母亲，他每周都会和她通电话。他还有位时不时会碰面的兄弟。我们不能就这样把他留在那。”

“没有哪位母亲应该承受白发人送黑发人这种事。”达莉亚说。

“我们应该通知他的家人，”马克说，“安排一下，把尸体运回来，包括所有相关的东西。这事必须妥当处理。该死。”

确实是该死。达莉亚深知马克说的“我们”是谁。

“去吧，”达莉亚说，“反正你已经准备休假了，这事也不麻烦。”

拉里不光是马克的雇员，也是朋友，他俩也是公司中唯一懂一点格鲁吉亚语的人。现在拉里离世，只剩下马克了。出于私心，达莉亚并不想他离开。但她知道，马克不放心将这件事交给其他任何人，即使是德克尔也不例外。

“但那不是我休假的原因。”马克说。

达莉亚一直知道他是个好男人。听说自己怀孕后，他不但没有逃避，反而向她求婚。虽然在使馆草草办的婚礼不够浪漫，但他们已经很满足了。马克已经四十六岁，而达莉亚也三十四岁了。他们把自己最美好的年华奉献给了地下事业。

她从未想过举办一场华丽的婚礼，也不知道要邀请谁，或是要在哪举行婚礼。但她想过要和他一起度蜜月。婚后在托斯卡尼度过的两周无疑是十分美妙。分娩时，马克就在她身旁，牵着她的手。他为她生产后的第一次坐浴忙里忙外，还亲自下厨，把饭菜送到医院，即使半夜起身照顾孩子也从未有过半句怨言。她很珍惜过去的这个星期，感觉他们是一家人了，拥有了真正的家，不是两个前中情局间谍为了赎罪而在一起。至少马克不是这样的。

“我知道这不是你休假的原因，”达莉亚说，“但事已至此，我能理解。”

“该死。”

虽然她嘴上这么说，但心里还是希望马克不要离开，至少不是现在。她知道，马克不可能过上普通人的生活，也知道自己无法改变马克。几年前，他试图放弃情报工作，投身教育事业，去教国际关系学。但天不遂人愿，过去的种种紧紧地牵绊着他，无法切断。她慢慢接受了这一切，甚至为他感到骄傲——毫无疑问，他是个天生的间谍。但现在是该他们好好享受家庭生活的时候了。他们已经准备好出院后先休息两周再回归工作，同时共同分担照顾莱拉的责任。

可如果让他对拉里的事袖手旁观，他会发疯的。就算自己能说服他留在比什凯克，他也是身在曹营心在汉。她不想因为自己的私心让他感觉有愧于朋友。

“我们在这会好好的。你看，我们也不缺什么，莱拉睡觉的时候我也睡。”达莉亚微笑着吻了下莱拉的额头。她喜欢莱拉头发舒适的触感。

“她还只是个婴儿。”

“你回来的时候她也还是婴儿。”

“需要的话，我可以去。”德克尔说，“但我不确定是否能搞定剩下的事情。”

“我去，”马克说，“我必须去。这是我欠拉里的。”

第二部分

4

——格鲁吉亚，第比利斯——

——一天后——

“马克·萨瓦？”

“是的。”

“我是使馆的吉米·卡尔。”

马克看了眼手机，现在是上午 10 点 25 分；他和卡尔本来约好 10 点见面。离开达莉亚和莱拉来处理老朋友的身后事是一件事；可让他等一个素未谋面的人，哪怕多等一秒钟就得另当别论了。这一秒足够让人在早餐时多享用一杯咖啡了。

“对不起，我迟到了。”卡尔伸出手解释道，“欢迎来到第比利斯。”

他的身高和年龄与马克相仿——近一米八的个子，四十五岁左右，但比马克胖九十多斤。他脸上有些雀斑，鼻子微微上翘，棕色的头发微微泛红。

“谢谢。”马克把皮包搭在肩上，以便跟卡尔握手。现在距离德克尔告诉他拉里的事情刚二十四小时。他乘坐的是夜航航班，刚好在天亮前到达第比利斯。

“之前来过这？”卡尔明快地问。

“是的。”

“是吗？什么时候来的？”

马克不想让自己显得很没礼貌，但是他更不想闲聊。他只想尽快处理拉里的死。“我们可以开始了吗？”

“当然当然，我们开始吧。”

第比利斯是个古老的城市，荒废和重建的中世纪教堂随处可见，19 世纪格子状摇摇欲坠的阳台，隐蔽在地下的有着圆形蜂窝顶的澡堂，七拐八拐的鹅卵石小道，还有很多奇怪的建筑——一个摇摇欲坠造得像姜饼屋的木偶剧场，一个有着奇特光塔的清真寺。不难看出，这个城市有着由混乱和创造力共同谱写的历史。

达希酒店就是这些古老而奇特的建筑中的一员。酒店共四层，二十个房间。外观呈巴洛克风格，内部曾完全烧毁，后来在政府主导的资产阶级化浪潮中被修葺一新。至于这股浪潮是好是坏，取决于老第比利斯人自己的看法。

拉里 · 布兰就是在这儿死去的。

卡尔领着马克走到里面，说：“我刚刚去找了验尸官，所以迟到了。不管怎样，他们化验了拉里的血液，检测血液中的酶含量，你知道，就是心脏病发作时身体释放的那种酶。检测结果呈阳性。”

“我知道了。”

“等你整理好他的遗物，我们就可以办理托运尸体的手续了。”

***

“他的房间在三楼。”前台说，这是一个娇小的格鲁吉亚女人，眼神哀怨，眉毛修剪得有些夸张。在核对完卡尔的身份后她用清晰但口音很重的英语说道：“但需要先把房费结一下。”

卡尔对马克说：“他们想清理房间，把他的东西放进储物室。但我觉得还是保持原样比较好。”

“那没事。”

“我觉得让一群陌生人把他的东西随意丢进箱子里有些失礼，况且我知道一天内你就会过来……”

“房费不是问题。”马克掏出信用卡。

前台准备好账单，用马克的卡把房费结清后，给经理打了个电话，“经理会带你们去他房间。”

一个小型的玻璃电梯坐落在螺旋楼梯的中心。马克向楼梯走去，觉得走楼梯能更快些，但已到古稀之年，有些驼背的经理却按下了电梯按钮。

尽管这个小型电梯看起来只能容纳两个人，但是他们三个都挤了进去。

“你熟悉死者吗？”卡尔问道。

“当然。”

“啊，他是个汉子，这边走，请节哀。”

马克抿起嘴——即便卡尔是真心的，马克也不会被那话打动。况且除了想到拉里的死会带来很多麻烦，他并没有真的那么想念拉里。所以接受这样的安慰会让他觉得有点虚情假意。“谢谢。”他说。

电梯空间十分狭窄，他们三个不得不紧挨着彼此。出于习惯，马克警惕地把手放在衣服口袋边，因为一个随意的身体接触都可能是扒手或是什么其他危险情况。

卡尔转过头咳了一下，“你在华盛顿一定有些高官朋友吧？”

“我怎么不知道。”

卡尔又咳了一下；这次，马克感觉到颈后的气息了。他暂时屏住了呼吸。

“起初，我们觉得这案子和其他客死异国的案件一样。要知道这种事时有发生，我们都习以为常了。但是我们接到华盛顿发来的电报，说你要过来，让我们尽可能配合你。”

马克没有回应。拉里死的时候应该拿着美国护照——尽管护照上不是他的真实身份；所以酒店在发现他死之后通知了美国使馆。美国使馆根据拉里的名片，给名片上的酒类出口公司打了电话——那个号码只是马克用来掩饰他手下特工身份的众多号码之一。马克也打了电话给中情局中欧亚分局的负责人泰德·考夫曼。

考夫曼已经做好工作确保马克不会遇到麻烦，但是马克并不想将这些告诉卡尔。

三楼到了。电梯门开后，他们都走了出来。经理领着他们走到走廊尽头的房间，用电子门卡开了门。

马克走了进去。

在小客厅里，一个壁挂式的电视放在情侣座的对面。地面上一半铺着地毯，一半铺着瓷砖。墙上的油画复制品描绘的是浪漫的中世纪时期的第比利斯。浴室用透明玻璃隔开。一张房间服务单放在茶几上。晨光从一个半开着的窗户洒进来。只有从天花板上的卵箭饰皇冠花纹才能看出这个建筑的真正年龄。

屋里有股尿味。马克看了眼凌乱的床。“他们在哪发现的他？”他问道。

“在瓷砖地上，我清理的。就在浴室外面。”

拉里的东西随意地放在周围：折叠式行李架上放着一个行李箱；开放式衣柜中挂着一件运动外套，一条西服裤子和几条领带；浴室里堆着拉里的洗漱用品，窗前的小桌上摆着电脑和相机。

窗外传来的教堂钟声表明现在是礼拜日早晨。

第比利斯有着马克的诸多回忆，不过这些回忆也不全是美好的。但他很喜欢这儿教堂的钟声。阿塞拜疆是穆斯林国家，每天早晨醒来的时候，他也能听到教堂的钟声，但那些钟声听起来感觉很怪，尽管他已经在那座坐落在格鲁吉亚南部的城市生活了多年。他自己虽然没有宗教信仰，但是他欣赏那些钟声中所蕴含的坚忍不拔的精神。在过去的一千五百年中，格鲁吉亚东正教抵抗住了信仰伊斯兰教的阿拉伯人、土耳其人、波斯人和没有信仰的前苏联人的入侵，顽强地生存了下来。钟声唱到：我们是幸存者，我们挺过了一切，我们还在这里。

卡尔对经理用格鲁吉亚语说："你可以离开了，我的朋友认识死者，需要点时间哀悼。如果有其他需要，我们会给前台打电话。"

马克挤出脑中演练过的格鲁吉亚语："只要几分钟就好。"

他转过身背对着窗户。房间看起来没什么异样，只是气氛让人很压抑。拉里为中情局工作四十多年了，在白俄罗斯和摩尔多瓦建立了自己的情报站，还帮助马克在迪拜和巴林执行过危险的任务。他的人生如此丰富多彩，最后竟因心脏病发死在一个不知名的旅馆中。马克也想过他这位朋友可能会在蒙特卡洛玩二十一点的桌子旁倒下，或是喝着伏特加死在黑海的度假村，亦或是死在中东某个监狱的行刑队前。

马克首先检查的是拉里那个价值二千七百美元的小型索尼数码相机——它跟一般游客包中的相机无异，但分辨率却相当高。马克将里面 8GB 的 SD 卡取了出来，又从拉里洗漱包中装创可贴小盒子的夹层中取出一个黑色 128GB 的 SDXC 内存卡。他把 SDXC 内存卡放进相机，迅速查看了俄军军事基地的照片。与此同时，他留意着照片上的编码是否断开，若有，则意味着部分照片已被人删除。

毫无线索。

他打开拉里的笔记本电脑，输入密码，找到一个隐藏文件，再次输入一串密码后快速浏览了一系列静态照片，这些照片看上去跟 SDXC 卡里的照片无异。

这是台联想笔记本，体型虽小，功能却很强大。电脑上安装了可以在线无线备份重要文件的程序。之后马克会将这些文件与内存卡和硬盘里的文件进行核对。他迅速关掉电脑，并连同 SDXC 卡和相机一起放进包里。

卡尔好奇地盯着他，“你想把他的东西都打包吗？”

“他死的时候穿什么衣服？”

“啊，我不知道。我想验尸官应该会有记录，可能把衣服都保存起来了。需要我帮忙收拾吗？”

“不用。”

拉里来的时候带着一个小行李箱和服装袋。马克从浴室开始检查。在拉里的洗漱用品袋里发现了血液稀释剂华法林，降压药依那普利和降胆固醇的立普妥。马克知道依那普利和立普妥，但不知道华法林。

他本应该清楚法华林的，他最近一直在问拉里他当前的健康状况及最近都在吃些什么药。任何老板都不会将事情交由一个可能会突发心脏病的人。

显然，拉里谎报了他的健康状况。

这可真是拜他所赐。

马克在洗漱包里还发现了打火机，所以在收拾完浴室后，他闻了闻拉里衣橱里的衣服，在他的蓝色运动外套上闻到了很重的烟味，也就是说拉里可能一直和一帮烟鬼待在一起或者他自己偷偷抽烟。马克不关心吸烟的问题——几周前拉里声称要戒烟的时候他觉得拉里自信过了头。

马克忽然感到一阵悲哀，但他抑制住自己的情绪，问道："他的护照在哪？还有钱包呢？"

"在这儿。"卡尔轻拍了他的手提包。

马克检查了挂在衣柜里的衣服的所有口袋，发现了另一个打火机和一些格鲁吉亚拉里，价值不到二十美金。他取下衣服和服装袋，将东西都倒在床上。他把衣服塞进服装袋里，看着眼前的一切，想着拉里可能是因抽烟喝酒导致心脏病突发而亡。

浴室门对面的墙上是一个齐腰高的家具，里面摆放着一个小型冰箱和微波炉，上面放着一个两杯装的咖啡机、一篮子茶包和独立包装的咖啡。

咖啡机上面的墙上挂着一幅画。马克扫了一眼就转身走开了，可几秒后他忽然停住，回头盯着那幅画。不，这不可能，他想，一定是哪里弄错了。是记忆在捉弄自己，只是因为他回到了格鲁吉亚而已。

乍一看，这画跟其他廉价的复制品没什么不同。但是它确实与众不同。这是一幅真迹。画的笔触广阔，质感有些粗糙，锐利的线条已开始变得模糊，但颜色却十分明艳。马克意识到，他知道所有的颜色，它们有自己的专有名词，钴蓝、镉橙、黄赭色、铬绿……

这幅画的笔法近看有些杂乱无章，但当马克退后几步，这幅画就变得清晰起来。他确信，这幅画模仿的是雷诺阿早期的艺术手法。

他咽了下口水，眨了眨眼睛，伸手摸了摸画框——是简单上了色的松木。"你说他们在这发现的尸体？就在我站着的地方？"

“应该是。他们告诉我就在浴室外发现的，所以我想是这吧。”

“他脸对着哪儿？是对这面墙吗？”马克指着微波炉和迷你冰箱问。

“不知道。”

这幅画描绘了一个女人坐在画架前，手里拿着调色板，画着一朵花。当马克注意到这朵花时，他倒吸了一口气，这是鲜艳的红褐色，明亮的光线能让孩子都高兴起来，没错，画上的花是罂粟花。

这无疑是一朵罂粟花。

画上女人的脸无法看到，只隐约能看到她颧骨很高。马克注意到她长长的有点脏的金发随意的别在耳后。她穿了一件很凸显她身材的白色无袖上衣和带褶边的橘黄色吉卜赛裙。她身后立着一棵竹子，还有一汪长满了睡莲的池子。

“兄弟，你还好吗？”

马克觉得一点也不好。他感到很不安，他感到危险正在逼近。

他仔细看了看画中女人纤细的手指，还有紧握的黑色刷子。他想要这个女人转过身，看看是不是那张他所熟知的美丽善良的脸。

毫无疑问，他认识画里的这个女人。但上一次见她还是在二十四年前的第比利斯，当时的格鲁吉亚还是“苏维埃帝国”的一部分，而他还是个名叫马尔科·萨维尔吉奇的年轻人……

5

——南奥塞梯，俄罗斯军事基地——

——距第比利斯北面七十英里——

五十六岁的德米特里·蒂托夫甩下右脚的黑色拖鞋，脱下短袜，打开桌子最上层的抽屉，拿出卡拉什尼科夫冲锋枪，拔出刺刀割掉他大脚趾上的老茧。自从车臣战役中那个一百二十毫米的迫击炮弹砸中他的脚后，那个大脚趾就一直很别扭，老是会磨着鞋，把他搞得心烦意乱。

在他专心割弄脚上老茧的时候，他的电脑屏幕上，一个军事气象学家正在解说俄罗斯上空的反气旋可能会向亚美尼亚下沉。这个高压会取代目前造成伊朗多云天气的低压。

这是个私人的双向视频会议。蒂托夫知道气象学家明显能从他愉悦的脚部护理中看出其中的轻蔑之意。显然，他是在用轻视的姿态表达：这些信息我能从BBC网上天气预报中得到，并且我已经得到了。

蒂托夫是俄罗斯联邦安全局中一个准军事精英部队的指挥官。这个间谍组织叫FSB[①]，在苏维埃时期被称为克格勃[②]。但在这个职位上，他并没有受到太多尊重。大家都知道单凭他的实力还不足以坐上这个位置。

蒂托夫从一分钟前的谈话中明显感觉到气象学家并不怎么尊重他，现在这么做不过是以牙还牙。而且，他知道这个私人的天气预报并不仅仅是做表面文章：这是莫斯科俄联邦安全局主管为他断后的方式之一。如果未来三天战事安排计划如期进行，但天公不作美，至少他可以说“蒂托夫将军已从我们最顶尖的气象学家那了解了大概情况，并且同意了战事安排。要怪就怪他吧。”

气象学家结束了天气播报，蒂托夫也正好修好了他的脚。

“好，好的，谢谢，上校。”蒂托夫说着，将削下来的皮清理到附近的垃圾桶中，“感谢你的帮助。”

---

① 俄联邦安全局：前苏联解体后，克格勃改制为俄罗斯联邦安全局，是国家反间谍与情报侦察机构，协调有权从事反间谍行动的各联邦执行权力机构活动，为俄联邦安全保障领域实施国家管理。

② 克格勃：一直是前苏联对外情报工作、反间谍工作、国内安全工作和边境保卫等工作的主要负责部门，是一个凌驾于党政军各部门之上的“超级部”，是一个超然的机构，它只对中央政治局负责。

“还有其他需要吗，将军？”

“没有了。”

蒂托夫断开了视频，背靠在椅子上。他很累，尤其是在和美国人打交道后。他感到手臂史无前例的沉重。能坐在温暖的办公室工作而不是成天风餐露宿，他已经觉得很庆幸了。他实在太讨厌寒冷了。他摸了摸秃了的脑袋，想着布兰在这样的时候暴露了是多么不可思议。

话说回来，美国人在部署能说流利的格鲁吉亚语的人员方面是出了名的无能。中情局在第比利斯使馆的官员都是些没用的家伙。所以布兰理所当然就成了不二人选——他格鲁吉亚语极好，俄语更是不在话下。其次，他的满头白发和满脸皱纹很难让人想到他会是个间谍。

俄联邦安全局的军官行事谨慎，在南奥塞梯和格鲁吉亚的边境线曾拦住过布兰，那地方鲜有外国人。他的文件通过了审核，携带的袖珍相机中大部分都是当地葡萄酒厂的照片，没有一张会让人产生怀疑。而且他的说辞合情合理——他声称自己是超市盒装酒的进口商，正在寻找新的供应商。

但当俄联邦安全局将之与前摩尔多瓦中情局头目进行人脸识别测试时，蒂托夫得到了消息，并立马认出了他。就算时隔二十年了，他也从未忘记这张脸，从未忘记布兰的所作所为。

蒂托夫放在一个笨重的黄铜双头鹰压纸器旁的电话响了，他接了起来。

“有人去取我们留在达希酒店中拉里的私人物品了。”

“谁？”蒂托夫问。

“两个美国人。其中一个是在第比利斯使馆工作的中情局人员詹姆斯·卡尔。另一个还不确定。”

“有监控视频吗？”

“你电脑上应该有。”

蒂托夫在电脑上搜了一下。他确实有。

“他们要去哪？”

“医院。卡尔订了今晚的机票把尸体运回去。”

“你有安排人在那吗？”

“有。验尸官和殓房主管都会配合我们的。”

“尸体运走的时候再跟我汇报一下。”

“是。”

蒂托夫挂了电话，点开他接收到的文件。摄像头就隐藏在床上方的烟雾警报器中。

最初三十秒，蒂托夫只是平静地看着。画面中不过是两个不起眼的人在清理一个老人的遗物。

但……

不可能。

蒂托夫看着这个不明身份的人从布兰的手提箱中扯出相机。只见他动作迅速，毫不拖泥带水，脸上没有一丝笑容，也没有流露出一丝对死者的感情。

脸颊饱满了些，头发短了些，两鬓有些斑白。但那双黑色的眼睛、尖尖的下巴和那两片薄薄的嘴唇……蒂托夫认识这嘴唇——平时看并没有什么特殊之处，但当两片嘴唇合在一起变成一个刻薄无情的裂缝，或是半冷笑着的时候……

蒂托夫站在那儿呆呆地盯着视频画面，呼吸开始变得急促。

是自己认错人了吗？

不会的。就是萨维利奇。

6

马克站在酒店客房里的那幅画前，想起了他二十二岁第一次来格鲁吉亚的时候。

那时他对第比利斯这个城市印象很好。他喜欢矗立在库那河边的悬崖、城西绿油油的小山丘、林立在罗斯塔弗黎大道的新艺术派风格的建筑，还有只需四卢布就能看的歌剧：威尔第的《茶花女》和瓦格纳的《唐怀瑟》……在那之前他从不看歌剧，可既然只要四元，不去白不去。

那时他独自住在一个一居室的房子里，房子有一个木架子搭起来的阳台，阳台上爬满了紫藤。

“喂，你还好吗？”卡尔问。

马克又看了一眼那幅画。没错，他能肯定画上的女人就是卡特琳娜——那个他曾经认识，并且或多或少还有些在乎的女人。这是他第一次见到这幅画，但画中的场景却让他觉得似曾相识。虽然这么多年过去了，但马克还是能认出她，他肯定这是卡特琳娜的自画像。

“我没事。”马克说。画上没有署名。马克把它取下并仔细看了看画的背面，除了画布之外没有发现其他东西。

“这东西我们不能带走吧？”

马克已经二十四年没有卡特琳娜的消息了。虽然拉里在九几年的时候曾在第比利斯做过地下工作，但据马克所知，他和卡特琳娜从未谋面。第比利斯局势最糟时，拉里也在，可这一切都已过去很久了。马克试着找出那段黑暗的过去和现在的联系，可毫无头绪。

“我说我们要把这玩意儿带走吗？”卡尔抬高了嗓门问。

“对。”马克回答道。他把那幅画塞进包里，放在洗漱包和拉里的手提电脑之间，问：“警察搜查过了吗？”

“应该来过了。”

“他们发现什么不对劲的地方了吗？”

“据我了解没有。”卡尔似乎对马克拿走这幅画有些不满。

“他们提取指纹了吗？”

“没有吧。但通常情况下如果一个美国人在这儿死了，他们会详查死因的。尸体移走前来过一个当地的警察和一个法医。没有发现强行进入或打斗的痕迹。我看他们不认为这是谋杀。”

“而且这个房间在发现尸体后没有被封锁。”

马克想不通，拉里死前最后见到的东西之一居然是他前女友的自画像。卡特琳娜甚至都不知道拉里。难道她知道？他们那时见过彼此？马克还是觉得不太可能。

“房门是锁着的，但，如同我刚才所说，那帮格鲁吉亚人不认为这是谋杀，这里自然也不会被当作犯罪现场封锁起来。”

马克收拾好拉里的东西后说：“好了，我们去取拉里的遗体吧。”

“你确定没事吗？我是说，毕竟你俩以前那么熟，你去看他的遗体不会很难受吗？”

“没事。”马克虽然口上这么说，但心里并不好受。他一直在想卡特琳娜的事。

他和卡特琳娜是在第比利斯大学的一堂历史课上相遇的，当时他俩坐得很近。他依稀记得讲台上年过七旬的老教授怎样喃喃地讲述着格鲁吉亚中世纪时期的历史……

7

——格鲁吉亚，第比利斯——

——1991年1月，前苏联解体前十一个月——

美国人马尔科·萨维利奇是仅有的三十三名选修中世纪格鲁吉亚历史课程的学生之一，可即便在开课当天，也只有二十五名学生来上课。

虽说是俄语授课，可这门课的老师有很重的格鲁吉亚口音，还一根接一根地抽烟。要不是马尔科坐在教室后排，还挨着一个年轻的俄国女孩，说不定也会退选这门课。

点名时马尔科知道了这个俄国女孩名叫卡特琳娜·库斯金斯卡娅。一开始马尔科觉得她应该和自己不是一路人。

马尔科长得并不难看，却也知道自己不是那种会让人一见钟情的类型。他中等身材，身体很好，但没有发达的肌肉。他脸庞瘦削，可能会吸引某些女人，但大部分女人对这种脸型都不感兴趣。所以当他坐下后感受到卡特琳娜的目光时，他首先想到的是自己衣服或牙齿上是否沾上了什么东西。他心想：“会不会是上课前吃的猪肉饺子？她能看到我的牙齿吗？可我没笑啊。”

他舔了一圈牙齿，又抹了抹嘴唇，扫了一眼袖口和裤管，没发现有什么不对劲。

但他还是感觉那女孩在盯着自己。虽然那女孩显得漫不经心，但马尔科能肯定她就是在盯着自己。他从就小对周围的事物有着敏锐的观察力。

教授眼睛盯着讲台上的一大片讲义只顾闷头讲课。他每吸一口烟都会揉揉鼻子。他身后挂着一块黑板和几张破旧的格鲁吉亚中世纪时期的地图。

马尔科转向卡特琳娜，迎上她的目光。卡特琳娜吃了一惊，尴尬地扭过头。

马尔科不是那种对美女特别感冒的男人。不管是漂亮的还是长相一般的，在他看来脱光后都差不多，他都很喜欢，而且通常那些相貌平平的女人更温柔。尽管如此，在接下来的那堂课里，他一直注意着她的一举一动。她有一双蓝色的眼睛和斯拉夫人典型的高颧骨。马尔科被她那微闭双唇，好似在质疑教授说的话的样子彻底迷住了。还不时能闻到一股丁香花的味道。他不知道那是她的香水还是洗发水的香味，却花了好半天时间想搞清楚味道的来源。

半节课过去了，马尔科这才意识到除了他俩，其他人都在埋头记笔记。

她穿着一身宽松的波西米亚衣服，这一身打扮加上她迷茫的眼神让马尔科觉得很性感。

可她是个俄国人，他心想，从她的名字就能知道。

他倒不是对俄国人有什么不满。从血统上来说，他自己也算四分之一个俄国人。但很多俄国人都是共产党，这就让事情变得复杂起来了。

下课后，大家都纷纷起身离去。马尔科犹豫了一下也站了起来。卡特琳娜合上笔记本的时候马尔科注意到了她的本子。她的笔记本是很多学生都用的那种薄纸装订起来的本子，马尔科的也一样。这种本子在学校商店里花一卢布就能买到。卡特琳娜在灰色封皮上随手画了些画。画中除了一些花花草草外，还有一个骑马的长发女孩，女孩和卡特琳娜很像。她还在左下角贴了一张圣伊利亚的照片。圣伊利亚被当代格鲁吉亚人奉为英雄，因为他曾在19世纪初推动格鲁吉亚从俄罗斯帝国中独立出来。现在，前苏联已到了垂暮之年，圣伊利亚也成了当代反共运动的标志人物。

这已足以表明卡特琳娜不是共产党。于是马尔科转过去看着她。起初她回避了马尔科的目光，但看到马尔科坚持不走，她才触及他的目光。

“一起去喝杯茶吗？”马尔科问道。

其实马尔科这时急需一杯浓咖啡，但他买不起，而且作为一个俄国人，卡特琳娜很有可能不喝咖啡。

卡特琳娜先是愣了一下，不过很快就笑着点头说：“好啊。”

8

——格鲁吉亚，第比利斯——

——现在——

从学生时代开始，马克就多次回到第比利斯。前苏联解体后艰难的内战时期回来过，离开中情局后，作为一名大学教师又回来过。

回程中，他并没有回想太多的往事，但那幅画却让他陷入了沉思。所以当他和卡尔驶过第比利斯市中心韦利大道南段的广场时，他看到的不是广场中心由许多基石堆砌的圣乔治，而是曾经树立在那的列宁像；当他们经过古老的国会大厦时，他看到的不是头发蓬松的年轻人在阶梯上玩后空翻，而是苏维埃伞兵将格鲁吉亚的抗议者殴打致死；不是睡在露天咖啡厅或昂贵的香水店外的小乞丐，而是国营商店外空荡的街道。

“医院在哪？”在穿过第比利斯音乐厅后马克问。音乐厅现在也装修成了猫王主题的美式餐厅，主要售卖芝士汉堡和寿司。

“会查普沙韦拉大道。”

这意味着他们将路过第比利斯州立大学附近。马克回想起学校前面的老柏树。夜晚的时候，他和卡特琳娜常常在学校后面的一片高地上生篝火。还有一号楼前的阶梯和博物馆前的阶梯一样宽阔。多少次他和卡特琳娜一起坐在那些阶梯上啊！

卡特琳娜。见鬼，那幅画怎么会出现在拉里住的酒店房间里？

虽然卡特琳娜已故的父亲是个从莫斯科调到第比利斯的俄国共产党人，母亲是个生在莫斯科，长在第比利斯郊外的俄国人，她对政治或是当时俄国与格鲁吉亚之间的紧张关系却不甚关心。她在笔记本上之所以贴了老圣伊利亚的画像也仅仅是为了迎合她的一些投身于国家独立事业的格鲁吉亚朋友们。她真正感兴趣的是艺术。她喜欢画花、儿童、老人，还有她的朋友……喝茶的时候她甚至问马克能不能画他。她还从未画过美国人呢！

俄国人给人留下的印象就是寡言，难懂，阴郁。马克直到现在也一直这么认为。但从他们相遇到分开，卡特琳娜给他的感觉完全不是那样。她是个乐天派。

那天下午，他们去了他的公寓。马克坐在那儿，尴尬极了，感觉自己像某种奇异动物一样被卡特琳娜观察着。她命令他把头转左，再转右……幸亏她画得很快，也很不错。他当时坐在阳台上，穿着牛仔裤和黑毛衣，背后是一株爬上墙壁的紫藤。一月的黄昏很冷，那紫藤看着就像一堆小树枝。

而她的画却充满了阳光，紫藤变成了围绕在他周围的紫色花海。而他，手里拿的不再是廉价的俄国啤酒，而像一个水晶高脚杯。卡特琳娜说，杯子里装满了柠檬水。

马克觉得卡特琳娜画的自己有点法国花花公子的味道，但他没说。他被她说话的方式迷住了，被她说“你”这个词的时候嘴唇张开的样子所迷倒。从她嘴里说出的俄语比从一口坏牙，满口臭气的官员嘴里说出的温柔有趣多了。

那一晚，他们在他的公寓共进晚餐，虽然晚餐简单到只有几片糊着奶酪的面包和几杯格鲁吉亚酒。他的索尼随身听中播着滚石乐队的《任血流淌》。

上帝啊，那是段多么美妙的时光。他依然记得蜂蜡蜡烛散发出的味道，松香味的白葡萄酒，还有那近乎空荡荡的房间。他们做爱了，他清楚地记得，卡特琳娜并不是个害羞的人。他只有一张松木床，一床从列宁广场一家国营百货商店买来的白色床单，一个枕头，一张由小学课桌改成的餐桌，这桌子还是在一条小巷里发现的，两把金属椅子，以及以便停电时使用的由很多酒瓶制成的烛台。

“该死的堵车，”卡尔打断了马克的思绪，“通常这个点没这么堵。”

醒醒吧，马克暗自说道，你已经有一个如花似玉的老婆了，别再想二十四年前的那一场春梦了。坐在福特蒙迪欧轿车上，马克将目光移向挡风玻璃外堵成一排的轿车。他扫了一眼后视镜，发现后面也被堵得水泄不通。

卡尔又说："前面肯定出车祸了。"

马克从背包中取出数字存储卡，将它插入拉里的笔记本电脑，输入拉里的密码，开始仔细查看这些照片。他尽可能地将照片放大以便能清楚地看到拉里所记录的进出俄罗斯军事基地的各种俄国制造车辆，有 UAZ Hunter 4X4[①]，BRDM[②]和 BTR 装甲车，老式吉尔卡车，以及新型 T-90 坦克。从这上百张照片中不难看出，这个基地有许多活动，最让人担心的是 T-90 坦克。可因为没有任何可以比对的基准，所以马克无法得出任何结论。

马克与中情局中欧亚分局签订的合同要求马克的公司——全球情报对策公司——监视位于南奥塞梯的俄国军事基地入口。南奥塞梯是个颇有争议的地方：格鲁吉亚方面宣称拥有该地，但实际占领此地的却是俄罗斯。

通过卫星数据，中情局发现这个基地的活动日渐频繁，但中情局明显不只满足于卫星数据，他们想得到更多进出该基地的军队类型的地面照片。由于中情局在第比利斯的最高指挥官害怕让自己手下去执行这项任务，出于谨慎考虑，考夫曼选择了马克的公司。

一到南奥塞梯，拉里就和当地的葡萄酒商喝酒闲聊起来。之后，

---

① 俄罗斯一种巨胎越野车。

② 前苏联（可装载三人和反坦克导弹的）水陆两用侦察车。

他在当地首都茨欣瓦利一栋六层楼的公寓中租了一间顶楼的房间。从那个房间，他可以清楚地拍到进出附近俄国军事基地的军用车辆及人员。

难道是俄国人知道了拉里此行的目的，将他杀了吗？有可能，马克忖度道，但这和那幅画毫无关系啊。

他点击查看了更多的照片，但没找出更多信息。这些照片可能对考夫曼来说有用：他可以找俄罗斯专家分析制服、车辆牌照和武器装备，并将拉里观察到的基地活动与卫星所发现的这几年间基地的活动相比较。但对马克，这些照片言之甚少。南奥塞梯是个重度军事化的争议地区：它就位于车臣和其他几个重度军事化的争议地区的南面。俄方多年来已在北高加索地区进行了一系列小规模的内战。所以如果没在这片俄军基地发现什么重要活动才会让人觉得不可思议吧。

浏览到最后一张照片时马克发现最后一张的拍摄日期是 6 月 6 号。这张照片拍的是黄昏时基地外面的一辆俄罗斯装甲车。但拉里直到 7 号中午才离开南奥塞梯。

“什么鬼东西！”马克说。会是拉里在 7 号忘了拍照吗？马克对此很是怀疑；拉里熟知与中情局的合同上清楚地写着监视时间为九十六小时，而要到 7 号中午这九十六小时才算完。

“有情况？”卡尔问马克。

“对啊，堵嘛。”

一个驼背老人抱着一把俗气的套娃沿着车流售卖。

卡尔挥挥手将他赶走，说：“就到了。”

马克打开拉里电脑硬盘中存储备份照片的文件夹。他之前没搞错——电脑中的照片和数字存储卡中的完全一样。6 月 7 号没有任何文件。

那么，就只有一个地方要确认了：马克确定拉里在手提电脑里安装了可国际漫游的无线网卡，以便他能在边远地区也能异地备份。

他在浏览器中打开公司的在线备份存储网站，输入拉里账户的密码。

一长串文件夹列表显示了出来，每一个都代表拉里在过去六个月中执行的不同工作。马克打开了最新的文件夹，查看里面的照片。

就在这，他意识到，云空间中比拉里笔记本和藏在医药包中的数字存储卡多了二十八张照片。这些照片都是 7 号早上拍的。这只能说明一件事：有人发现了这些照片，并从电脑和存储卡中删除了它们。不过他们晚了一步，不知道这些照片已经在线备份了。

马克开始带着疑问检查这些照片：都是军事基地的入口，与之前的照片并无多大差异。他试着放大一些照片，但拉里的图像编辑器实在太差，被放大的图片模糊不清。

车辆又开始移动。马克扫了一眼前面的车，看了下后视镜，怀疑自己被跟踪了。

俄国军事基地的照片被删除，卡特琳娜的自画像，拉里的死。这些事之间有什么联系？他感到了威胁，仿佛有一团毒气正慢慢从脚底向上侵袭。

他搜索了一下卡特琳娜·库斯金斯卡娅，第比利斯。他先用格鲁吉亚语输入她的名字，然后是斯拉夫语。他点进了几个网页，但没有一个是他想要的结果。他翻出了当年在第比利斯的电话记录，但一无所获。

马克对卡尔说："要是我给你一个人的名字，一个曾经住在第比利斯现在仍可能住这儿的俄罗斯女人，你能帮我通过使馆找一下吗？也许能提供个地址什么的？"

"我试试。叫什么名字？"

马克将名字告诉了他，又说，"她估计有四十五岁了。"马克回忆着，"7月出生，具体哪天不记得了。"

卡尔从仪表板下的抽屉里拿出一支笔，"拼一下名字。"

由于在开车，卡尔只能将马克拼出的名字草草记下，"有照片吗？"

"没有。可能她结婚了，姓氏也改了。不过至少从 1988 到 1991 年中，她在第比利斯州立大学上学。你可以从那找到她的一些信息。"

卡尔拿起电话给使馆拨了个电话，同时问马克："查这个做什么？"

"她是我的一个老朋友，很多年没有联系了。"马克顿了下。再见到卡特琳娜要说些什么呢？诚然，他会问她拉里的事，但……他并不希望事情朝着他不愿意的方向发展。

"拉里更了解她些。"——马克自己都不确定这话是不是真的——"拉里在这儿的时候可能联络过她。要是我能找到她，就能知道他们是否见过，拉里的状态如何。我想尽可能将拉里死前的事都告诉他的家人。”

9

建于前苏联时代的第九医院的楼都很矮，一片死寂沉沉的样子。停车场还有一半空位。卡尔找了个离入口最近的空位停了车。熄火之后，他看着马克。

“准备好了吗？”

“嗯。”马克应了一声，但他一直看着前方，盯着一个塞得满满的垃圾箱出神。

他感觉自己正被两只手朝不同方向拉扯着，这感觉让他备受煎熬。一方面，与达莉亚的结合及莱拉的出生开启了他生活的另一扇门，让他觉得自己变年轻了，宛若新生，就像蛇蜕了皮一样。他感觉自己比十年前单身时还要敏捷和健康。在达莉亚的督促下，他去做了激光手术，视力好多了。可当拉里、卡特琳娜这一系列事件出现后，他觉得过去的生活又回来了，提醒自己已不再年轻，眼前的幸福生活不过是建立在一段段扭曲的过去之上。

马克跟着卡尔下了车。

“虽然我希望这事不会耽误我们太久，”卡尔说，“但情况可能正好相反。我们要见——

“是卡尔先生吗？”马克和卡尔转过身。他们刚下车就看到一个穿黑色套装的中年女人朝他们走来。她左手拿着一个记事夹，“您是使馆的詹姆斯·卡尔吗？”

“是的。”

“碰到你太好了。”她说她是医院停尸房管理处的，“运送遗体一事我们已经安排好了。你们跟我来就行。”

“哦，”马克说，“你们早就知道我们要过来了？”

“是的，是的，使馆那边提前打过招呼。我们将尽量给你们提供帮助。”

***

“对，就是他。”

马克被领到了一个白色福特货车敞开的后门处。他原以为会先被带到停尸房去确认尸体，然后他们才把尸体装袋运走。可管理员在半路拦住了他们，告诉他们尸体已经装好，准备运走了，各种证件也都办妥了。马克跟她进去缴完手续费后就可以在停车场将尸体带走。

那个管理员要了马克一千多拉里[①]，马克问她，“你们平时也是这么处理这种事的吗？”他得到了肯定的回答。

包在真空塑料袋中的拉里尸体被放在一个锌制的棺材里。这个棺材比一般的棺材窄且浅。对此，管理员解释说是为了避免尸体在运输过程中乱晃。尸体周围塞满了一团团类似沙发垫的东西。棺材放在一个木箱里，箱子上用格鲁吉亚语、英语、法语、俄语和土耳其语写着“小心轻放”几个字。棺材盖被拿走了，木箱也没封上。

马克静静地看着这一切。这些年来他和拉里共同经历了太多。造化弄人，一切在这里开始，也在这里结束。一公里开外有一个很小的餐厅，当年马克就是在那被拉里招进来的。

① 格鲁吉亚的官方货币符号，代号为 GEL。

10

——格鲁吉亚，第比利斯——

——1991 年 5 月，前苏联解体前七个月——

“上帝啊，你连一个餐位费都付不起吗？你究竟是怎么回事，孩子？”

一个头发花白，眼神阴郁，五十岁左右的男人，一把将一杯啤酒放在了马尔科点的红豆汤和新鲜出炉的鱼雷卷旁。

确实，在他最喜欢的午餐地点没有座位。只剩齐胸高的桌子，一群人围着桌子边吃饭边抽烟，他们中的多数穿着第比利斯公路维修队的棕色短袖制服。

马尔科小心翼翼地将碗放在桌上，试图腾出一些空间。这个眼神阴郁的男人说：“你每个月的助学金有，呃，一千四百七十五美金？就是那个所谓的富布莱特奖学金？”

马尔科眯起眼问：“我们认识吗？”

“嘿，这些钱可能在纽约算不了什么，但在这，一块能顶几块用。靠，你都能每周去达里尔吃一顿了。”达里尔算是镇上最好的餐厅，味道还算过得去，“至少那里有空位。顺便说一下，你可以叫我拉里。要来杯啤酒吗？”

尽管才中午，但自助餐厅里的大多数人都喝着啤酒配着汤。

“不需要。”马尔科将面包沾了一下汤然后咬了一口，既想让面前这位滚蛋，又想搞清楚他到底是谁，“你怎么知道我每个月的助学金是多少？”

“哦，我还知道很多关于你的事，马尔科。”

马尔科又咬了一口面包，“比如说？”

“比如你十七岁的时候，母亲去世了，你离家出走，去新泽西皮斯卡塔韦的一个加油站打工，然后去罗格斯大学读书，顺便说一下这学校不怎么样；我读的是耶鲁，不过你在数学上很有天赋……”

“你是谁？”

“……你想成为一个工程师，却对俄国历史产生了浓厚的兴趣。是的，这样比较实际。一开始我没觉得有什么，直到我发现你妈妈小时候和她的家人被前苏联政府逐出了格鲁吉亚。我不是什么精神病学专家，不过我肯定在她自杀之后，你离家去她以前待过的地方找她，在这寻找她……”

“你他妈到底是谁？”

“我已经告诉你了，我叫拉里。”

“拉里什么？”

“就先叫拉里好了。说真的，你真有种，还有脑子。1978 年的那次抗议……哈哈！很行啊你。共产党竟然信了你的鬼话，不过也就是在刚开始的时候。”

马尔科皱了皱眉。

1978 年，前苏联政府试图将俄语作为格鲁吉亚的官方语言，结果引发了大规模抗议。最终，前苏联政府一反常态地克制住了自己，同意格鲁吉亚人保留他们的语言；前苏联政府想让美国人更多地了解这一段历史，因为这能显示出他们的宽厚仁慈。为了能顺利拿到签证，马尔科当时保证自己会学习那段历史。

拉里又说：“当然，你骗不了我。你做的那些采访不仅仅是关注一些老套的抗议。你来这是为了整理过去七十年中前苏联往格鲁吉亚身上泼的脏水，听一些悲伤的故事，也许还会加点你母亲的伤心故事，然后回到家把这些都写下来，在共产党背后捅一刀。不是说你做的这些就真能改变什么，不过至少你的心还是朝着正确的方向。我来这是要告诉你，前苏联政府也知道你在干什么。第比利斯的美国人只有那么点，他们一直密切关注着我们的一举一动——他们认为我们都是间谍。你难道没注意到自己被跟踪了吗？”

马尔科没有回答。他努力保持镇定。拉里所说的都是对的。

拉里说：“他们至少派了四个人盯着你。一个是你街对面的邻居。那个从不整理衬衫，总是那么友好，看上去笨笨的胖家伙？告诉你吧，萨维尔吉奇，他才没那么友好。他只是想知道你都去了哪儿。”

马尔科回想着对街那个与自己很合拍的家伙。他还以为是文化的关系。

“在这我也被跟踪了吗？”

“是的，被我跟踪。”

“我是说——”

“我知道你的意思。你经常来这所以他们不再派人跟踪你到这里了。现在好好想一下——如果有人在跟踪你，而你又恰好有时间，不妨跟他们玩一玩。我这还有些消息。你做了很多记录吧？那些最终都会被他们偷走的。大概就是你准备离开的时候，还有，我想你的电话和公寓应该都被监听了。”

“你是——”

“我是个商人。我从格鲁吉亚进购奶酪再出口到美国去——这市场很大，大到让你吃惊。我跟美国政府打了很多交道——你知道的，需要进口许可证之类的。所以我知道那些事情。”

“你知道这些事是因为你倒卖奶酪？算了吧。”

拉里喝了一大口啤酒，发出了咕噜咕噜的声音，“真的不来一杯吗？”

马尔科本打算来一杯，“不用了。你为什么这么关注我？为什么要费心查出这些？”

“不管怎么说，你被当地政府盯住了。他们知道你来这里的目的跟你说的不一样。但仅仅是那样的话，我也不用来提醒你这些。”

“我可没被吓到。”马尔科撒谎道。

“你加入的那个小新闻俱乐部，放心，我不会告诉别人的，那玩意儿可让他们头疼了。尤其是他们发现你对他们撒谎说你来这儿是为了上学。”

新闻俱乐部是由一群学生记者，或想成为学生记者的人，和一些反共团体建立的一个非正式组织。它的目的就是支持反共新闻，安排学生抗议，是前苏联政府的眼中钉。在过去的几个月中，马尔科一直都去参加新闻俱乐部的会议。

马尔科将鱼雷卷面包沾了一下汤，“我不知道你究竟想说什么。”

“你知道处于恐惧中的动物是最危险的吗？好吧，老天都知道那些混蛋俄罗斯人就是这样的动物，我告诉你他们现在战战兢兢，他们能感觉到革命就要来了。你以为他们不会关心一个由一群什么都不懂的小孩搞的新闻俱乐部？那你可就错了。他们草木皆兵，看什么都是威胁。所以你要小心了，这就是我要说的。”拉里喝完啤酒，擦了擦嘴，继续说，“当然，如果你觉得新闻俱乐部需要一些资金资助，我倒是可以提供。”

之后，拉里站起身迅速走开了，剩下马尔科在那儿迷茫地盯着出口，沉思着刚刚发生的一切。

11

——格鲁吉亚，第比利斯——

——现在——

他的真名是劳伦斯·普伦提斯•布兰，说一口流利的俄语和一小部分斯拉夫语，甚至还会一些格鲁吉亚语，也知道一点阿拉伯语。他是中情局中的精英人物，守旧、富有、耶鲁毕业。拉里的许多背景都是假的，但耶鲁毕业确实不假。他在冷战最严峻的时期加入中情局，成为一名间谍。他成功地给人留下了一个嗜酒傲慢的美国人的印象。随着年纪增长，拉里变得越来越像自己所伪装的人。

马克再次将注意力集中到袋子中的尸体上。

确实是拉里。他将食指放在这位老上司的脸上。有胶质感，看来拉里的尸体已经做了防腐措施。

“你们把他运到冷冻箱时对尸体做了什么？”马克用俄语问。

一位格鲁吉亚海关人员手拿着纸夹板，看着医务兵开始密封锌制棺材。

“哦，那不可能，”医院管理员用格鲁吉亚语说。她一头黑发，五十岁上下，脖子上挂着一个不显眼的黄金十字架项链。她对马克露出殡仪员工标志性的微笑。

“昨天就可能。”马克和考夫曼商谈时，他们同意将布兰的尸体保持死时的样子，以便运送回国后能进行有效的尸检。

“如果尸体未经防腐处理，就不能进行国际运输。要是您被告知了其他说法，我很抱歉。”

“和我得到的消息确实不一样。”马克转向卡尔，“你知道这事吗？”

“知道。我昨天和验尸官也讨论过冷冻存储的事，他说需要调查一下。”

“尸体必须以这种方式打包，航空公司和接收国才能把他当成货物运输。方便的话，现在需要您填些表格。”

“你们对他的血液做了些什么？”马克仍然用俄语问。

“先生，您什么意思？”

“你们从他身上抽出的血。”

虽然马克不是专家，但谨慎点总不会错。如果拉里真是中毒而死，而体内的毒素又被抽出，那这对中情局在国内进行的毒性测试的精确度来说就是个致命的打击。

“我没从他身上抽取任何东西。”

“那就是验尸官了。”

“我相信尸体是被妥善处理的，先生。”管理员拿出一张尸体防腐的证明，一张用格鲁吉亚语写的死亡证明，还有一张被她称作卫生防疫证的证明。然后将这些证明交给卡尔。“有了这些文件海关才会放行。”她指了指正在看医务兵密封外部木质棺材的海关人员说，“他很快会向您提供他的报告。那份报告也是必需的。”

“可以给我看看吗？”马克从卡尔手中拿过表格，看到官方出具的死因是心脏病发，“有人告诉我做防腐处理前，你们做了一些测试。我可以看下测试结果吗？”

“当然，您可以要一份医师开具的死亡报告的复印件。”

“也就是尸检结果。”

“是的，但是您要不是直系亲……”

“我会看看我这边能做什么。”卡尔说。

“我想现在就看到。”

卡尔询问了管理员现在是否能看。结果是不行。

“我也接到了警方让渡尸体的许可。”管理员说。她拿出三张被装订在一起的文件。这些文件上有大量的官方盖章和签字。

“什么警察？”

“第比利斯的警察。他们已经查看了验尸报告和检测结果。确保是自然死亡。”

“他们确定这是自然死亡？”

“要是他们觉得这不是自然死亡，也不会同意让渡尸体。”

***

卡尔和马克在第比利斯的国际机场碰到一位傲慢的美国国务院新人。她将飞去威斯康星州的麦迪逊市参加她哥哥的婚礼。她很不情愿地答应与拉里的尸体一同乘坐土耳其航空货运航班飞往芝加哥。在那儿，她会将尸体转给一个丧葬主管。这个主管会将拉里的尸体带往俄亥俄州的克利夫兰。这期间，拉里的尸体会存放在冷冻柜中，直至中情局安排好尸检。最终，尸体将被火化，骨灰也将交送给拉里的母亲。

马克在前一天晚上与拉里的母亲通过话。这通电话并没有他担心的那样让人悲痛欲绝。因为拉里的母亲患有老年痴呆，目前在俄亥俄的一家疗养院疗养。

我是拉里的朋友，布兰太太。我非常遗憾地通知您，您的儿子过世了。

拉里？拉里怎么样了？

在货运站完成移交后，卡尔把马克送到了客运站。

“我让你帮忙查的那个人还没有消息吗？”马克问道。

“没有。如果需要，我回去后继续帮你查。”

“非常感谢。”

“你电话多少？”

马克将比什凯克一个有自动应答功能的号码告诉了卡尔。要是没人接听，它会自动数字化信息，并将转化后的信息以邮件形式发送到一个邮箱账户，“要是我没接，就留口讯吧。”

“明白。”

他们握了握手。卡尔驱车离开后马克不禁想到即便是格鲁吉亚这种从未完全被苏维埃低效率办事风格影响的国家，甚至能在第一时间摆脱这种陋习的国家，想要政府机构帮忙办事也还是需要一些手段的。的确，格鲁吉亚人最近在打击政府腐败问题，尤其是在解决警方的腐败问题上颇有成效。但即便如此，拉里死亡调查的这件事也办得忒快了。尸体防腐，甚至在医院停车场完成让渡！这一切，不得不让马克更加确信拉里是被谋杀的。

最有可能的就是俄国人了，他们是最会玩这种诡计的。除了格鲁吉亚人，能在这么短的时间内搞定格鲁吉亚政府各层官员的也只有他们了。

现在唯一的问题是，这件事接下来要怎么处理。

12

——吉尔吉斯斯坦，比什凯克——

达莉亚的手机响了，没有来电显示，但她确定是马克打来的。马克会用顶配的 iPad Mini 拨打网络电话，因为这样不会显示拨号者的任何信息，很难被追踪和拦截。

她接起电话。

“喂，我的宝贝儿们都好吧？”

达莉亚笑了。听到丈夫的声音她很幸福。“我们都好。莱拉，来跟爸爸打个招呼。”她把电话放在莱拉面前，莱拉茫然地盯了电话一会儿。“女儿说她很想你。”达莉亚重新将电话放回耳边说。

“尿布疹怎么样了？”

今天早些时候，达莉亚曾对马克说，她把莱拉系在胸前去附近的公园散了很久的步。虽然产后的疼痛还没完全消失，但她迫切地想要把体重减下来。她早就厌倦孕妇装了，期待重新穿上牛仔裤。她选择这么带孩子出门也是因为她不想拖着笨重的婴儿车爬那又陡又窄的楼梯。她之前心情很烦躁，去公园走了走后感觉好多了。但由于走路时孩子会不停地在她胸前晃动摩擦，还尿湿了尿布，结果发了一些疹子。

“没有恶化，”达莉亚说，“哦对了，她的脐带脱落了。”

她多希望马克能见到那一刻啊。

“哇，这么快？”

“是时候了。她的肚脐眼现在有些红肿，我用酒精帮她擦了擦。没弄疼她。”

“真好。”

“你的事办得怎么样了？”

“要离开这了。”

“那挺快啊。”达莉亚以为马克还要过一天才能回来。

“拉里已经在去芝加哥的飞机上了。事情比我想象得要快。”

“呃，那难道不好吗？”

“今晚没有直飞比什凯克的航班了，但我买到了飞阿拉木图的机票。我明早到了阿拉木图就打车回去。那样会快些。”

达莉亚听出马克有些不安，她问他：“那边医生……”

“法医的鉴定结果是心脏病。拉里一直在吃华法林[①]，但他没有跟我提过。我雇人时会问别人的病史，就是怕有人在执行任务时

① 华法林纳片，美国杜邦制药公司生产的抗凝血药及溶栓药。

病故。”

马克听上去好像对拉里瞒着自己很恼火，但达莉亚知道事情不止这么简单。她知道马克很喜欢拉里。

“我很遗憾，马克。我知道你有多——”

“你能帮我个忙吗？”

“当然，”达莉亚说，但马克问她时的语气让她顿了一下，“什么事？”

“打开我办公桌左下角的抽屉，里面有几部预付过话费的手机。”

“我知道。”

“你偷翻我东西了？”

“需要做些什么，马克？”

“打开那个蓝色的手机。”

***

不一会儿那个蓝色的手机就响了，达莉亚接了电话。

“你身边有笔吗？”马克问。

“稍等。”达莉亚从台式电脑下的一个抽屉里取了笔和纸。

马克把拉里最新存放照片的网址和登录密码报给了达莉亚。“拉里在 6 月 7 号早晨拍了二十八张照片。你能不能帮我看下那些照片？我本来想让德克尔或其他手下看的，但说实话，现在我更相信你。”

“这些照片拍的什么？”

“进出南奥塞梯的一个俄国军事基地的人和车辆。得用家里的软件把照片放大，我想抓紧时间，不想拖到我回家再弄。而且你懂俄语——”

“拉里这几天就在干这事？监视一个俄国的军事基地？”

“这是中央欧亚分局那边的任务。”

“考夫曼下的任务。”

“嗯。兰利基地那边通过卫星监测到了一些异常行动，考夫曼想让人在地面上盯着。”

“所以你认为拉里是被杀死的。”她顿了顿接着说，“被俄国人杀的？”

“我可不想乱猜。”

“天哪。”达莉亚心想这很有可能又是中情局的一次毫无意义的行动，但拉里却为此付出了生命，“你要我找什么？”

“我现在也不清楚。但有人把那些照片从拉里的记忆卡里删掉了。我觉得这肯定有什么原因。我想先查查照片里的数字和标志之类的。找找有没有你不认识的装备，比如新款战车之类不寻常的东西。”

“那肯定有很多我不认识。”

以前在中情局的时候，达莉亚曾被派驻阿塞拜疆。在那儿她被训练识别阿塞拜疆及周边各国的各种军事徽章，其中就包括俄国的。但她最熟悉的还是伊朗。

“你尽力吧，尽可能利用网上的资源。你现在只需要初步看一下，局里研究俄国的专家最后肯定能从照片上找出什么来。”

“行。”达莉亚应道。可她心想，如果是这样的话，那为什么还要催着我看呢？只是因为拉里的死让他很不安所以想赶紧找出答案，还是他在担心别的什么？

“谢谢了。”

“你……你是不是遇到什么麻烦了？我是说拉里死了以后……”

达莉亚想了会儿。她告诉自己这一天终于来了；她在接受马克求婚那天就想到了。“什么蹊跷事儿？”

“我现在不想多说。”

她本想继续追问下去，但她想了想之后说：“好吧。我看完那些照片后给你回电话。”

13

——南奥塞梯，俄国军事基地——

“他现在改叫马克·萨瓦了。”俄联邦安全局反间谍部门的副主任说，“他负责这个地区很多年了，尤其是阿塞拜疆这一块。”

德米特里·蒂托夫在局里没有找到任何马尔科·萨维利奇的档案，也没有找到史蒂芬·麦克道格尔的信息。史蒂芬·麦克道格尔是萨维利奇在格鲁吉亚时用的假护照上的名字。所以他只好发了一张在达希酒店偷拍的萨维利奇的照片给莫斯科安全局总部的分析师。他们用脸部识别软件找出了这个人。

“肯定不是最近才改的，不然我不会不知道。”蒂托夫说。他用肩膀托紧耳边的电话，一手滑着手提电脑的触屏，准备自己去俄联邦安全局的记录中找马克·萨瓦的资料。

“直到两年半前他一直担任美国中情局阿塞拜疆分局的局长，出入美国驻巴库的使馆。在那之前他担任行动科科长，再往前他一直在高加索和中亚地区活动。”

当萨瓦在阿塞拜疆干得风生水起的时候，蒂托夫还只是情报领域的一名小卒，为了生计在车臣干着各种苦差。而他现在已经可以和当年萨瓦那个级别的人说上话了。但他是不久前才晋升的，那时萨瓦已经不在中情局了。

总部的分析师补充说：“我们认为，尽管不能百分之百确定，萨瓦九十年代初在中情局的特别行动科干过。虽然他那时用别的名字，但我们找到了一张 1993 年在阿布哈兹拍摄的照片，上面的人很像他。”

蒂托夫低下了头。他现在能肯定当年那个自负的小孩没有被 1991 年在格鲁吉亚经历的事情吓倒。他原以为当年那个叫马尔科的人会十分庆幸自己能活着回到美国，而且很有可能因为受到了肉体和心灵的双重创伤而从此一蹶不振。可事实是，仅仅在离开格鲁吉亚三年后，他就出现在格鲁吉亚的自治共和国阿布哈兹，恰好赶上那场可怕的内战。

蒂托夫停止了打字，抓住电话问道：“他风评怎么样？”

得知拉里·布兰看到卡特琳娜的自画像猝死后，蒂托夫开心极了。但他现在意识到，把那幅画留在那个房间实在是大错特错。他当时认为既然大仇已报，就让那幅画和它所承载的记忆都随风远去吧。但他没有想到，世间唯一可能认出那幅画的人会进入那个房间。

“他是美国那边最厉害的特工之一。他在阿塞拜疆分局当头的时候破坏了我们很多计划。他和阿塞拜疆政府高层也有联系。他离开阿塞拜疆之后我们在那儿的工作好做多了。”

“他最近在干什么？”蒂托夫问，虽然他心里已经猜出个七八分了。

“接了些私活。主要也是为美国中情局干。他自己在比什凯克开了一个情报公司。”

“知道了。”蒂托夫说。

蒂托夫知道布兰和萨瓦又一起在为中情局干活了，与 24 年前如出一辙。虽然布兰一直声称自己是受雇于美国国防部的“独狼”，任务是监督南奥塞梯的军事基地。

“还需要我做什么吗，长官？”

“尽可能找出有关萨瓦的信息。他住哪儿，跟谁住，跟谁共事，什么时候在哪儿吃喝拉撒，在——”

“我得有局长的批准才能在比什凯克安置人手。”

“我一会就要打电话给他说这件事。现在你就着手准备。”

如果不出意外，蒂托夫的人一小时之内就能拿下萨瓦，甚至不用等到他离开格鲁吉亚。接着他们会审问他，看他是不是对这次行动掌握了更多消息。如果事情真能这样，蒂托夫希望自己有所准备。他希望了解萨瓦的弱点，因为他知道如果不利用他的弱点，自己就很难从萨瓦那里问出什么。

当然，审问后他们会除掉这个美国人。从个人来角度来说，蒂托夫很乐意亲手干掉他；即便他和萨瓦之间没什么私仇，他们也不可能在拘留并审讯这样一个美国人后再把他放了，好让他有机会对美国中情局诉说自己的不幸。

“你为什么这么在意这个美国人？”

蒂托夫不喜欢和同事谈论自己的私事，他更愿意强调自己的专业素养。既然布兰这个美国间谍于重要行动开始前在南奥塞梯的军事基地周边转悠，那么萨瓦和布兰有关系这点已足够蒂托夫来回答副主任的问题了。但蒂托夫不知道副主任对这件事知道多少。所以他只回答了一句：“这是我的工作性质决定的。要是主任要问下去，那就随他的便。”

14

——格鲁吉亚，第比利斯——

马克怀疑自己被跟踪了。

他在航站楼里面的报刊亭购买《国际先驱论坛报》时发现，在五十英尺开外的一个小卖部旁的长凳上坐着一个身穿牛仔裤和蓝色卫衣的人在不停按着手机。他的双肩包放在脚旁，太阳镜推到了染黑的头发上。

他与马克在第比利斯大街上遇到的其他人并无任何不同。

但马克仍看出了一些异常。例如，这个人穿的就像个 20 岁的泡吧一族，但他鬓角灰白的头发却在满头黑发中显得异常醒目。他带着婚戒。而且他的手机后置摄像头总是指向马克。

马克本打算先过安检，再到登机口等着上机。但现在离登机时间还有一个小时，他决定背着包，拿着装拉里电子设备的塑料购物袋闲逛一阵。当他快速穿过两条车道来到航站楼对面的停车场时，他发现那个背着双肩包的男人也离开了航站楼。他离马克大概一百英尺左右，站在与停车场平行的马路上，看上去像是在等出租车。

马克毫不吃惊。他经常被国外的情报部门跟踪，已经见怪不怪了。而且假如卡尔像马克怀疑的那样是中情局的人，那么格鲁吉亚人、俄国人或是其他什么人会因此认为马克有罪。现在看来，他估计这个背着双肩包的男人是单独行动，否则肯定有人在外面盯着。

马克故意从背包中拿出纸笔，随意记下两辆车的车牌号。他想，就让那个背双肩包的男人花工夫猜自己在干什么吧。然后，马克转身向航站楼走去，打算偷偷地在进去的路上拍下跟踪者。他走到停车场边界，准备穿过两条车道时，他瞥见左边有个阴影，还闻到了一丝薄荷烟的味道。

他用左眼余光看到一辆蓝色面包车向自己压了过来。他瞬间意识到自己被玩弄了。他突然停下来向右转去，和正在向地上抖落烟灰的宽肩大胡子男人对视了一下。马克一手将报纸扔在了大胡子男人的脸上，然后用另一只手的拇指戳他的眼睛。

车里人拉开车门时，面包车也急停了下来。马克跳到面包车前，假装撞到车头坚硬的发动机盖，摔倒在地，开始痛苦地大叫。这番举动把航站楼入口附近的旅客都吸引了过来。

“白痴！”马克从地上爬起来的时候用俄语吼道。

大胡子男人捂着眼睛，仍然前进着。

马克后退了几步，指着司机说：“你他妈的看好路再走！”

面包车的车门猛地关上了。大胡子男人看了一下面包车，显得困惑而不知所措。但现在，马克被聚集在航站楼入口附近的人群包围着，很安全。

***

马克在航站楼内边喘着气边想，自己真蠢。他差一点就被人掳走了。那个背着双肩包的男子可能就是个诱饵，被派进航站楼里蹩脚的伪装了一下，然后用他的智能手机不停地拍照来刺激这个愚蠢的美国人甩掉跟踪者。

他捏了捏用来戳胡须男的拇指。拉里的事发生后他本应该多多留意才是：提防那辆面包车或是其他类似的事情，提防有人想要抓自己。要是他能未雨绸缪而非依靠自己的应激能力，这些人根本不能靠近半分。

但他们是谁呢？俄国人？有可能。这跟卡特琳娜有什么关系吗？马克毫无头绪。他只清楚自己已经过了仅凭一己之力就能从和这些人的战斗中全身而退的年纪。他需要尽力找出最省力的途径：尽量智取，避免争斗，才不会步拉里的后尘。

他又深呼吸了几次，但仍有些战栗，尽管他不想承认这点。他环顾四周，认定最省力的途径就是通过安检。一旦他通过安检，到达机场安全区，别人就没机会把他掳走了。

回想起来，他真应该在最开始就往那去。

***

通过安检后，马克在登机口附近找到了一家咖啡馆。他进入咖啡馆，挑了一个背靠墙的位置坐下，以便能看清进入这家店的人。他的左手边是员工通道。

他点了杯意式浓缩咖啡，一饮而尽。他将 iPad 连接到咖啡店的无线网。达莉亚呼叫他时，他正喝着加了冰的伏特加。

“我复制并剪裁了 6 月 7 号的照片，”她说，“仔细看了下我能分辨出的标记。它们和其他照片一样都是从同一个有利位置拍摄的，所以我认为所有照片中的相同的建筑物和其他东西都不值得担心。”

“然后呢？”

“有两个第 10 特种旅的人员，另一个我相信是内卫部队的人。”

特种部队是指任意数量的俄国特种兵部队。马克猜想南奥塞梯基地中和周围一定有很多这些部队，特别是第 10 特种旅的部队。他们在该地区中以作战而闻名；而内卫部队是由俄罗斯内政部控制的军队。虽然他们很常见，但如果内卫部队中有特种部队那就要提高警惕了。

“那个内卫部队的人，是北高加索人还是——”

“看不出。我将他和其他人的头部单独剪裁出来，还将所有的标记都放大并提高了分辨率。他们还有一个将军，他的姓以戈洛开头——照片都是从一个角度拍得，所以制服上名字的其他部分看不到。另外，还有大量的第 49 军陆战队，不过，这点应该可以预料到。”

“嗯，毕竟那是他们的后花园。”

“还有一个从出租车下来的穿便衣的人。他背对着照相机，看不到脸。但有拍到他的行李袋上有 NAJ 的字样。最初我还不能确认，但我稍微查了一下后发现那是纳希切万主机场的编码。”

“纳希切万？”

“是的。”

“很少见啊。”纳希切万是位于土耳其、伊朗和亚美尼亚间的一小块地方。虽然严格意义上说它属于阿塞拜疆，但纳希切万是一块飞地，就如同阿拉斯加和美国大陆的关系一样，它并没有和阿塞拜疆的领土相连。

“嗯，我也这么认为。”

“我回去的时候会将所有的信息汇总成一个报告发给考夫曼。但现在你能把你剪裁下的图像并附上你刚才的分析发一份加密文档给我吗？”

“已经发了。看你邮箱。”

“谢谢。莱拉怎么样了？”

“睡觉呢。”

马克考虑是否应该将卡特琳娜的事告诉达莉亚，但向妻子解释自己被前女友的一幅自画像搞了一个措手不及不是三言两语就能说清的，而且他现在并不想进行这种漫长的交谈。回家后，他们有大把的时间来谈论这些。同时，他也认为没必要提起自己几乎被人掳走的事。而且，当他明早在阿拉木图着陆时，他也打算多花点时间确认没有人再跟着自己。他必须确保在自己到达任何接近比什凯克的地方前完全没人跟踪。何苦要让自己的妻子担心这些呢？“好吧，回头聊。”

“一路顺风。”

“一定。”

***

马克的 iPad 仍然连接着咖啡店的无线信号，他拨通了泰德·考夫曼在弗吉尼亚兰利市的安全电话。那边现在还是早上。

“拉里在路上了。”马克尽可能将这天所发生的一切告诉考夫曼。但和达莉亚的谈话一样，他没有提到画的事情。这件事太奇怪了，他还无法得出任何结论。他得搞清楚到底发生了什么再和别人谈。

当他转述拉里的航班信息时，考夫曼打断了他。

“等等，我先找支笔。要不还是算了吧，你直接把我需要知道的信息发电子邮件给我吧。再和我多说说丢掉的照片的事儿。”

“达莉亚只作了个初步的报告——”

“达莉亚，那个达莉亚·巴金汉姆？”

“是的，她是我妻子。”

“我知道你结婚了，是和一个叛——”

“别那么说。”

“——那现在她是在为你工作了？你行啊，萨瓦。”

与马克不同，达莉亚是被中情局解雇的。她是个理想主义者，总是做一些违规之事。马克早已原谅她了，但考夫曼却没有。

“她只是在必要关头帮一下忙。”

“有资格参加这个机密行动的是你，不是她。”

“你想要有关缺失的照片的初步情报吗？”

“你有什么消息？”

马克开始复述达莉亚告诉他的信息。

“等一下，”考夫曼说，“你说了纳希切万？”

“嗯。怎么了？”

一阵沉默。

“泰德，你在吗？”

“你确定吗？”

“不。我都还没看达莉亚发给我的文件。我只是转述她告诉我的话。”

“那些字母还能代表什么？”

“很多东西都有可能。”

“但她认为那是机场安检贴纸。”

“嗯。他们检查完箱子后随意贴上的。”马克等了一会，问，“完事了吗？”

他听到敲击键盘的声音，然后是一声叹息。最终，考夫曼说：“听着，萨瓦。你能不能先不回比什凯克，再等我查点东西？”

“恕无法奉陪，泰德。”

“可能有些事要你办。”

“很好。你给我提案申请时我会视情况告知你要价的。”

“这个非常紧急。”

“要是你着急，我可以尽快给你安排个人。”

“我想这份工作你最合适。”

“我还有一小时就登机了。我今晚要回比什凯克，泰德。不过我们可以明天再谈。”

所以就把这事放进你的烟管当作烟抽掉吧，马克挂断电话时心想。

马克任中情局阿塞拜疆分局的负责人时，考夫曼是他的上司，所以他知道如何不伤感情地推掉考夫曼给的工作。此外，关于拉里，马克知道自己回比什凯克后能做更多的事。他要等中情局的俄罗斯专家分析那些缺失的照片。也许到那时卡尔也能提供一些卡特琳娜的消息。他考虑过自己去找她，但鉴于他还未能很好地把握现况，最好还是先回比什凯克。

某一刻，他想到回家同达莉亚和莱拉在一起是件多么让人心满意足的事。关于卡特琳娜的回忆自动隐藏到记忆深处。

要是她把那幅画留在那是在给他传达某个信息呢？所有的事情刚好发生在他有了第一个孩子后，这是巧合吗？他和卡特琳娜都不再联系对方了。但她有和拉里通过某种方式联系吗？马克想不通他们会怎样联系，为什么会联系，但那幅画……同样让人捉摸不透的是，要是拉里和卡特琳娜之间没有关联，那幅画怎么会出现在酒店房间里？

马克看了下表，离登机时间还有半个小时。他拦下侍者，又点了一杯加冰的伏特加，并试图回忆卡特琳娜和1991的春天。可浮现在他脑海中的是当时的一切以多么迅雷不及掩耳之势失去控制。

回想过去，马克明白，同意帮助拉里给新闻俱乐部集资并非明智之举。他也忽视了拉里所暗示的若格鲁吉亚的局势升温后，美方会提供其他形式的帮助，甚至可以提供武器的话……哎，谁没年轻过呢。

马克想起，在提到武器后不久，拉里说过他想确保前苏联没有在新闻俱乐部里安插间谍。钱是一回事，在任何武器转入前，他得确保俱乐部里面没有内鬼。拉里说他会想个办法。与此同时，马克也开始密切关注俱乐部的其他成员。

马克知道自己是在玩火，拉里不仅仅是个商人。他也知道自己被人监视着：那个穿着红色凉鞋，游荡在街头的老女人，总是在夜色中鬼鬼祟祟，问这问那；他好几次看到一辆挡泥板凹陷的黑色伏尔加牌汽车停在马路对面。但他就想参与进来，他想参与对抗冤死了他母亲的共产党人，他想留名青史，想创造历史。

之后，马克在与床板连在一起的劣质松木制造的床头柜内壁发现了一个药片大小的窃听器。从那时起，事情真正开始变得糟糕起来。

马克再次想起卡特琳娜，他回想过去，试图寻找能帮他解开眼前疑惑的一些线索。她会对他们之间发生的事耿耿于怀吗？仅仅是这样吗？马克不这么认为，但说实话，他不知道。他试着回想他们最后一次见面，从那时起事情变得一发不可收拾……

15

——格鲁吉亚，第比利斯——

——1991 年 6 月，前苏联解体前六个月——

一天下午晚些时候，马尔科正在去鲁斯塔韦利地铁站的路上，一辆白色长面包车在他旁边停下，还没等他反应过来，就有人将他推进了车厢。

车门关闭时出现了一个人影，马尔科艰难地动了动膝盖，举起拳头，想要给他一下。

“别紧张，小子。这不是我第一次干这个，别让大家都为难。”

拉里坐在车内贴着胶带的破旧长椅上。他手里拿着盛有棕色液体的透明杯子，马尔科怀疑他拿的是克瓦斯，那是当地用发酵的黑面包酿制的一种饮料。

“搞什么，拉里？”

“嘿，萨维利奇，听说过美人计吗？”

“你们把我弄到这儿做什么？”

“某个外国情报机构聘请了一个很能干的人，呃，甚至比我还能干。你看，我又老又臭。”面包车越过了一个坑，颠得马尔科和拉里都从座位上弹了起来，“所以即使你是双性恋，你可能也不想跟我上床。这个计策里没有美人，但像你这样的年轻人确实抵挡不住年轻貌美的女人。”

“你想说什么？”

“你女朋友就是美人计。你甚至都不知道你在享受鱼水之欢时透露了多少秘密。抱歉，我早该想到的，我实在是太蠢了。”

马尔科笑了。这听起来有些荒谬，“不，她不会的。”

拉里语速缓慢却语气坚定地说：“不，她会，她在利用你。”

“她是个画家，而且她还是个学生。”

“还是被派来监视你和新闻俱乐部的克格勃特工。”

“胡扯。”

“关于我，还有你被人监视，以及你在帮我一起帮助新闻俱乐部的事，你都告诉了她。”

马尔科不得不承认自己的确说了。

“天啊，你为什么要告诉她这些！为什么？即使她不是克格勃特工——我不是跟你说过你身边有可疑人员吗？——就算她不是，可你为什么要跟她说这些？”

“昨晚卡特琳娜去看她妈妈了。我根本睡不着，我一直在想你说的可能有人在我的房间装了窃听器的事。哪怕几周前我已经彻底检查了公寓所有角落——”

“你找到了。”

“是的，在床下。所以我早上见到她的时候就和她说了窃听器的事，顺便也提到了我现在正在帮新闻俱乐部筹钱，这些事可能和我找到的窃听器有关。”

拉里摇摇头，一脸厌恶的样子。

“我没有提你的名字或关于你的任何事。我说，你到底想让我做什么？是你告诉我要是找到窃听器就别动它，不让那些人察觉我们已经发现了。”

既然马尔科已经知道克格勃在监听他们了，他还怎么继续和卡特琳娜交欢？他知道欺骗是无法原谅的，自己必须告诉卡特琳娜。他们不能再一起睡那张床了。

“那你告诉卡特琳娜这些时，她什么反应？”

“好吧，关于上床的事儿她不太高兴——我是说哪怕是对于前苏联人来说，这事也非常恶心。”

“这本身就是笔肮脏的交易，马尔科。她看起来担心吗？”

“我感觉她恶心多于担心。”

卡特琳娜早就知道前苏联将新闻俱乐部视为眼中钉，考虑到马尔科既是美国人又参加新闻俱乐部的会议，她早预料到会有人监视他。马尔科也觉得要是她知道了他为新闻俱乐部筹到了多少钱，一定会为自己担心，所以在这方面他一直都很谨慎。

“她确实有可能不知道窃听器。但这不意味着她是清白的，马尔科。”

“你真是够了，真的，拉里，你都不知道自己在说什么。”

“孩子，克格勃已经知道早上你跟她的对话了。如果我没猜错，你们是在你公寓外面的街上讲那番话的。那地方应该没人能听到你们说话。”

“你监视我。”

“不，马尔科，是有人在监视……”拉里拿手指着马尔科说，“和窃听你。而我在监视和窃听那些监视你的人。我想我应该暗示过，我们有一些方法去拦截……我们姑且称之为通讯。”马尔科没有回应，拉里又说：“他们知道今天早上你跟卡特琳娜的对话，知道你在帮我给新闻俱乐部筹钱。我知道这是事实。肯定是她把这些告诉他们的。没有别的解释。你完全暴露了，你搞砸了，萨维利奇。”

“她不关心政治。几周前我带她去过一次新闻俱乐部的会议，然后她再也不想去了。”

“或许她对政治不感兴趣。或者她真的喜欢你。谁知道她有什么把柄在他们手里，她为什么要帮他们。他们在玩一场肮脏的游戏，马尔科。但是她在帮他们，相信我。她在出卖你。”

马尔科回忆起卡特琳娜如何教自己说地道的俄语，他们彼此讲述在格鲁吉亚第比利斯和新泽西州伊丽莎白成长中所有有趣无趣的故事——比如，卡特琳娜三岁的时候，放下了自家汽车的手刹，导致车冲向了邻居家的围栏，又或者马尔科六岁时爬到屋顶对着邻居家窗户扔石子。卡特琳娜喜欢 U2[①]，麦当娜和 REM[②]。说到父亲去世她哭了。他不相信这些都是她演出来的。

拉里说道："如果我是你，明天就离开格鲁吉亚。到目前为止，前苏联政府对你还不错，但是现在他们已经知道你在帮他们的敌人筹集资金，就无法保证继续善待你了。我告诉你这些是因为你是美国公民，即使你完全搞砸了我的行动，我还是挺喜欢你的，不想看到你受伤。"

货车停了下来。

拉里又补充道，"如果你不离开而情况变得失控了，我也没法保护你，你的政府也保护不了你。"拉里给了他一沓一百卢布的纸币，"这些本来是给新闻俱乐部的，现在你用这钱买一张回家的票，就说你生病了。我这边会确保你不受富布莱特[③]人的迫害。"

"我可没请你来保护我。"

"我们不会再见了。"拉里藏在车门后拉开门，"出去吧。"

***

在街上走了一小时后，马尔科做了一个决定。他用一个付费电话给卡特琳娜打了电话。

---

① U2 是一支成立于 1976 年的爱尔兰都柏林摇滚乐队。

② R.E.M.是一支于 1980 年组建于美国的另类摇滚乐团。

③ "富布赖特科学奖学金计划"是一项美国和约一百五十个国家之间的学术交流计划，它始于第二次世界大战后，但一直没有正式登上台面。

“怎么了？”

“你知道你画画最喜欢去的地方吧？”

“你是说——”

“别说出来！就在那见。”

“什么时候？”

“现在。你现在能走吧？”

“能……好吧，能走，但是到底发生了什么，马尔科？”

“我一会再跟你说。”

***

马尔科爬到了老城区后面的山上，路过歪歪斜斜的小房子和小教堂，一直走到杂草丛生，碎石和垃圾满地的地方，这里太陡，没有房屋。

现在是晚上10点，天早就黑了。城市的灯光在他的眼前闪烁，天空呈现出不自然的紫色。微风拂过草地。马尔科的右边有一个铝制的女性雕像，雕像一只手握着剑，一只手拿着一瓶酒：善待格鲁吉亚人，那么我们将会用酒来欢迎你，否则，我们就要用剑来跟你决斗。马尔科想，从现在起这也将是自己的座右铭。

他爬到一条横穿山脊顶端的小径上。然后向左走，路过夜间关闭的索道，一直走到植物园的门口。

第比利斯花园隐藏在山的背面，处于中世纪堡垒的阴影中，是逃离城市喧嚣的好去处。这是一个荒凉的地方，泥土小径和摇摇欲坠的石墙纵横交错。因为城市在山的另一边，所以这里几乎听不到汽车的声音，只有一点风吹过树叶的沙沙声。

在白天，门票非常便宜，只要二十戈比。一个暴躁的老女人负责卖票。幸运的话，一天的门票钱就远超政府给她开出的微薄的薪资。现在因为是晚上，所以花园关闭了，但是它没有门。越过入口，马尔科离开大路，走入灌木丛中。

二十分钟后卡特琳娜从他身边经过，快速地走向有些陡峭的石子小路。她穿着马尔科送她的时髦的美式牛仔裤，这裤子其实是东德货，很便宜。荷叶边袖口的宽松白衬衫反射着月光，使她看上去在树林中闪闪发光。

马尔科待在阴影里看着，确定没有人跟着她后冒险走出灌木丛，悄悄走上小路，顺着卡特琳娜的方向走去，不让自己在月光下的影子显现在路上。他走到一处台阶边，那儿有一片竹林和长满睡莲的水池，他没有上台阶，而是回到了灌木丛中。

马尔科想卡特琳娜应该在主路上等着他，所以他决定穿过树林。虽然看不到她的表情，但他看得出来她很慌张，不像平时懒洋洋的样子。

马尔科等待着，听着周围树林的动静。微风吹过，树叶沙沙作响，树枝摩擦发出吱吱声。过了一会儿，他悄悄地走到台阶边，捡起一个高尔夫球大小的石头，躲在一棵高大的松树后，把石头扔向台阶的对面。

听到声响，卡特琳娜转过身。但马尔科却没将注意力放在她身上。

他仔细听着树林的声音，竖着耳朵听着是否有其他人躲在那里。

什么声音都没有。

“卡特琳娜。”马尔科大声喊了她的名字。她转过身。

“马尔科？”

他从松树后闪出，“在这儿。”

“你在干吗？”

“确定没人跟着你。”他用俄语说道。

“你吓到我了。”

“我想我们是安全的。我一直在监视这条路，跟我来。”

“去哪？”

“到树林里，去我们的营地。”上周，他们在公园待到天黑——卡特琳娜画画，马尔科看书——之后他们徒步到保护区的边缘，足畔是山脚下的溪流。他们围着一小片篝火喝酒，吃了面包和羊奶酪。“去吗？”

“你带毯子了吗？”

“带了。”

卡特琳娜走向他。她的手很温暖。他们悄悄穿过树林，走在灌木丛中的小路上，越过倒在地上的树木。他们到营地后，马尔科放下书包，拿出毯子和两根蜡烛。他把毯子铺在一周前自己跟卡特琳娜清理过的平地上。他把蜡烛点燃，在石头上固定好。这块石头上有他们上次来时残留的蜡滴。

卡特琳娜把挎包放在毯子边，问：“来这干吗？”

“嘘。”马尔科把手指放在嘴唇上，然后脱下了衬衫。

***

衣服都脱掉后，一切都那么明显了，她身上没有电线之类的东西。亲着她的嘴，感受着她的头发在肩上的触感，与她共同呼吸，这一切都让他心里的焦虑和怀疑没了底气。他不想面对她。但又不得不这样做，而且非要在做爱之前不可。卡特琳娜的头靠在他的胸前，耳朵就在他的嘴边。

“今天早些时候我跟你说过一些事。”他顿了下，听着树林的声音，然后问道，“你……给别人说过吗？”

他这么轻轻一问倒使她僵住了。她将头从他的胸口抬了起来。他抚摸着她的头发，把她的头压了下去。

“你什么意思？”

“我找到的那个窃听器，还有我帮助新闻俱乐部的事，你和其他任何人说过吗？”

“没有。”不知道是不是想要掩饰内心的不安，马尔科感觉她身体绷紧了，“你在说什么？”

“这些事我只对你说过。但是现在有别人知道了。”

“谁？”

马尔科停顿了一下回答，“你觉得是谁？”

“你……你在怀疑我？”

“不是怀疑，只是告诉你发生的事实。”

“是谁说的这些事？是谁？”马尔科没有回答，卡特琳娜说，“是那个出钱的美国人吗？”

“是的。”

“他告诉你的？说是我告诉了他这些秘密？”

“不，他说你告诉了别人。”

“他撒谎。”

马尔科思索了下。他认识卡特琳娜的时间可比认识拉里的时间长得多。

“是吗？”马尔科问道。

“他肯定在撒谎。”卡特琳娜又抬起了头。这一次，当马尔科想把她的头放回他胸口时，她却跨坐在他身上，双手捧着他的头，脸贴着他。她赤裸裸地压着他。在昏暗的烛光下，他看不清她的脸。“他一定在撒谎。”她轻声说道。

“起来吧。”马尔科说道。

“你不相信我。”

他将食指放在嘴上。没有作声。

马尔科轻轻地把卡特琳娜推开时，她并没有反抗。马尔科全身赤裸地站着，走向毯子边，拿起她的内衣，检查了内衣的每一处角落。

“你在——”

马尔科再一次把手指放在嘴边并露出一个警觉地表情。当他确认内衣里没有装窃听器后，才把内衣递给了她。他同样检查了她其他的衣服，但她只是让衣服堆在面前，没有穿上。她低着头，马尔科想或许她在哭。

检查完她的衣服后，他开始检查她包里的每一样东西——她的美术工具、颜料、几只笔、一个小化妆包、润唇膏、一片卫生棉、零钱、他公寓的钥匙、指甲锉、在第比利斯的课程表、一个装有三十六卢布的粉色小钱包、几张收据、她的驾照，以及她的前苏联护照。

她看着他，摇摇头，嘴唇颤抖着，哭泣着。

就在挎包外层和内衬之间的侧缝里，他找到了窃听器。这里微微隆起，一般很难被察觉到。马尔科用牙齿撕开细缝，用食指掏出了窃听器。他举起它，在微弱的光下仔细研究。这个跟他在公寓中发现的窃听器一样。

他面对卡特琳娜举起窃听器。她看着他，不再哭了，一脸困惑。在毯子前面有个小圆石环绕着的火堆。他轻轻咬住窃听器，拿起了两块石头，在卡特琳娜面前坐了下来。他向她展示这个窃听器，然后把它放在她的手心，凝视着她的眼睛。她摇摇头，马尔科不知道她是在否认知道这件事还是因为她发现自己暴露了而惊慌失措。

他拿回窃听器，把它放在一块岩石上，用另一块石头把它砸碎了。

“这你怎么解释？”他质问道。在长久的沉默和石头撞击声后，他大声的质问显得非常刺耳。

过了好一阵，她问道：“这是什么？”

“你觉得呢？”

“我不知道。”

马尔科盯着她的眼睛，试图找到一些线索，说：“你猜。”

她的眼里又开始噙满泪水，“监听我们的一种方法吧，但我真的什么都不知道，马尔科！你为什么要这么对我？我对你做了什么？”

“还需要解释吗？需要吗？生活不是在草原上散步，卡特琳娜。”卡特琳娜曾告诉他这是她妈妈喜欢的一句俄罗斯谚语，“不好的事时常发生。”

“别说了。”

他们彼此注视了很久。或许是她的眼神，或许是因为她的声音，又或者是她的眼泪。不管是什么原因，在那一刻，马尔科决定相信她。他捡起了那个碎了的窃听器。

“这是一个窃听器，有人把它装在你包里了。”

卡特琳娜从他手里拿过来，看到里面的线都被弄断了。

“那是天线。”马尔科说，就像他真的知道他说的是什么东西一样。但他非常确信那就是天线。

“我真的不知道，马尔科，我发誓。”

在闪烁的烛光下，他仔细观察她的表情，“你知道是谁把这个放进你包里的吗？”

卡特琳娜沉默了一会，摇了摇头，“不知道。我一直都带着这个包。”

“这个是被缝进去的。他们至少需要从你身边拿走几分钟。”

“也许是在学校。有人趁我上课，或吃饭的时候没注意，就拿走了。现在怎么办，马尔科？我们要做什么？”

马尔科也在考虑这些，“我们先隐藏起来。搬到你的宿舍，把春季学期上完，这期间我会远离新闻俱乐部和那个美国人。”

“然后你会离开。”

确实，马尔科会回到美国去，而卡特琳娜则会被困在格鲁吉亚。他讨厌这种想法。如果她想成为革命的一部分，见证革命，并帮助推动革命，那就简单了，可她并不想。她只想好好活着，好好画画。

“你想跟我一起走吗？”

她抬起头，疑惑地问：“去美国吗？”

“嗯。”

她皱起眉头，认真想了想，然后张大眼睛说：“我不知道他们会不会同意我走。”

马尔科犹豫了一下，想了想，说：“要是我们结婚了，他们就会放你走。”他觉得最坏的结果不过是他们不能在一起，但那样至少她是安全的。

16

——格鲁吉亚，第比利斯——

——现在——

他们那时还只是孩子，马克想。他喝完最后一口伏特加，确信有人在监视自己。

但他那时并未意识到。他认为自己和卡特琳娜都已经不再幼稚，而是真正的成年人了。但他错了，他还没有真正成熟，她也是。他们任性而冲动，分不清愚蠢和勇敢的区别，也没有看清现实……

马克用手捋了一下头发，再次想起那幅画，想起卡特琳娜、达莉亚、莱拉、拉里、德克尔，想起他为中情局工作的这些年，以及要是自己最初没有来格鲁吉亚，人生会变得多不一样。

克格勃那晚当着卡特琳娜的面掳走了他。凌晨四点，他们还在熟睡的时候，几个流氓踢开了她宿舍的门。他全身赤裸着被拽到大街上，然后被扔进了车里。他仍然可以听到卡特琳娜的尖叫声和别人扇她耳光的声音。

他想忘却那段丑恶的时光，想从脑海中删除那段回忆和其他许多回忆。

他的脑海中闪现出小莱拉在摇篮中的样子。他想着当清晨的阳光照进厨房时，达莉亚哺乳的样子。他甚至闻到新泡出来的咖啡的味道，听到咖啡咕噜咕噜的沸腾声，听到达莉亚温柔地对莱拉说“慢一点，慢一点，别喝那么急”。这些景象让他内心无比渴望能快点到家。

因为，虽然他不愿往这方面想，但他知道这种祥和，他所爱的一切，他想保护和保留的一切，都可能在瞬间化为灰烬。

在格鲁吉亚的日子至少让他明白了这点。

第三部分

17

——格鲁吉亚，第比利斯——

马克在第比利斯的机场等着登机时，收到一条看似是吉尔吉斯电讯发来的短信，内容是一条打折信息。但实际上，这条短信来自泰德·考夫曼，意思是电话联系。

马克渴望回家，但他也清楚考夫曼给他带来了大量业务，是自己的主要经济来源，因此不能完全忽视他的要求。所以马克离开了登机口，重新连上机场外咖啡店的无线网，用备用的 iPad Mini 拨通了考夫曼的安全号码。

“我说的那个工作——”考夫曼说。

“先提个申请，我会优先查看的——”

“关键是，这件事可能和拉里的死有关。你现在至少先听我说说。”

“好，但我的飞机现在开始登机了。你得快点。”

“阿塞拜疆占贾分部的部长告诉我他发展了一个二十四岁的女孩做他的线人，但两天前这个线人却遇害了。”

占贾位于第比利斯东南约一百三十英里处，是阿塞拜疆的第二大城市。马克上次在那的时候，那还相当混乱。而且，据他所知，那里现在仍然如此。

“我需要，”考夫曼继续说道，“你去查一下她的死因，还有这是否和拉里的死有关。”

“为什么那个分部部长不能查？”

“他最近压力有些大。事实上，当前的首要任务是给他做个假身份，在他精神崩溃之前确保他安全离开占贾。当然，要在你听完他的汇报后。”

“什么压力？”

“有人威胁他。”

“你想让我带他撤离？”

“谈不上真正的撤离吧。据我所知，他只是需要别人拉他一把。”

“我才不蹚这浑水，而且我不明白为什么这会和拉里的死有关。”

“纳希切万。”

“没明白。”

“有消息称，那个女孩在被杀前正打算把一家在纳希切万有大项目的建筑公司的财务状况告诉我们。”

“那就是这之间的联系了吧，一个机场安检标签和一个建筑项目。”

“纳希切万这样偏僻的地方出现的概率能有多少，萨瓦？现在我桌上有两份报告里都提到了这个地方——”

“我可不记得写过报告——”

“你知道我的意思。这两份报告都和纳希切万有关，还死了两个人。我希望你能找出这个女孩在占贾被杀的原因。我可以付你双倍价钱，还有额外奖金，如果——”

“我可是上了阿塞拜疆黑名单的人，泰德，记得吗？”

“噢，该死的，我忘了这事了。”

“我已经跟你说了两次了，要把我从黑名单上划掉。”

一年前，由于一次涉及石油政治和伊朗的情报工作没有做好，马克被阿塞拜疆政府宣布为不受欢迎的人。这意味着，他被收养他的国家踢了出来，并且永远不能再回去了。达莉亚也收到了类似的驱逐令。这也是他们搬到比什凯克的原因。

“是啊，现在又得重提了。”

阿塞拜疆的首都巴库曾经是马克的家。他在那里为中情局工作了将近十年。辞职之后，他在当地的一所大学教授国际关系。被阿塞拜疆驱逐算是他人生的一个污点了。然而，考夫曼显然从未在意过此类问题。

“重点是，”马克说，“我无能为力。抱歉。”

“要是我能让你的名字从黑名单上消失呢？”

马克查看了下 iPad 上的时间，虽然登机就要结束了，他还是问道：

“你办得到？”

“当然，我想基本没问题。”

“但我好像记得你上次帮我过问这事的时候，告诉我阿塞拜疆那边不肯让步。”

“确实，但那是因为当时你不是受命于应美国政府的。而现在你是了。”

“你连问都没有问过吧？”

“我记得我传过去一份你的个人申请。那可和国务院发出的照会不同。”

“我知道，该死。真谢谢你这么玩弄我，泰德。”

“你只要接了这份差事，我马上就发照会，我保证。”

马克并没有立即答复，他再次想起了达莉亚和莱拉，还有他们一起度过的那段短暂的平凡生活。他想，要是他们都能在巴库生活而不是被永久放逐在比什凯克，这种平凡的生活会有多好。身为父亲，需要看得更长远些。“我拿外交护照吗？”

“不。但我可以帮你弄本公务护照。”

“那也行。”

“你没有外交豁免权，除非你真的和美国站在一边。我是说，你可以在有麻烦时试着使用这个权利，但我不知道美国会不会护着你。”

“就算有公务护照，我还是需要阿塞拜疆的签证。”

“我可以让第比利斯的大使馆现在就去办这件事。是这样吗？你的意思是你答应干了？”

“不。我的必须一劳永逸地被从黑名单上除名。我可不想回去几天就又被踢了出来。”

“如果你是被认可的承包人，并且和我们有稳定的合作关系，那这就没问题。巴库的新任大使可不是什么省油的灯，要是你又惹怒了别人，就等着再次被驱逐吧，到时可别说我没提醒过你。我能做到的就只有这些了。”

“达莉亚也必须被从黑名单上除名。”

“呃。”

“这没商量。”

“你不一样，马克。你一直都是我们的人。但达莉亚……”

“人年轻的时候难免会做些让自己后悔的事。”

“她当时可没那么年轻，而且，她根本就没后悔过。”

“你知道，我已经释怀了，你也能。”

“我都不知道我能不能做到。要是你，我们到可以说你是和政府签订了合同。阿塞拜疆也会认可。但达莉亚的情况根本无从下手。”

“那就说她是我的人，也会同时进行工作。”

“这我可不知道，马克。”

“她已经投入到这个项目中来了。而且，90 年代的时候你老婆不也是领着中情局的工资吗？”马克知道自己是在逼迫考夫曼，但要是不能让达莉亚也从黑名单上除名，他就无法心安理得地接受这份工作。

在中情局，夫妇俩同时工作是很常见的。通常他们都会在一间办公室，而且他俩做同一份工作的收入经常大大低于各干各的。

“那是因为我们都驻莫斯科，还要抚养两个孩子。我需要一个信得过的帮手。”

“一个你可以信任的人，但没有专——”

“没必要侮辱我妻子吧，萨瓦。”

“想办法解决，泰德，这些是我的条件。”

18

——吉尔吉斯斯坦，比什凯克——

这天晚上，达莉亚在去附近超市的路上时，手机响了起来。

“喂，还好吗？”马克问道。

达莉亚一手拿着电话，一手费力地推着婴儿车走在坑坑洼洼的人行道上。“挺好的，呃，其实也不是特别好。莱拉的疹子还没好，情绪也不稳定。”达莉亚心情也很烦躁，她为了照顾莱拉昨天半宿没睡，今天也没闲下来，“可能是我总带着她在外面跑的缘故，是我不好。”

成天和孤儿院的孩子们在一起却照顾不好自己的孩子，让达莉亚觉得很难为情。不过孤儿院里的那些孩子大多比莱拉大，而且还不用她亲自换尿布。

“没事的，别担心。”

“楼下的邻居让我试试将蛋清涂在她屁股上。”

蛋清！呵，怎么不把她自己孩子的屁股当作面皮一样往上抹蛋清？这听起来就像要让莱拉染上沙门氏菌。莱拉出生前，达莉亚特意研究了研究婴儿护臀霜，最后看中了三种。可她选的这三种在比什凯克买不到。“别听他们的，”马克说，“对了，我有个坏消息和一个彻头彻尾的好消息。”

达莉亚看了下时间。马克这时应该在飞机上了，“你现在在哪儿？”

“这就是我要跟你说的坏消息。我答应帮考夫曼办件事。”达莉亚顿了几秒，然后说，“马克——”

“这事有可能和拉里的死有关，不然我不会接这活的。你发现的那个纳希切万机场的托运行李标签和很多事有关。”

“你已经接了这任务了？”

“我答应在接下来的几天里尽量帮帮忙，”没等达莉亚开口反对，马克接着说，“我知道，我知道，这种时候发生这种事的确让人很不爽。”

达莉亚又沉默了一会儿。然后才说：“你为什么不先打个电话问问我呢？你要处理拉里的事，我完全理解。可……”达莉亚摇了摇头。她知道这种事迟早会发生，就像她有时候工作忙起来需要马克料理家里一样。他们对这些事都有共识。但她没想到这种情况会在莱拉刚出生后就发生，“他要你做什么？”

“做些调查。”

“为什么非要你去？”

“我猜是原来办这事的家伙遇到麻烦了。”

“什么麻烦？既然那人遇到麻烦了，你怎么知道你不会？”马克没说话，达莉亚继续说，“马克，我不——”

“听着，好消息——应该说是特大喜讯——是我要去阿塞拜疆。我明早就到巴库了。”但他没提他得先去离第比利斯西边一千多公里的伊斯坦布尔，再绕到在第比利斯东南边五百公里不到的巴库。如果俄国人真在跟踪他，他最好别停下，而且得尽快离开格鲁吉亚。他觉得在飞机上比在机场里安全，即使他已经过了安检到了相对安全的地带。虽然俄罗斯和阿塞拜疆也有着很紧密的联系，但马克对阿塞拜疆了如指掌，在那儿他能很快甩掉跟踪自己的人。

“好吧，我现在彻底糊涂了。”

“考夫曼会帮着把我们的名字从阿塞拜疆政府的那份黑名单里划掉，亲爱的。这是我和考夫曼交易的一部分。我们可以回阿塞拜疆了。我们可以在巴库把莱拉养大。”

这个消息太突然了，以至于达莉亚一时无言以对。但她听出马克说这话时很兴奋，这和他一贯的平静很不一样。她知道马克对巴库的眷恋之情，所以她不想说什么让他扫兴的话。而且他们以前商量过，如果他们被从那份黑名单中除名，就可以回巴库，达莉亚也同意在那儿经营她的孤儿院，甚至可以在那儿扩展业务。

但以前的那些讨论都只是说说而已，因为马克一直没能让阿塞拜疆政府解除对自己的禁令，更别说对达莉亚的了。“可考夫曼不是很讨厌我吗？”达莉亚问他。

“我跟他说，如果我们两个不能一起去巴库的话，我就不接这活。”

“哦，谢谢你。”

如果在一年前听到这个消息，达莉亚说不定会更高兴些。她当初来比什凯克不是因为她喜欢这个城市或吉尔吉斯斯坦这个国家，而只是因为这儿离她资助的几家孤儿院近些。她一开始觉得搬到这儿只是临时的，她会利用这段时间做慈善，来弥补以前犯下的错误，同时也好好规划一下未来的生活。但做着做着她发现自己爱上了原本为了赎罪而做的慈善工作。她现在身边有一群可爱的孩子和一个能干的助手娜吉拉，运营这些机构的钱也完全是募捐来的，再也不用靠她那点从中情局糊弄来的钱了。这一切都让她感到无比满足。

渐渐地，她也喜欢上比什凯克这个城市了。她喜欢这儿绿树成荫的公园，喜欢周围的群山，喜欢在夏天的伊塞克湖畔散步。她觉得，在自己忙着打理孤儿院和抚养莱拉的时候，要搬去这么老远的地方纯粹是添堵。

“巴库比比什凯克好太多了。那儿有更好的学校——”

“而且，要是莱拉不说自己想要成为总统这样的话，说不定还有机会去教训别人呢。”

达莉亚指的是她和马克曾经讨论过的一件事。在被问及以后想做什么时，一个阿塞拜疆的学生说自己想成为总统。老师告诉他总统只有一个，而且国家已经有总统了。那个学生的家长被叫去反省自己为什么会教育出这么一个口出狂言的孩子。批评教育结束后，这个孩子被开除了。

“我们让莱拉上私立学校。那儿的医疗条件也更好——”

“阿塞拜疆的人都去伊朗看病。”

“以前是，但现在情况好多了。他们的石油卖了很多钱。巴库的市中心正在建一座新医院和一些私人诊所。有些私人诊所还挺不错的。”马克的声音听着有点不高兴了，“我以为我们以前讨论过这个了。”

“是，我们的确讨论过。”可达莉亚心想，那是一年前的事情了。当时去巴库的想法只是说说而已，完全没有成形。

“我记得你当时说搬到巴库不是多大的事儿，你说你在那边依旧可以运营你的机构。”

达莉亚从未对巴库有多迷恋。那是一个拥有两百多万人口的大城市，周围都是沙漠。但巴库的确比比什凯克现代化。那儿比比什凯克富得多，所以也有更多的现代化设施。虽然她自己很少光顾古奇、蒂凡尼之类的奢侈品店，但她觉得去那些店里消费的妈妈们至少不会用蛋清来治孩子的疹子。她也承认吉尔吉斯斯坦的医疗条件很差。没有莱拉的时候，她毫不在意这点。世界上有那么多人住不上好的医院，用不上好的药物，不也都这么过下来了么，她和马克为什么就不能呢？但如果莱拉病了呢？他们忍心让莱拉受苦吗？

如果他们继续在比什凯克住下去，而莱拉忽然病了呢？要是她发高烧，他们该带她去哪儿看病呢？阿拉木图离这儿要两小时的车程，而且需要穿越国境线。

她设想了一下巴库市中心的儿童诊所的样子。那会是个干净整洁的地方，穿着白大褂的女医生会对病人微笑，再没有酒气冲天的老男人——她想到了那个迫使她做出顺产决定的麻醉师。

“巴库那儿有 TriplePaste 牌护臀膏吗？”达莉亚问马克，“含羊毛脂的。我想要那种。”

“我查查看。”

“TriplePaste 或 Desitin[①]的都行。要强效配方的，不要快速缓解的。”

“好。”

“在巴库的生活会很好的。”达莉亚心不在焉地说。她现在只希望她一觉醒来后发现分娩后遗症和孩子的疹子都好了，“这个消息实在太突然了，我们之后得商量一下怎么搬家，不过船到桥头自然直。你自己多保重。”

“那是。”

“记住，你已经当爸爸了。”

“只要有条件，我就会打电话或发邮件给你。但从现在起，你要知道我已经处于执行任务的状态了。也许我应该更早进入状态的，可整件事就像滚雪球一样一发不可收拾。”

有任务在身时，马克不到非联系达莉亚不可的时候是不会打电话给她的。他们两在注册各自的机构时都会编造一个复杂的匿名法人架

① Triple Paste 或是 Destin 均为美国婴幼儿护臀膏。

构。达莉亚从不与给孤儿院捐款的有钱人合影；莱拉出生证上的姓氏写的是斯蒂芬森；他俩所有文件上的签名都用这个姓，包括在比什凯克买房时签的合同。这都是为了将他们的私生活和他们隐蔽的情报工作——无论是现在还是过去——完全分开。

他们知道，再怎样小心也不能保证彼此间的联系不被人监听。所以只要马克有任务在身，就不能给家里打电话。

“我懂。”达莉亚说。

19

——阿塞拜疆，巴库——

——第二天——

巴库变得越来越繁华了。

马克从等待出租车的队伍中望去，发现这个主机场航站楼是全新的，到处都是华丽的曲线和闪闪发光的钢材和玻璃，面积比他被驱逐出境时经过的那个老航站楼大了三倍。通向机场的道路不再是像几年前到处坑坑洼洼，而是已经变成了一条拥有八车道的崭新的现代化高速公路，即使他乘坐的出租车时速接近一百英里也稳得很。马克承诺，要是司机能准时送自己到大使馆参加重要会议，就会给他二百美元小费，所以司机开得很快。马克坐在车里看着后面那些可能跟踪他的车辆，觉得大部分是跟不上了。同时，他也注意到道路的两旁有数以千计的装饰性路灯，每一个的成本估计都超过阿塞拜疆的人均年收入。

这种石油交易带动的繁荣在马克被踢走时已初见端倪，但眼前的景象仍让他惊叹不已。天哪，这儿竟然还有一座川普大楼——这地方在他离开的这些年里真是天翻地覆。

唯一没变的是位于自由远景区的美国领事馆。这座领事馆建造于一个世纪以前，当时的巴库正处于首次石油兴盛时期，前苏联还未将阿塞拜疆的石油工业引上末路。建筑本身很宏伟，比在比什凯克建造的防核爆地堡式的使馆好太多了。不过这栋建筑隐藏在高墙之后，必须经过绿色金属门才能进入使馆，让人很容易联想到那些资金不足的监狱。

马克慢跑进入口时想，要是将大门重新刷漆，并写上令人愉快的标语会不会让国务院抓狂？这不是他第一次这么想了。比如“欢迎来到美国领事馆！我们非常欢迎你的光临！”对大多数人来说，那座丑陋的大门就是他们所见的美国。

在一个小警卫室，马克被要求接受安检。安检员是身穿蓝色制服全副武装的阿塞拜疆人。他注意到这房间里面的电线仍然乱成一团，线路板仍然暴露在外，那种老式的金属探测器快要从他记忆中消失了。

他递过自己的新护照。这本护照是考夫曼授意，由第比利斯美领馆的人在他登上飞往伊斯坦布尔的飞机前交给他的。护照封皮是棕色的，上面标明他是为美国官方工作的美国公民。

“手机呢？”警卫问道，并指着他的双肩包说，“有没有笔记本电脑？”

“我要带着它们，请批准。”

除了使馆的工作人员，一般人都会被要求关闭所有电子设备。

“有预约吗？”

“预约了罗杰·戴维斯。”

对外，戴维斯是使馆的政务参赞；对内，他是中情局在阿塞拜疆的负责人。

***

由于携带电子设备进入大使馆的请求被拒，马克将拉里的笔记本、照相机，还有他自己的苹果手机、iPad、两个充电线，以及可将 iPad 连接到其他设备的转换器交给了警卫；警卫则将一张写有序号 3 的塑牌交给了他。

一名实习生在使馆主楼的海军陆战队警卫检查点接待了他，不过她并没有马上带他到戴维斯那，而是将他带到了一个处理公共事务的官员的办公室，让他在那儿等着。办公室内堆满了杂物，但总的来说让人觉得很舒适。

在最初等待的半个小时里，他并不在意。巴库时间比华盛顿时间早九个小时。这意味着当人们早上刚到大使馆时，有一堆华盛顿那边在前一天发送过来的事得处理。马克是早上 9 点半到大使馆的，这个点戴维斯可能还很忙。

负责公共事务的官员是一位精神紧张的女士，她盯着电脑，手指猛烈地敲击着键盘，并不断咬着自己的指甲。等了一小时后，这位官员就像头一回看到马克一样，为耽搁这么长时间向马克道歉，并询问马克是否需要茶点。马克礼貌地拒绝了，但向她借了电话打给格鲁吉亚的领事馆。

他成功联系上了卡尔，但卡尔还是没有找到与卡特琳娜相关的信息。马克建议他可以到格鲁吉亚重要档案资料局或是格鲁吉亚国家社保系统中找一下，尤其是如果由美国大使馆直接发出请求，可能会得到更多回应。而且有名字和出生年月（1968 年 7 月），应该可以找出点什么。卡尔很不情愿地说会再打几个电话问问。

一个半小时后，马克跟那个官员说想去厕所。他知道怎么走，不需要带路。但他没有不假思索地从公共事务部经过。那里坐着一位年轻的涉外官员，正盯着脸书和推特上的阿塞拜疆激进分子的活动。马克径直走向了他曾经待过的位于三楼的办公室。

罗杰·戴维斯正背靠着老板椅，双脚放在六英尺长的橡木桌上。这张桌子是阿塞拜疆人清理巴库老市政厅中的前苏联政府留下的垃圾时马克花了差不多二十美元买回来的。戴维斯正读着土耳其发行量最大的报纸——《时代报》，喝着一杯健怡可乐。

“我打扰到你了吗？”马克环视着办公室，一切都和他走时的样子差不多：一张磨损的蓝色地毯，一扇可以看到楼下院子的高高的窗户，天气好的时候，马克会到那里吃午餐；一张咖啡桌，两把有靠背的椅子。除了 90 年代大使馆还被安置在酒店时，首任负责人买的一尊乔治·华盛顿的半身像放在咖啡桌上，就再没别的装饰了。马克注意到那个老式文件柜已经被移走了，那个地方放了一些打印机、电脑和一排移动硬盘。戴维斯的桌上放着一个笔记本电脑。

戴维斯看了眼马克问道：“谁让你进来的？”

马克看了看四周，摇了摇头说：“年轻人，我可不想念这个地方。”

他说的是实话，他想念巴库，却不怀念分局负责人的工作。这张桌子上的工作就没停止过，兰利那边的官老爷们不断地给他施压。而比起做好情报工作，这群官老爷更在乎的是不要犯错。

“我刚开完会回来。需要点时间整理会议纪要。你恐怕得再等一会。”

马克从未见过戴维斯。不过不是所有中情局官员只要出外勤时间够长就能升为分局负责人的。通常能晋升的都是那些马屁精。

“好。”马克随即找了一张靠背椅坐了下来。

“让你等的另一个原因是大使还要过来。等差不多了我会通知你的。”

“我就在这等。”

“我想你还是换个地方吧。”

“我听说他们打算在市中心建一家医院。相信不久之后巴库就可以告别穷乡僻壤这个称号了。它会变得像巴黎一样吧。”

戴维斯讥笑了一声说：“确实，里海的巴黎。政府已经缩小了贫富差距，不过他们搞砸了，人们为了离开这个鬼地方变得不择手段。这倒不一定是件坏事。人在一个地方待得太久，就会变得见怪不怪，没有主见。”

戴维斯只在这里干了两个月，而马克在这待了五年。

“我来这儿不是要为难你，罗杰。是因为考夫曼拜托我来帮忙才过来的。我尽量不影响你的工作。”

根据现有情况，他认为现在最好不要告诉罗杰他打算将自己的间谍公司设在巴库市中心，虽然他自己也不确定要不要把公司开在这儿

***

戴维斯给大使打了个简短的电话。十分钟后，一位比马克和戴维斯还要高几英尺的女士过来了。她鼻孔宽大，长着男人的下巴。

马克想，好的方面是，她不是因为在政治上做了大量的贡献才坐到这个位置的。她为国务院奉献了自己三十年的时光。她会说俄语、土耳其语、法语，还有一些阿塞拜疆语，而且，她非常清楚自己该干什么。坏的方面也是她为国务院工作了三十年。马克知道她是因为她的名声很大，但大多数时间她都在土耳其和华盛顿工作，所以马克和她从未谋面。

“罗杰在这儿，”女大使指着戴维斯说，“既然能派出人手到占贾去。我不明白为什么需要你到这儿来。”

马克很清楚自己在巴库的原因，不过他很怀疑罗杰·戴维斯和这位大使是否也知道。毕竟考夫曼对戴维斯和他的团队不是很信任。不过他说：“考夫曼请我来的。他想我从你占贾分部的负责人那里听取汇报并将化名信息资料交给他。据我所知，那位负责人现在有些焦虑？”

“我们的事我们自己能处理。”

“之后，我会调查——”

“我看过电报了。”戴维斯说。

“我的职责范围大过泰德·考夫曼和中情局，”大使说，“要是你引起什么国际纠纷，倒霉的是你，而不是考夫曼。”

大使直接代表总统。她的工作之一就是要确保情报工作不会影响到目前后方的管理，或是与当局目前的大目标相冲突。

“你将在国外调查一起谋杀案，”她继续说，“还没有当地政府的同意。这让我很不安。”

“你走后情况变了。”戴维斯对马克说，“变了很多，投在这里的钱……”他大喘了口气，仿佛不知道说什么好，“我是说，每隔一天我们都会接到一些国会传过来的古怪任务，要我们坑蒙拐骗地为他们的家乡促成一些见不得人的交易，他们认为自己只需要露个面，而我们就像是他们的经纪人！要帮他们和恰当的人取得联系！这还算是幸运的。还有人试图说服我相信伊朗北部想要脱离伊朗，加入阿塞拜疆这种胡言乱语。我是说，你根本想象不到他们蠢到什么程度。”

“噢，我能想到。”马克说。

“重点是，现在风险更大了。大多数人什么也不知道，却仍然关心时局或自以为是。很多投进去的钱很可能会打水漂。”

马克觉得戴维斯不想和考夫曼冲突，所以只是说出了普遍的担忧，而没有说出特别的事情。马克说：“好吧，我知道了。但那和考夫曼要我去占贾的事有什么关系？”

大使说：“我冒昧给比什凯克的大使馆打了个电话。他们对你和你的公司在中亚的工作评价很高。不过和那儿不同的是，呃……”大使摇了摇头，声音也弱了下来。

“不同的是，是华盛顿那边施压，”马克说，“让我来做你不愿意做的工作。”

“差不多。”大使说。

“听着，我对你的担忧表示同情，不过这听上去似乎是你和兰利总部那边的问题，与我无关。”

“可能吧，不过现在站在我面前的是你。”

“那就否决调查吧。考夫曼可能会发点牢骚，也可能会把他老板和你老板都牵扯进来，而你只是做了你该做的而已。”

“反正你都会收钱的，”戴维斯说，“是吗？”

“事实上，不是。我会收机票钱，但不会因为工作收钱。你知道为什么吗？”

“为什么？”

“因为我不是白痴。我公司提供的情报工作都是物有所值的。”

马克并不怪戴维斯对钱的事充满敌意。当他还是这里的负责人时，他也很讨厌私人承包商。事实上，即便他给中情局开出的价格比其他私人承包商更合理，他的收入照样远远超过戴维斯，甚至比戴维斯管理的所有情报人员的收入都多。这并不公平，但这就是生活。解决方案就是整改中情局，让内部人员处理需要私人承包商做的事情，不过马克认为短期内这不太可能实现。

马克转向大使说：“没有你的同意，我不会在阿塞拜疆开展任何工作。不过我们都知道，要是你不同意，考夫曼会有多不开心。这由你决定。”

大使没说话，看着戴维斯。戴维斯耸了耸肩说：“我一点儿也不想他在这，不过这是老板的意思，我也无能为力，只能这样了。我希望你能每天发份报告给我——”

“我无法保证每天提交报告。这取决于我在哪和我在干什么。但我会适时提交报告的。”

戴维斯转了转眼珠，“那就适时报告吧。还有不能带枪。”

大使若有所思地点了点头，“同意，不能带枪。本来这儿的规矩也大概就是这样。”

那也是马克最后两年在这儿的规矩。阿塞拜疆限制枪支的法律非常严格，要想非法携带枪支，就得好好衡量一下这其中的风险了。通常情况下，这个险并不值得冒，不过大多数的情报人员特别是在进行没有官方保护的行动时会藏一把以防万一。

“我没意见，”马克说，“你有为你的分部负责人准备假身份吗？”

“我需要花几个小时准备那个。”戴维斯说。

他们又花了一段时间讨论后勤的问题，之后马克与戴维斯和大使握手，感谢他们腾出宝贵的时间。马克正准备离开的时候想起了答应达莉亚的事。“顺便问一下，你知道哪能买到好的护臀膏吗？不是随便一个老牌子，我需要 TriplePaste 或是 DESITIN 牌的。”

大使皱了下鼻子说：“我不知道。”

“可以去巴库港口商场看看，”戴维斯说，“我不确定那是不是有药店，不过要有的话，他们应该会进很多这种高端货。”

***

马克收好自己的电子设备，在相对安全的警卫室叫了两辆出租车。出租车到时，马克转向持有武器的看上去是主管的阿塞拜疆警卫，“要是您不介意的话，请护送我上车。”

“您在担心什么吗，先生？”

“不，不过我在这儿并不算受欢迎，所以……”

“没问题。不过先生，你忘拿你的电脑和照相机了。”

马克将拉里的照相机和笔记本留在柜台上。存满俄军基地照片的内存卡就放在笔记本上面的密封袋里。

“我过几天再来拿。”他现在不需要这些东西，也不想带着他们到处跑。他可不想带着这些俄军基地的照片在占贾四处打探时被抓住。尤其是照片已经在线备份了。

“抱歉，先生。我们这不能为您保存东西。只能在您进大使馆的时候为您临时存放。”

马克还是把东西留在了那。

“请小心照相机，那玩意儿很贵的。也许把它们放进使馆里的保险柜比较好。更好的办法是跟罗杰·戴维斯说，让他帮我保存。”

“先生，我得告诉您——”

“最多不会超过一星期的。要是更久的话，我会派人来取。”

“这又不是储藏室，可以让您——”

“跟戴维斯说吧。我得走了，请护送我出去吧。”

虽然很不情愿，警卫还是照做了。

20

从机场到使馆这一路，马克倒是没发现有人跟踪自己。但在经历了第比利斯机场那件事后，他一刻也不敢放松警惕。

走出大门后，他快速观察了一下停在门口的两辆出租车：一辆是应阿塞拜疆总统要求刷成亮紫色的新式英伦风出租车，另一辆是老旧的俄罗斯拉达牌轿车。开紫车的司机看上去年轻些。马克上了那辆车，因为他觉得年轻的司机开新车，速度肯定要快些。他上车时注意到，路对面有一个穿棕色皮夹克戴着风镜的人好像在看着自己。

“去四季酒店，”马克对司机说，“五分钟内开到那儿，我就把这一百块都给你。”他把钞票塞到司机手里。车子“嗖”地一下开了出去。

不一会儿他们就到了奈夫特赤勒大道[1]，和这条街平行的是一片通往里海海岸的荒地。这地方以前是人们闲逛的好去处。当时它的东西两头都是散发着石油气味儿的码头。不过现在这些码头都迁到巴库南边的一个新建的大港口了。原来那些锈迹斑斑的黄色大吊车和破旧的集装箱运输船也都不见了。取而代之的是一座座海滨公园，其中一座公园里还竖立着一根高高的旗杆。这根旗杆原本是世界上最高的，后来塔吉克斯坦建了根更高的。以前这片荒地里有一道石砌防波堤，堤岸上弥漫着海藻和鱼的腥味。堤岸边是一条斑驳的柏油小道。现在这些都没了，取而代之的是一条铺着白色地砖的路，一直延伸到海边。

奈夫特赤勒大道前的一座小山坡上，有三栋火焰状的摩天大楼，主宰着西边的天际线。

马克一边看着这一切，一边观察是否有可疑的人跟着自己。有那么一刹那，他觉得现在的巴库也许不再适合自己了，他似乎赶不上这个城市发展的步伐了。他印象中的巴库是一个破旧、颓废、脏乱的城市，到处都是隐蔽的小巷。可现在……这地方俨然一个购物中心，一个微缩的迪拜。

他想可能是自己在慢慢变老的缘故。他也在变。他现在肩负着父亲和丈夫的双重责任，再也不会像以前那样轻易冒险了。也许他的第二故乡在不断变化是对的，就像他在改变一样。他们都在洗脱自己的过去。

① Neftchilar Avenue.

马克看了一眼后视镜中的自己。他看到了眼角的鱼尾纹，看到原先只在两鬓出现的银丝已悄然爬上头顶。

他不得不承认，经过岁月的洗礼，巴库变得更好了。

***

前面就是四季酒店了。“就停这儿吧。”马克对司机说。

他背上旅行包，下车后直奔巴库的老城区。他第一次来巴库的时候，这儿的老城区还被一座建于十一世纪的颤颤巍巍的石墙包围着。靠石油发了财后，阿塞拜疆的人民决定对老城区来个大整修。他们重新修筑了包括这个石墙在内的所有古迹，使之焕然一新。现在城里的古迹看起来和拉斯维加斯卢克索酒店前的狮身人面像一样新。

老城区里的石子路仍旧很窄，有些路能通到一些极窄的小巷。路上行人很少，这让马克能集中精力观察身后的人。

他左拐走上了一个陡坡，穿过一个没有围栏的工地。工地上乱放着水泥锯和手提钻，工人们在运着砂浆。到达坡顶时，他急转到右侧。一幢刚刚翻新过的蜂窝状圆顶水泥建筑出现在他眼前。楼前的牌子上写着：公共浴室。

巴库有很多土耳其澡堂，有些已经开了几百年。看到自己最喜欢的澡堂的外部幡然一新，马克有些失望。原先被煤烟熏得发黑的棕色外墙被刷成了卡其色。不过当他进去后，他又找回了以往的感觉：一股热浪扑面而来，空气中夹杂着水、汗、潮湿的木头和石头的味道。入口对面的柜台后面堆满了纸巾和茶杯，柜台前工人留下的一堆施工工具差点绊了马克一跤，澡堂圆顶上的墙皮也脱落得七七八八。这一切反而让他觉得很开心，因为这让他找到了他深爱的这个城市的感觉。

“萨瓦先生！”柜台后传来一声惊呼，“都过去这么久了，我还以为你已经死了呢！”

“还没呢，老兄。还没。”

***

哈桑从柜台后走出来。他是阿塞拜疆人，个头很大，秃顶，鹰钩鼻。因为总戴着眼镜的缘故，鼻梁上被压出一个印儿。他穿着运动短裤和无袖汗衫。

“好久不见，”马克招呼道，并和哈桑简单拥抱了一下，“你还好吗？”

“好，我很好。”

“你的孩子们呢？”

“老大从上个月起就来这儿打扫澡堂啦。他干活可卖力了。”

“那还用说。”

“今天不收你的钱，萨瓦先生。欢迎你回来。不过恐怕你找到更好的澡堂了吧。”

“哪有。我出国了，哈桑。那儿的澡堂都又脏又破。洗完澡后，回家还得再洗一遍！回来的感觉真好。早知道会走那么久，我会事先告诉你的，可……”

哈桑摆了摆手：“没关系，回来就好，萨瓦先生。”

他们聊了聊过去一年里的事情。马克告诉哈桑自己和达莉亚结婚了，还生了一个女儿。“今天你就好好享受一下吧。”哈桑说着指了指更衣室门口的凉拖，“你还要浴袍吗？”马克正要说不，哈桑忽然睁大眼睛说：“等会儿，萨瓦先生，我有样东西给你！”

“我不——”马克正要说他今天来不及洗澡了，可哈桑已经跑到前台后面的员工房间里去了。不一会儿他拿着一双塑料拖鞋出来了。拖鞋很旧，其中一只上面的塑料还开裂了。马克认出了这双鞋。

“这是你的鞋子，萨瓦先生。我们看你一年都没来，就把你的拖鞋从更衣室里拿走了，不过我帮你保存着。”

“我还想我可能拿不回来了呢。你对我真是太好了。”

哈桑点了点头，他很高兴马克这么说。

“可我现在来不及洗澡了。我需要你帮个忙。”

“尽管说，萨瓦先生。需要我做什么？”

马克向哈桑借了他的外套，太阳镜和一顶草帽。草帽是那些需要长时间顶着太阳干活的人戴的那种。马克从澡堂里的一条地下通道出去了。这条通道是放加热设备的，能通到澡堂后面的一条路上。马克以前常常在澡堂打烊后从这条通道出去，与他的线人秘密接头。

21

确定没有人跟踪自己后，马克在路边买了杯土耳其咖啡。他刚出老城区就到了西方大学。教学楼是一栋 19 世纪初的六层建筑，有一扇很大的橡木制校门。马克跟保安说他要去见国际关系学院的系主任，虽然他没有学校的证件，可守门的保安还是挥挥手让他进去了。

进楼后，马克迅速跑到三楼，他只想早点完事，不想撞上熟人。以前那段短暂而痛苦的学术生涯和他干的情报工作毫不沾边，他不想跟这儿的同事解释自己为什么会做间谍，但他也不想撒谎。所以回避是最好的办法。

马克以前的办公室在三楼，从窗外看去有片栽了些无花果树的小园子，树被晒在外面的一排排衣服遮住了。办公室给人一种复古的感觉：高高的天花板，橡木制的护墙板，两米多高的门上有一个扇形窗。

马克掰开门把手，看到有人坐在自己曾经的办公桌前。那人背对着门，盯着电脑，用笔轻敲着桌子。马克敲了敲门。

没有回应。马克又用力敲了敲。

那人好像要记下刚刚所想的，抬手敲了几下键盘后才转过头来。他的眼睛肿得跟金鱼眼似的，鼻子通红，桌上放着一盒纸巾。

“有事吗？”

马克认识这个人，但也就是打过几个照面而已。他是教数学的，出生在伊朗。他和马克是学校里为数不多的拒收学生贿赂的教授之一。

“你现在有空吗？”

他们都说的阿塞拜疆语。

“周二才是接待时间。”

“我以前在这儿教过书。我们肯定见过。”

那人转过身来，说：“我们见过？”

“在员工休息室。那应该是一年多前的事了。”马克进了门，把咖啡杯移到左手，伸出右手与那人握手。马克告诉那人自己曾经在这儿教国际关系，“这是我以前的办公室。后来因为家里有急事就离开了。那时我没来得及理清自己的东西。我有件东西落这儿了，现在得取走。

“在我办公室里？”

“那东西在办公桌右下角的抽屉里。要是不在就怪了。”

“抱歉，你说你是谁来着？”那个教授瞟了眼门口。

马克重复了自己的名字。“我以前和萨梅多夫教授共事过。”马克觉得这人有可能还在担任国际关系学院的主任，“我得把抽屉拿出来才能找到我的东西。”他把咖啡放在桌上说：“很快的，找到后我会把一切归位。“

“萨梅多夫教授上个学期末时退休了。”

“是吗？我知道他一直在考虑退休的事。”

“保安知道你进来了吗？”

“他们认得我。”

“你不介意我现在把他们叫过来吧？”

“完全不介意。”

桌上有一部无线电话。但底座上接了根电话线。马克佯装帮忙把底座递给那人时，偷偷拔出了电话线，但还是让接头挂在插孔上。

“你打吧，我找我的东西，希望你别介意。”

马克跪在地上，顶着教授的腿，拉出最底层的抽屉。抽屉很沉，里面放满了书和活页夹，要把抽屉从滑轨上抬起来很费劲。

教授看着马克的举动，惊呆了。他拿起了电话，“其实我很介意你这么做。如果你事先约了——”

“马上就好。”

马克把抽屉拿出来放在地上，把手伸进桌子里，扯下一个用胶布贴在桌子内壁的保鲜袋。他迅速检查了下袋子，里面有一本破旧的阿塞拜疆驾照、一张政府工作证和一张西部大学的工作证。每个证件上都有他的照片。照片上的他有一头黑色短发，名字都写的是阿弟勒。

里面还有一张三个月后到期的签证和十张面值一百的美钞。最终他确定这些假证件就是自己以前留下的那份。

马克不需要这些钱，他从比什凯克带了不少钱过来。但这些崭新的钞票还是让他为之一振。他把保鲜袋塞进后裤兜里，把抽屉装了回去。

教授一边拨号一边瞪着马克。

“我现在就走，”马克说，“多谢帮忙。”

他一口喝完剩下的咖啡，本想把空杯留在桌上，但最终决定还是不要做得太过分了。

***

马克离开了学校。在占贾分局送来新的材料前他没什么别的事要做。他一边想着去新巴库港购物中心看看有没有护臀霜，一边想着今后住哪儿。肯定得住城东，那儿离西方大学远，不大可能碰到以前的大学同事。可以住那些新盖的楼房里。马克想知道顶层公寓要多少钱，那种房子有的可不是阳台了，而是大露台。莱拉快会爬了，他可以在露台上给她装个小型攀登架。

达莉亚和莱拉在房顶上惬意地晒太阳的样子在他脑海中出现没多久，他又开始想，万一莱拉觉得好奇，爬到了露台边缘想要爬围墙，而围墙又不够高怎么办。

一个顶层露台和一个幼小的孩子……他在乱想些什么啊？既然房顶不安全，那阳台也——

马克打断了自己思绪。什么乱七八糟的。

这时有两个男人朝他走来，两人都穿着白色汗衫和深色外套。马克一开始想撒腿就跑——他眼前有很多逃生之路——但他没那么做。他觉得这次和在第比利斯机场遇到的情况不太一样，他相信自己的直觉。

“马克·萨瓦？”

“不是。”马克说。

“萨瓦先生，有人派我们来找你。”

说话这人长得很结实，剃了个西瓜头，浓密的眉毛连成一根，亟待修剪。他说一口地道的阿塞拜疆语。马克稍稍松了口气。

“谁想见我？”

“请你跟我们走一趟。”

“开什么玩笑。”

空气忽然凝滞了。那人朝路边一辆奔驰车招了下手。

“我不会上车的。”马克说。

“我可不是在请你。这是命令。”

“我不会上车的。”

“上车。”

“不。”

那两人对视了一眼。先开口那人耸了耸肩说：“反正也不远，我们走过去就是了。”

马克又想跑了。但他始终不觉得这两人有什么恶意，“到哪儿去？”

那人犹豫了一下，然后说了一家饭店。那家饭店在巴库的老城区，马克对那儿很熟。

“谁开的饭店？”

他们说的和马克知道的一样。

“我们怎么走？”

“先走到伊斯特格拉里亚特街①，右转，到凯奇可卡拉街②后再左转，然后——”

“好了，我知道了。我跟你们去。”

两人的口音，回答问题时的不假思索和放松的举止，让马克几乎肯定他们是本地人。而且从他们那身公务员打扮来看，他们很有可能是阿塞拜疆国安局的人。对他来说，阿塞拜疆人非敌亦非友。

马克抬起拿着咖啡杯的左手朝路前方指了一下，将两人的注意力从自己的右手引开。与此同时，他用右手从后裤兜掏出装着假证件的袋子，然后将空咖啡杯从左手转到右手，把袋子藏在里面。

走了一会儿，他们经过一个茶壶状的垃圾箱。马克记得市中心的垃圾箱每天清晨才有人清理。于是他把装着证件的咖啡杯扔进垃圾箱里。

---

① Istiglaliyyat.

② Kichik Qala.

22

女儿是这个世界上仅有的几样能吓住奥尔汗·甘巴尔的事物之一。

作为阿塞拜疆国家安全部的部长，奥尔汗·甘巴尔更习惯威胁别人。阿塞拜疆的安全部就相当于美国的国家安全局。他手下有上千人。安全部在国会街，每天早晨他都坐一辆豪华轿车来上班。他一来，整个楼就会变得很安静，只偶尔有人小声问候他一声："早上好，甘巴尔部长。"楼里的每个房门都是敞开的，大伙儿都在埋头干活。

他的下属对他毕恭毕敬，可他女儿却完全不把他放在眼里。

现在，奥尔汗坐在巴库旧城的一家饭店的地下室里，准备跟女儿视频聊天。他点了两下智能手机上的按键，大声说："现在应该可以了吧。"

“我还是看不到你。”他女儿回了句。她在巴黎。

女儿昨天给他发了个短信，问他今天有没有空和自己视频。他说当然可以。不过那时他还没接到萨瓦的消息。而且他对视频通话这种事不是很在行。

“我完全按你说的做的啊！”奥尔汗说。

“反正我没看到你——只听到你的声音。你检查下视频程序有没有用手机内置的摄像头。可能它以为你在用外部摄像头呢。”

奥尔汗有点恼火，因为他觉得女儿对他说话的语气就像在和一个小孩说话，“这个程序——我怎么看啊？”

女儿越教他，他越灰心丧气，“我觉得这手机坏了。”

他女儿又试着教了他一遍。

“我们就说话好了，”奥尔汗说，“不用视频了吧。”他尽量说得很温和，但听起来还是很冲。萨瓦很快就要到了。

他女儿沮丧地叹了口气，心想：“你怎么这么笨呢？”不过她嘴上说：“好吧，我们就语音好了。”

“在那边学得怎么样？”

“不错。”

女儿法蒂玛完全不用他操心。她聪明、活泼且努力，和他那蠢儿子完全不同。她顺利地被法国索邦大学录取了。一想到这个，奥尔汗就无比骄傲。这可是完全凭她自己的成绩申请到的。

“工作的事呢？”

“爸，我有些重要的事要和你商量，所以才要和你视频的。”

奥尔汗仰起头，捋了捋胡须问道：“什么重要的事？”

“我打算申请法国国籍。”过了一会儿法蒂玛又问，“爸，你还在吗？”

“你想有阿塞拜疆和法国的双重国籍？法蒂玛，这事……你知道我的工作，这会很麻烦。”

“不是双重国籍。”

“法蒂玛。”

“这事我考虑很久了。”

“崇高的主啊，法蒂玛！”

直到十七岁前，法蒂玛都是个乖乖女。可一年前，在她交了个留着黏糊糊长发的诗人小男友后，她变了不少。这个男孩在参加巴库市中心的一次民主集会时被捕了。奥尔汗怀疑那人有吉普赛人血统。

那事以后法蒂玛开始对奥尔汗不依不饶，尽管奥尔汗向她保证抓那男孩的人是当地警察，不是他的手下。

为什么偏偏只有她男友被捕了？他接下来会怎样？被网上文章洗脑后，她开始不停地问阿塞拜疆的法律体系为何如此不公？为何明明未来属于民主的天地而阿塞拜疆政府却实行专制？自己的父亲做了些什么来改变现状？

奥尔汗解释说阿塞拜疆跟欧洲和美国不一样。阿塞拜疆有自己的文化和法律法规。你不要身在福中不知福，你应该为自己的父亲是国家最重要的人物之一而感到幸运，但也要记住享有特权的同时也要承担相应的责任。

奥尔汗的这番话一点也没打动法蒂玛。她认为阿塞拜疆总统是个专制统治者，而自己的父亲在辅佐这位专制者。得知她决定去法国索邦大学留学时，奥尔汗松了口气。出去读书吧，在那儿你可以大谈特谈上帝、民主和受压迫的人民，说不定还能吸上大麻！你就在那儿尽情宣泄吧！你会逐渐成长，最后认清现实。到那时我们就求同存异吧。

“我当自己是世界公民，”法蒂玛说，“即使我没法当世界公民，我至少希望生活在治国理念为自己所认同的国家里。”

“你所认同的。”

“是的，我认同的。”

“那个国家便是法国咯？”

“我觉得法国比阿塞拜疆更适合我。”

“更适合？”奥尔汗紧紧抓住他的手机，抑制住想要把它扔到桌上的冲动。“改变国籍不是像换一双鞋一样随便的，法蒂玛！”说完这话他缓了缓，想让自己平静下来。他感到自己心跳得厉害，“这事你跟你妈说过了吗？”

“昨晚说了。”

“她怎么说？”

“她觉得没什么。”

“不可思议。”

奥尔汗的妻子此时正在迪拜购物。她隔三岔五就会去那儿扫货，买了不计其数的珠宝服饰。那些买回来的东西能被她临幸一次就很不错了，很多只是放在家里当摆设。他妻子和他儿子一样是个头脑简单的无趣之人，只关注吃穿。

奥尔汗和法蒂玛是家中有思想有责任感的人，可现在她妈妈站在她那一边，这让奥尔汗更难办了。

他想知道法蒂玛有没有想过，放弃阿塞拜疆国籍会给位高权重的自己带来怎样的影响。如果被总统发现的话……他连自己的女儿都控制不了，怎么能指望控制阿塞拜疆无所不能的情报部门呢？

奥尔汗说："法蒂玛，我知道你觉得现在自己的所作所为都是对的。我也知道你想过自己——"说到这儿他停了一下，好像被下个字眼卡住了喉咙。他告诉自己女儿还太年轻，容易受人影响，所以不要用嘲讽的语气跟她说话。"你想追随自己的理想。但作为养育你的父亲——"

"我是被佣人拉扯大的。"

"谁给你雇的佣人！作为你爸我要告诉你，人的想法是不停在变的。你是个漂亮的女孩子，前景一片大好。现在你觉得对的事也许过上一年、十年或二十年之后你就不这么觉得了。所以我希望你不要着急，再好好想想。"

"反正到真正入籍要五年时间呢，老爸。不是一申请就可以入籍的。"

奥尔汗心里的石头这才落了地。五年，如果他还没有被工作和女儿折磨死的话，五年后他说不定已经退休了，"这还行。"

"但我希望三年内就可以。如果我能早点修完本科的课程，然后边工作边读研，我就可以申请——"

这时奥尔汗的人推门进来了。

“人到了，长官。”

奥尔汗让法蒂玛稍等一下，他把手机放在胸前，盖住麦克风，对他的人说：“把他带过来。”

“他不肯来。”

“告诉他，必须来。”

“我们说了，但他还是不肯。他说只在院子里见您。”

萨瓦现在已经回到巴库了，奥尔汗本来想让他手下直接把萨瓦打晕然后拽到他跟前来。但他担心要是这么要求的话他的手下很可能会被打残。萨瓦看起来虽然不那么猛，也过了最身强体壮的年龄，但他还是很厉害。凭这么多年来对萨瓦的了解，奥尔汗知道这么做的后果。

“蠢货。”他咕哝道。

奥尔汗站了起来。他的肚子蹭到了桌子，杯子里的茶泼到了桌布上。他的肚子这两年呼呼地圆了起来。“我马上就出去。你们先去搜一下他的身。”他重新把手机拿到耳边，对法蒂玛说，“我得挂了。”

“我明白。总统一招呼，你就得去。那个畜生。”

“闭嘴，孩子，快闭嘴。不是总统。”

23

奥尔汗·甘巴尔走近时，马克发现他的这位老同盟，也算半个朋友的家伙长胖了。

奥尔汗一直是个大块头，而且是那种和熊一样壮硕的体型。他有一个弯曲的大鼻子，在多数美国人眼里这种鼻子很丑，但在阿塞拜疆人里这样的鼻子很普遍。他的鼻子和像举重运动员一样宽的肩膀让人很难忘记他。

但现在奥尔汗的脖子已经从厚实变成了臃肿，原本令人印象深刻的结实的肚子也变成了一团肥肉。短短一年，马克估计他长了三十磅。

“甘巴尔部长，”马克说，“好久不见。”

奥尔汗皱了皱眉，鼻息声很大。

“没有武器，先生，”奥尔汗其中一个手下说，“这是他的护照和钱包。”

奥尔汗草草翻阅了一下马克的棕色官方护照。“新的。”他说。

“昨天发放的。”

奥尔汗指着马克背的包说：“这里面还有什么？”

“电话、iPad、衣服、牙刷、剃须刀，等等。”奥尔汗的手下说，“还有幅画。”

“画？”

“拿出来给部长看。”奥尔汗的一个手下对马克说。

马克小心地将卡特琳娜的画像拿了出来，解开包在画外面的衬衫，“我从第比利斯拿的。你喜欢吗？”

奥尔汗大概看了一下说：“不喜欢。你的品位真差，萨瓦。装回去吧。”

奥尔汗的手下看着他，等着指示。奥尔汗向他们点了下头，下巴指了指出口。

他的手下退了出去，现在院子里就剩下了奥尔汗和马克。这个地方曾是14世纪丝绸之路上的旅舍，院子里还铺着瓷砖。快到午饭时间了，马克猜奥尔汗已经下令清走了前来旅店用餐的人。院子周围的高墙上有拱形的壁龛，贸易商们可以将自己的牲畜、货物放在里面。

马克说：“我猜就是你。”

“你的推理能力还真是出色。”奥尔汗将马克的护照和钱包还给他，“我听说你结婚了，真的吗？”

“真的。”

“你就没想过亲口告诉我这个消息吗？没有喜帖？没有明信片？”

“抱歉，一切发生得太快了。”

“婚姻不该发生的那么快，朋友。”

“我的就是。”

奥尔汗的表情明显表示他对此并没有想太多。

“而且你和这个女人还有了孩子。”这不是个问句，奥尔汗已经知道了大概。他抿着嘴，皱着眉，“啊，萨瓦……这次回巴库，也许你该先通知一下我。”

“时间太紧。”

“老是这样，你们美国人老是这样匆忙。过来，我们得谈谈。”

奥尔汗转向院子中间的一栋建筑。马克跟在他的后面，走在通往地下室的楼梯上，他注意到奥尔汗在下楼梯时紧紧地抓着扶手，仿佛在担心他会把楼梯弄垮。他看到他老朋友脖子背后已经有了一层厚厚的褶子。

“你可能会惊讶，盖达尔现在在上大学了。”奥尔汗在他们下楼时说道。

“恭喜。在哪？”

“德克萨斯大学。石油工程专业。”

马克知道，奥尔汗极其希望他的儿子盖达尔进德克萨斯大学。可主要问题是他的入学考试。由于欠奥尔汗一个人情，马克还曾帮盖达尔准备考试。

“他肯定付出了很多努力，毕竟入学考试很难。”

奥尔汗的眼角垂了下来，“努力，不。他花钱找人代考和申请的。不过我听说这很正常？现在，他追着美国姑娘，花着我的钱和俄国人一样喝得烂醉。”

“法蒂玛，她还好吗？”

“她在巴黎大学上学。不过我们现在还是别提她了。”

他们穿过一个洞穴一样的房间。弧形的天花板上尽是烟熏的痕迹，破旧的波斯地毯上摆放着镶着金边的沙发。房间的尽头伫立着一个大型旋转门。这道门由古老的橡树制成，并用厚实的铁箍加固。奥尔汗推门进去，仿佛进入了一个中世纪的地牢。

两套餐具摆放在长桌的尽头。饰有流苏的吊灯发出昏暗的光，反射在水杯和银器上。餐桌后面的劣质书架上，年代久远的陶瓷壶与现代的索尼音箱紧贴在一起。马克几乎可以想到过去的几个世纪中，那些香料商人、石油大亨、间谍和外交官们在这些房间中避难的情景。

“在外面等着。”奥尔汗对站在他椅子后面的人说，这个人小心翼翼地拿着奥尔汗的外套，生怕将衣服弄皱，“需要时会叫你。”

24

奥尔汗一屁股坐下，地下室的冷空气让他觉得很舒服。

“请用。”他指着餐桌中间的炖羊肉说。餐桌上还有一大碗柠檬切片、一壶茶和一些面包。

“不了，谢谢。”

奥尔汗皱了皱眉。“好吧。”他为自己盛了满满一勺炖肉。

“你怎么会知道在哪找我？”

“从大使馆开始，你就被跟踪了。”奥尔汗拿了一片柠檬，用牙齿撕开外面的果皮。

“那些是你的人吗？”

“不，你看到的是俄国人。我的人发现他们在跟踪你，不然他们就会在你离开大使馆后把你带走。但我们一直在盯着。”

“俄国人。你确定吗？”

“确定，”奥尔汗说，“我们和俄国人都在老城区把你跟丢了，不过我还派了人在西方大学守着，以防万一。我记得，你对那个地方有着奇怪的喜好。为什么俄国人会跟踪你？”

“问得好。”

奥尔汗又吃了一片柠檬，喝了一勺汤，“总之，我必须得说，很高兴能再次看到你决定做一些有意义的事。”

“教国际关系学没用吗？”

“你是个老师的时候，他们把你踢出了阿塞拜疆。为什么？因为你没有用处。现在，你又重回你的战场，变得有用，他们很欢迎你回来。这是我所看到的。”

“你批准我回来的？”

“不，我不管这事。”

绕过了巴库美领馆的正常沟通渠道，国务院政务部副部长直接向阿塞拜疆总统办公室申请将萨瓦的 PNG 解除。奥尔汗很确定总统或是被指派做这件事的人，根本就不知道他们通过的是什么。

“嗯。”萨瓦说。

“但现在我不得不说有一些不确定因素。”奥尔汗拿起了另一片柠檬。

“不确定因素。”

“是的。”

“你变得喜欢柠檬了，我看出来了。”

奥尔汗耸耸肩，“这对血液循环有好处。我血液循环有些问题。”他指向那个碗，“请用。”

“血液循环问题，你是说健康问题吗？”

“没什么大问题。”

“你肯定去看过医生吧。”

“那是，最好的医生。”

马克拿了一片柠檬。

奥尔汗说：“所以这个新任驻地负责人，罗杰·戴维斯。是他为你办事，还是你为他办事？”

“都不是。”

“那你和大使的关系呢？”

“合作关系。”

“你看，这就是我不确定的原因。”

“我现在是私人承包商，奥尔汗。他们需要我时，就雇用我。不需要的时候……”马克耸了耸肩。

奥尔汗清楚地知道美国人经常喜欢找私人承包商去做本应由政府处理的事情。他认为要是美国人愿意花两美元去做一件只需要一美元就能完成的事，那是他们的事。他们有钱，愿意花，他管不着。就像他老婆喜欢去迪拜挥霍一样，完全没有问题。但雇佣马克这样地位的人，又完全是另一回事了。复杂的指挥链，把和美国人的外交也搞得复杂起来。

马克继续说："这是种新形式。中情局中的一些人想找些新的方式让中情局的任务操作起来更灵活，少被那些官僚制度约束。"

"你也觉得这法子不错？"

"我既不欢迎也不反对。我只是观察它，做出适当反应。"

"官僚制度并不总是件坏事。"

"也不总是件好事。"

"它可以帮助预防混乱。"

"或者制造混乱，这取决于最上面那个人。"

"够了，萨瓦。是谁派你来的？谁给你薪水？这才是我想知道的。"

"华盛顿那边，泰德·考夫曼，他是——"

"好，好，我知道了。中情局中欧亚分局。所以你和罗杰·戴维斯是同一个老板。"

"是的。"

"罗杰·戴维斯，和那个大使，你看出他们很傻了吧？"奥尔汗用手剥着柠檬皮说，"这里的抗议者、反对派，老是谈论着人权和监管，对选举的监管，他们在耍美国呢。他们大谈这些只是为了让你们国务院变着法子送钱给他们。可实际上，他们根本不想改变什么，也不会改变。"

"我知道现在情况很复杂。"

"我知道你知道。我担心的是戴维斯。关于你被雇佣的事，你能告诉我些什么？"

马克小心翼翼地说："这涉及一个在占贾的给我们提供情报的女人。她最近死了，可能是非自然死亡。我是被派来调查这个的。"

"这个女人，是阿塞拜疆人吗？"

马克点了点头，"你应该不会知道我在说什么吧？"

奥尔汗确实不知道，这让他很烦恼，"确实不知道。"

"真遗憾。"

"阿塞拜疆是美国的朋友。为什么你们要浪费时间来监视我们？"

"我没说我们在监视你们。你知道为什么俄国人会跟踪我吗？"

"不知道。你打算什么时候去占贾？"

"很快。"

"要是你愿意，我可以安排送你过去。"

"噢，我想我自己可以搞定。"

"要是有问题，萨瓦……"

"我会打给你的。"

奥尔汗和马克过去合作得很不错，他也期待以后能有合作的机会。他们双方都从这段关系中受益颇多，他们从彼此那得到的消息经常都比各自政府希望知道得更多，这使得他们的关系显得十分紧密。不过，奥尔汗也意识到马克被指派的任务可能会与阿塞拜疆的情报工作相冲突，这对他和马克的关系是种考验。

奥尔汗叹了口气，按了按太阳穴，想起他和女儿之间的对话。

"你过得怎样，奥尔汗？"马克问，又继续说，"能再次见到你实在太好了。"

“就算我们变老，事情也不会变得容易，对吧，萨瓦？”

“是的，我想不会。”

25

——南奥塞梯，俄国军事基地——

蒂托夫从站在他面前的这些人眼中就能看出他们的怨念。好吧，就让他们怨恨他吧。

昨天他把他们心爱的小队长遣送回了位于俄罗斯塔夫罗波尔的第49 军军事基地。有些人就是太自作聪明，太多疑，太不尊重权威。那个小队长就是那样的人：他觉得自己比蒂托夫要优秀，更能胜任领导的位子。蒂托夫听到他指示自己的小分队在准备接下来的行动时不用带护目镜，而这个指示，直接违背了蒂托夫下达的命令，触犯了蒂托夫的底线。这个傲慢无礼的傻瓜已经忘了，作为一名俄国士兵，想要成为将军就得先学会如何卑躬屈膝。

蒂托夫命令小分队剩下的人，也就是被称为信号旗特种部队的俄联邦安全局准军事精英部队的所有人，在没有隔热，没有空调，没有窗户的钢制墙壁训练仓中集合。房子里面酷热无比，墙上吱吱呀呀的排气扇起不到半点作用。鸽子在屋架上搭建的巢中咕咕直叫，留下一地的粪便。

蒂托夫想这些人也许不尊重他，但现在他们至少能知道畏惧自己的工作。刚被他晋升为小队长的人，现在也算欠他一个人情了。

蒂托夫知道自己不算是最聪明的那个，但他一生都在为那些聪明的、有权的人服务。他一次又一次地看到他们是如何操控别人来建立忠于自己的人脉，他知道该怎么做。

“你们每个人将单独进入纳希切万。”蒂托夫浑厚的声音回荡在全是金属墙壁的房间内。他给每个人发了一个密封的马尼拉纸袋。“这里面有你们的个人行程指示，充足的现金，以及你们的化名。禁止将袋子里的信息与你们的队友分享。虽然你们是通过不同路线进入纳希切万，但你们明天早上会在纳希切万市的格兰德大酒店汇合，成为一个小组。你们一个熟悉的同事会在那儿等着你们，他会交给你们武器，并下达下一步指令。我会在七十二小时内到达纳希切万加入你们。现在，你们每个人必须在一小时内离开基地。”蒂托夫考虑是否要祝他们好运，再说点鼓励的话，但看了看他们之后决定不这么做，“有问题吗？”

没人回答。蒂托夫解散了队伍。他们出去时，阳光透过打开的门射了进来。蒂托夫注意到，他的俄联邦安全局反间谍部门的联络员正在门口等着他。他现在知道，俄联邦安全局反间谍部门中的多个层级已经完全了解并将协助纳希切万的行动。这也是理所应当的。

“您现在有时间吗，长官？”

“到我办公室吧。”蒂托夫快速走向位于基地另一边的临时营房。反间谍特工在一旁努力跟上他的脚步。

“那个我们打算抓来审问的美国人。”

“在巴库。”

“是的。我听说把他跟丢了。当然只是暂时跟丢了。”

蒂托夫消化着这个消息。他不是那种会射杀报信者的人；他之前当报信者时也遇到过很多次这种情况。尽管如此，这个消息还是让他感到挫败不已。

“那打听到这个美国人和比什凯克的联系了吗？”

“他似乎是个很小心的人。非常谨慎。”

蒂托夫歪着脑袋苦笑了一下。

这个反间谍特工继续说：“他在比什凯克的公司没有实际的地址，比什凯克的任何公共记录中也没有那个名字——”

“你是期待能从电话簿中找到他吗？”

“不是的，长官，但是——”

“你确定他就在比什凯克活动吗？”

“是的。六个月前，我们接到的比什凯克方面的情报是这么说的，所以我们首先将目标锁定在了比什凯克。而从那以后，我们又了解到萨瓦有时会与吉尔吉斯斯坦政府人员来往。”

“那我们在比什凯克的人与那些政府人员直接对话过吗？”

“不清楚，长官。”

“询问过那些政府人员还有谁为萨瓦的机构工作吗？”蒂托夫没等那个特工回答，继续说，“你必须找出萨瓦和谁共事，跟谁住在一起。查到他和谁在联系就是了。”蒂托夫知道，严格来说，他没有权利来下达这样的命令，但长期以来他和俄联邦安全局主管的关系众人皆知，也就无所谓了，“通过一个人的住所就能查出这个人去过些什么地方。”

第四部分

26

——阿塞拜疆，占贾——

——第二天——

当巴库在飞速变成一个小型迪拜时，占贾还保持着原来的样子。

贯穿城市中心的河流的河床上，塑料袋、旧轮胎、易拉罐、酒瓶和鸟的尸体随处可见。拾荒者从这些垃圾中精心挑选着可用的东西。由于水位太低，铁锈的管道暴露在空气中，污水从管道的破裂处流了出来。

出租车在河边停了下来，马克从车上下来，在一片嘈杂声中开始了侦查工作：混乱的马路上播放着电子音乐，商贩们沿街叫卖着自己的商品，汽车在狭窄的人行小巷中歪歪斜斜地行驶着。他走得很快，但经常顺着原路往回走。背包的背带横跨在胸前，就像缠了一条子弹带。他在火车上吃过晚餐后就没再吃东西了，现在已经是上午 9 点了，他觉得很饿，于是朝露天市场走去。那儿，T 恤上沾有血渍的男人们站在树桩前，手持宽刃斧宰羊；老妇人们用盖子上戳有小孔的苏打水瓶给甜叶菜浇水，或是售卖放在帆布袋中的水果干和诸如肉桂、茴香、生姜、丁香、孜然等香料。

马克买了一袋杏干。吃完最后一块时，他刚好到达一个两层楼的砖楼。这栋建筑的墙上用蓝绿色的标语写着：全球解决方案——加强世界的教育。

他穿过入口的双开门，走进一个院子，院子屋顶是用饰有波纹的半透明塑料搭建起来的。右手边是通往上面阳台的楼梯，阳台栏杆上挂着几个空花盆；左手边是一个破旧的红色沙发。沙发上面有一个公告牌，上面散乱地贴着用英语和阿塞拜疆语写的告示。

马克扫视了一下这些告示，发现大多数都是在推广中心即将进行的活动：明晚 9 点开始的英语入门课程，周五午间开设的关于如何更好地申请美国和欧洲签证的演讲。据告示所写，美国大使会在一个月内到访占贾州立大学。

在后院的走廊里，马克听到师生有节奏的一问一答的声音。通过观察，他看到老师是一个梳着发绺的年轻白种女人，班里大概有二十个阿塞拜疆学生，青少年到中年人都有。

老师看到学生盯着门口才转过身来，看到马克站在门口。

“有事吗？”这位老师穿着长至脚踝的扎染裙子，说话带着令人愉快的英国口音。

“抱歉打扰到您。我在找雷蒙德·考克斯。”

听到考克斯的名字，老师一下变了脸。

马克又说：“我是他的一个朋友，从美国来。”

“好吧，我能告诉你的是，你在教室里是找不到雷的。”

几个学生笑了起来。

“我听说他在这工作。”

“那要看你对工作的定义是什么。”

“您知道在哪可以找到他吗？”

她的鼻子翘了起来，“去他办公室看看吧。”

“在哪儿——”

“就在上面阳台的附近。散发着臭味的那间。顺便告诉他该还我的瑜伽垫了。”更多学生笑了起来。“现在，请你离开。”

***

马克在阳台上闻到一股腐烂刺鼻的气味。马克敲了敲门，听到里面有东西移动的声音。接着，他听到像是有人在悄悄给一个半自动手枪上膛的声音。

马克站到门的一边，避开可能被击中的位置。

“雷蒙德？”

没人回答。

“雷蒙德·考克斯？”

仍然无人应答。

“我想你是在等我一起吃午饭？”马克等着考克斯确认暗号。没有动静。马克提高了音量，再次说："雷蒙德，我想你是在等我一起吃午饭。要不是的话，我就走了。这是最后一次机会。"

"我没法做午饭了。换成晚饭怎么样？"

"要是5点就成。"

马克听到门锁转动的声音。门开了一条缝，飘出了一团香烟烟雾。而空气中还散发着尿液、酒精和动物的味道。

"进来吧。不过小心点——别让猫跑出去了。"

马克溜进考克斯的办公室，将那只烟灰色的土耳其安哥拉长毛猫推到一边。这种猫在这个地区很受欢迎。雷·考克斯站在屋子最里面，手里抓着支短管手枪。

"你现在可以把枪放下了。"马克说。

雷蒙德·考克斯是个矮小精悍的家伙，虽然他的棕色卷发已经及肩，头顶的头发却过早地脱落了。他蜷曲的胡子亟待打理。他戴着一条皮革编织的手链，穿着牛仔裤和胸前印有全球解决方案标志的T恤。T恤上还印有一个学生将地球当作课桌的图案。而他紧蹙的眼睛正看着他的猫。

"奎尼，回这来！"

考克斯手拿着枪，冲过去抱起了猫，迅速关上门。在他的后面躺着另一只白色的土耳其安哥拉猫。

"上帝啊，"马克环视着四周说，"这到底怎么了？"

这间办公室不过十尺见方。一扇小百叶窗的叶片缝隙中透过几缕微弱的光线。金属桌上放着一瓶廉价的俄罗斯伏特加，酒瓶旁边是一个装满水和烟蒂的玻璃杯。一半的地板都被当地报纸覆盖着。其中几张报纸上盛着猫的排泄物，这些报纸旁边放着一个盛水的缺口陶瓷碗和一堆干猫粮。

考克斯看了马克一会，将手枪别在腰后，说："我的房子被监视了，不得不搬出来。我想这儿至少周围还有人。我一直在等你。"

"了解。"马克看到地板上没有报纸的位置放着两张叠在一起的瑜伽垫。垫子上搭着一条蓝色羊毛毯和一个脏兮兮的枕头。

"你把我的假身份资料带来了吗？"

"带了。你是觉得带着那把枪会让你更安全些吗？"

考克斯从屁股兜里拿出一包被压皱的云斯顿香烟，抽出一根烟叼在嘴里。点火的时候，他说："你不用担心这玩意儿。"

"我昨天和罗杰·戴维斯谈过。他说驻地内禁止携带枪支。那只是针对我的规矩吗？"

"他屁股又没被人用枪指着。"

"你的是？"

考克斯吸了一大口烟，呼了口气，说："看看这个。"

他拿起桌上一张正面朝下的照片，递给马克。照片上是一排酒吧柜子上的酒瓶，有马提尼&罗西甜苦艾酒、芝华士、金万利、榛果香甜酒，俄罗斯丹达伏特加，以及尊美醇爱尔兰威士忌。

"你可能觉着这只是一些酒而已，不过——"

"这是谁给你的？"

"你翻过来，看背面的字。"

马克翻过照片。看到上面用阿塞拜疆语写着“选瓶你的酒吧。”

考克斯说：“意思就是——”

“我知道这是什么意思。”这是个在此地区惯用的威胁手法，即让你自己选择一种死法，“这是谁给你的？”

考克斯叹了口气，一屁股坐在桌子后面的椅子上，“那正是我担心的。我不知道谁给的。”

“你什么时候收到的？”

“四天前。就在——呃，你听说我线人的消息了吗？”

“她被杀之后你就拿到了这个。”

“是的。这也是我认为她被杀的原因之一，那不只是个意外。她的尸体是在山路旁的沟渠里发现的。有个农夫说听到了汽车的喇叭声，然后就是撞车的声音。可是当他到那的时候，车子已经不见了。警方只把这当作一般的肇事逃逸处理。”

马克又看了下照片，然后将它放进口袋，“她就住在被杀现场的附近吗？”

“不，她住在镇上。而且，她没有理由会去那儿。”

“现在你认为杀了她的人要来索你的命了。”

“是的。把我的文件给我吧。”

“我们先谈谈。”

“我们刚才已经谈过了。还有，你到底是谁？我从没听人提起过你。你不在使馆工作？”

马克坐在桌角，再次看了一下这间肮脏的办公室。“两个瑜伽垫？”他说，“你真的很喜欢健身？”

“地板太硬了。我过去几天都是在这睡的，我不想冒险离开这栋楼。”

“你先告诉我你在占贾为中情局办什么事和你发展的这个线人的情况。然后我们可以谈谈你的假身份问题，再想个办法让你离开这儿。”

27

——阿塞拜疆，巴库——

在巴库市中心的总统办公室里，阿塞拜疆总统、最高检察长、内政部长、国防部长和安全部长围坐在加长的椭圆形会议桌旁。

总统办公室是隔音的。除了正对门的墙上挂了两张照片外没有别的装饰。较小的那张是总统本人，另一张是总统已故的父亲。

总统个子极高。他缓缓坐下，跷起二郎腿，解开衣扣。他的衣服是米兰的私人裁缝为他量身定做的。他皱了皱眉，胡子翘了起来。

“各位，我们遇到麻烦了。”总统看了看三位部长，没人说话，“日子不好过了。”

还是没人说话。奥尔汗知道有人想用这种气氛震住自己，但这对他无效。

奥尔汗与总统相处得不错，但他更尊敬现任总统的父亲。那是个真正的强人领袖。前苏联还没解体时，他是前苏联国家安全委员会的成员，解体后带领阿塞拜疆顺利度过了那段混乱的时期。他的儿子，也就是现任总统，有点玩世不恭，喜欢美酒，热衷去加勒比海度假。

总统朝检察长点了点头，示意检察长从他的黑色皮包里拿出一个文件夹。检察长是一个秃顶、矮胖的男人，戴着一副无框眼镜。“文件是上一次安全委员会的会议纪要。当时我们五人都在这里。”检察长把这份纪要分发给三位部长，“只有总统阁下、总统秘书、我、你们三位和你们的亲信才有资格看这份材料。”

检察长继续说：“请注意，用黄色标出来的部分是我们针对将要在纳希切万进行的军事行动的讨论。”他又开始发另一份材料，“你们对比一下这两份材料。”

奥尔汗照做了。第二份材料是用俄文写的，上面也有在纳希切万行动的敏感信息。这些信息的措辞几乎和第一份会议纪要标示出来的部分一模一样。显然，内部有人泄露了上次的会议内容。

奥尔汗头一个读完材料。他长吁一口气，换了个坐姿来缓解背部酸痛。他放下那份俄文材料，问道：“这从哪儿搞到的？”

内政部长，也就是总统先生四十岁的妹夫说：“从一个自称是俄罗斯外交官的人的皮包里拿到的。他住在巴库的四季酒店。我手下把原始文件照了下来。

“哪个外交官？”奥尔汗问。

内政部长报了个名字，又补充道：“他是俄国使馆商务处的随员。”

“为什么没有通知我的部门这场军事行动？”

“现在不是告诉你了嘛。”总统厉声说。

“是，是。”奥尔汗说。

“如果我知道找到的是什么，早就通知你了。”内政部长说，“一开始我以为这是咱们内部的事。我开始注意到他，是因为我的手下看到他见了马吉利斯的反对党领导人。”

马吉利斯是阿塞拜疆的议会。

“听着，”总统插了一句，好像在对一群刚入学的孩子们说话，“关键是情报已经被别人拿到了，为什么或怎么被别人拿到的没那么重要。”他用手指敲打着桌子说：“我已经下令停止在纳希切万的行动了。”

“一小时前我已经将命令转达给当地的指挥官了。”国防部长说。

“我也同意这么做，总统阁下，”奥尔汗说，“在我们评估出损失前，还是小心行事为好。”

“对，评估损失是第一要务，不是吗？”总统提高嗓门说。

奥尔汗又指了指那份俄文材料说：“但我觉得从这份材料里并不能看出俄国方面了解我们在纳希切万行动的实质，他们可能以为我们只是要开展某种敏感行动而已。当然——”

总统拍了下桌子，说：“当然，当然，甘巴尔部长。你说得太多了，眼下要做的是找出内奸，然后弄清楚他跟俄国方面说了多少。到那时我们才能具体评估损失。”

“我立即展开调查。”奥尔汗说。

国防部长和内政部长都表示同意。

***

奥尔汗坐上他的豪华轿车时，考虑了一下自己的处境。总统说要找出内奸，就必须弄个内奸出来。可谁是内奸呢？

肯定不是检察长的亲信，也不会是总统的手下。

内政部长是总统的亲戚，也是宣称发现泄密的人。他不可能给自己设局吧。

国防部长是有可能泄密的，可他和总统是军校同窗，而且他们常常一起喝酒，举家结伴去度假。

与国防部长不同，奥尔汗最初是被前总统任命为安全部副部长的，正部长死后才上位。尽管总统认可奥尔汗，但他们之间更多是工作上的联系，私交不多。

“您要去哪儿，甘巴尔部长？”司机问。

奥尔汗想了想。他没有跟俄国人说过什么，所以理论上他没什么可担心的。但他确信有人给自己下了套。

他从口袋里掏出医生给自己开的降压药赖诺普利，医嘱上说一天服用四十毫克。但他有时会多吃一两片。他发现药盒空了，最后一片昨天已经吃掉了。他只好吞了一片柠檬味的润喉药。

“回部里去。”他说。

28

——阿塞拜疆，占贾——

马克站在雷蒙德·考克斯办公室的窗前。他把百叶窗拉开一丝缝儿，向窗外望去。

考克斯坐在桌上说：“我的线人——”

“先从占贾这方面说起吧。为什么你……”马克转过头来指了指房间问，“……在这儿？我想不会是因为你想为世界的教育事业做贡献吧？”

“用教育这个招牌打掩护确实不错。”

“我没说这不好。”

考克斯想了一会儿，说：“有一批从占贾大学出来的人在鼓动廉政选举。他们其实没什么影响力，但政府还是很害怕他们。”

马克想到了在格鲁吉亚加入新闻俱乐部的事，没想到让人头疼的是二十四年后，同样的情况仍在继续。

“很多这个组织的人到我们这儿来学英语。他们觉得这儿很安全，觉得我们是他们的盟友。当然我们的确是他们的盟友。我的任务是了解阿塞拜疆政府对他们做了什么，并向上面报告。当然，没什么人会看那些报告的，除了兰利基地一个二十五岁的分析师可能会在无聊的时候翻翻看。

“政府都对那些人做了什么？”

“就是吓吓他们。没怎么对他们施暴，但那些人被抢劫的频率很高。这种情况不会引起兰利基地重视的，我也不是被派到这儿来阻止这种事情的。美国方面也就只是对大致情况有个数，保证事态不失控。当地执委管着这些组织，确保他们不会对巴库产生威胁。我现在做的就是掌握执委的行动。”

执委是执行委员会的缩写，也就是阿塞拜疆的各个地区的区长。

考克斯继续说：“占贾的执委是总统的表亲，是占贾当地一霸，收了很多回扣。拿回扣的现象在阿塞拜疆比比皆是，只是这儿更严重罢了。”

马克心想这一点也不奇怪。所有阿塞拜疆的政府项目都夹杂着大量灰色交易。政府基层职员若是想要保住自己的工作就得贡献自己的一部分工资给他的上司，他的上司再拿一部分给地方长官，地方长官再给当地执委，执委再给总统。

这就是这个国家金字塔式的犯罪链，而塔尖是总统本人。

“几个月来我一直在物色一个能帮我打进执委内部圈子的人，但一直没能找到。直到我在英语课上遇到了一个叫阿伊达·塔基耶夫的女孩。她的申请表上写着她在巴萨杜兹建设公司工作，那个公司是占贾执委的。我想如果能了解他的企业的话，那就离了解他本人不远了。所以我就开始发展阿伊达。

“你从什么地方下手的？”

“她在巴萨杜兹当会计。她来上了几堂课后我问她能不能来我们这儿当会计。她有一个不到一岁的女儿和一个教乐器的丈夫。我给她开的工资比别人高很多。

“她真的来做会计？”

全球教育确实是一个国际性的非营利组织。考克斯刚给公司拿到了一个重要的项目。

“得了吧。我把账本都拿走了，把所有的记录都删了，然后自己编造了些给她。我尽量把材料做得复杂些，好让她认为她做的事挺有价值，但我也没弄得太复杂。就这样过了几周，我们熟了一些后她说她希望巴萨杜兹的账目也能像我们公司一样公开透明。于是我就撺掇她，让她帮我曝光这个国家的腐败，让阿塞拜疆走上正轨之类的。”

马克又回过头去看着窗外，“如果你觉得你做的这一切都是扯淡，考克斯，你为什么一开始要接这个活呢？”

“我想法变了呗。”

“她知道你是中情局的了？”

考克斯耸了耸肩，说：“我跟她说我同时为全球情报方案和联合国工作。我参与了联合国在高加索地区调查腐败的项目。我不知道她信不信，反正她也没多问什么。我跟她说只要她帮我弄到巴萨杜兹过去三年内的财务资料，我就给她五千美元。”

“她答应了。”

“我跟她保证她帮我弄材料的事不会泄露出去，我们会确保她的人身安全。但五千美元在这儿不算多少钱。她倒是很痛恨这种拿回扣的现象。说服她没费太大力气。

“你和她……”

“我和她什么？”

马克回头看着考克斯，扬起了眉毛。

“你想问我是不是跟她上床了？”考克斯挠了挠肚子说，“没有。她跟这儿的穆斯林女孩一样，很会调情，但不会跟你发生什么实质性关系。她消失那天打电话告诉过我她已经把巴萨杜兹的财务资料存到U盘里了。她原计划晚饭后把U盘送到市中心一个超市的秘密情报传递点。因为她平时也会在晚饭后去超市，所以那晚她表现得跟平时没什么两样。”

“她把U盘送去了吗？”

“这个不清楚，反正我到那儿的时候U盘已经不在了。”

“她那天晚上回家了吗？”

“回了，她是在家给我打的电话。”

“所以情况就是那天她去上班，复制了一份巴萨杜兹的财务资料，回家后给你打了电话，然后去了情报点。她离家后被人劫持杀害了。”

“很有可能。我猜是她复制那份财务资料时被人发现了，他们决定灭口。”

“他们指的是谁？”

“我不知道。可能是巴萨杜兹的恶棍？或是执委的手下？”

“纳希切万那边怎么样了？”

考克斯盯着马克看了一会儿，问：“什么怎么样？”

“你有一份报告里说巴萨杜兹去年在纳希切万搞了个大项目。”

“哦对。那时阿伊达和我聊了聊巴萨杜兹的财务资料里可能有什么。她说公司本来要在纳希切万搞一个大型公路项目，但她怀疑那又是一个收回扣的大幌子。纳希切万这个地方很奇怪，巴萨杜兹很少在那儿有项目，所以我……我也没多想。但我觉得这事还是有必要提一下。”停了一下，考克斯继续说，“这和她被害有关吗？为什么他们在追查我？”

马克想起了拉里和卡特琳娜。卡尔还是没有查到任何有关卡特琳娜的消息。他怀疑在占贾发生的这一切有可能和拉里或卡特琳娜有关。

“不知道。你给阿伊达那五千块钱了吗？”

“她消失了，我没法给她了。”

“钱在哪儿？”

考克斯指了指为了给瑜伽垫腾出位子而被移到墙角的茶几，“最底下的抽屉里。”

马克拉开抽屉，看到一个马尼拉纸信封。

马克把信封塞进自己包里。“那是政府的钱，里面有我的签名。”考克斯说。

“你说阿伊达有老公和一个孩子。”

“一个女儿。”

“他们住哪儿？”

“城东。你不会想去那儿的。阿伊达接这个活就是为了能让老公孩子搬离那个破地方。”

“你把具体地址给我。”

考克斯给了他，说：“到时可别怪我没提醒你。”

“你住哪儿？”马克问。

“城西，尼扎米旁的一条小巷里。我还有些东西在那儿，但重要的我都带出来了。我要回美国了。”

“飞回去是最安全的。”

“可如果他们在监视我怎么办？”

“如果有人跟踪你，开车到巴库只会让他们有更多作案时间。坐火车一样。飞机很快，快就意味着麻烦少。”马克没有告诉考克斯他昨晚是坐火车来的。他从垃圾箱里捡回了之前扔进去的那份假身份材料，还去把头发剪短染成黑色，好让自己看上去和假材料上的照片一样。考克斯可能不会喜欢这种随机应变的方式。马克继续说：“我已经给你买了一张去巴库的机票了。飞机一个半小时后起飞。你到那儿差不多正好飞机就要飞了。使馆的人会去接你。你到了巴库后就安全了。同时……”马克把手伸进包里，他把卡特琳娜的画像挪到一边，摸到了两包他在巴库凯悦酒店边的药店里买的 Desitin 牌强效护臀霜，最后他拿出一个封口的信封。“给。”他把信封扔给考克斯，“你的新护照。里面还有一个纽约出租车司机的驾驶证。”

那个假身份材料是罗杰·戴维斯的手下在凯悦酒店交给他的。

考克斯拆开信封，把护照翻开到有照片的那一页，盯着看了两秒。

“把自己弄得和照片上一样。”马克说。

“啊……好。”

那张照片也是考克斯本人。只不过照片里他是个秃子，胡子也没了。

“准备走吧。”马克脱下他的灰黑色运动外套扔给考克斯，从包里拿出一个红色的领带和一个蓝黑领的衬衣。“我外套里面的口袋里有一副太阳镜，你走的时候戴上。再找一些干净的报纸塞到嘴里。不用塞到把自己搞得像只仓鼠，稍微改变一下脸型就行。做事长点心。”

“我又不是白痴。”

“我没说你是啊。”

“我担心很正常。”

“我知道。”

“那些追查我的人可能看到你进来了。他们可能已经盯上你了。”

“一天有多少人来上课？”

“不清楚，一百来个吧。”

“他们得事先知道我是谁。可惜他们不知道，我来时没人跟踪。我们等学生下课时跟他们一起走。我走在你后面，确保你不被人跟踪。到百货商场那边后叫辆出租车。我不怎么担心离开这儿的问题。如果杀你线人的那帮人想要杀你的话，你活不到现在的。那个瓶子是用来吓你的，警告你让你少管闲事。既然你已经被吓住了，他们也没必要再怎样了。

“我没带剃须刀。”

马克从包里掏出一个来扔给考克斯，“我带了。”

29

——阿塞拜疆，巴库——

奥尔汗从未与国防部长发生过争执；事实上，多年以来，他们在很多项目上合作得都很好。所以当他打过来时，奥尔汗毫不犹豫地就接起了电话。

“关于这件事，奥尔汗，你知道些什么？”

国防部长是个矮小的男人，但他低沉的声音却显得很威严。

因为没有什么需要隐瞒的，奥尔汗坦率地回答了。在纳希切万开展的针对俄国的行动的消息被泄露出去并不是他的责任，尽管他已对此事开启了内部调查。他十分怀疑是自己的手下将消息泄露出去的。

“你那边呢？”奥尔汗问，“你有什么消息？”

国防部长详细地说了他启动的内部调查，所说的内容和奥尔汗安插在国防部的间谍带回来的消息差不多。

“还有件事我很想问你，”国防部长说，“而且，呃，恐怕这事还有些敏感，所以总统一定要我打给你。”

“噢？”

“恐怕这涉及到你的女儿。”一阵短暂的令人不安的停顿之后，国防部长继续说，“当然只是个小问题，不过……你我都知道，你女儿和总统的政敌厮混在一起，还参加了游行——”

“她现在在法国。那不再是问题了吧。”

“最近总统注意到她可能打算放弃阿塞拜疆国籍。是真的吗？”

“总统命令你监视我女儿。”

“总统对你和你的家人非常重视。你应当对他下令保护你女儿感到荣幸。”

“那是当然。”奥尔汗并没有对国防部长所说的事感到震惊。事实上，当国防部长的儿子在巴库希尔顿酒店用上了子弹的手枪威胁一个酒保后，总统就命令奥尔汗监视这个年轻的恶棍，以确保他真的参加了在迪拜进行的药物治疗计划。所以奥尔汗现在几乎没有什么理由表示不满。

“总之——”

“她是个冲动的姑娘，想法经常变。她没有什么决定是永久的，事实上，她经常隔几年就冒出一个新想法。而且，你也知道，法国的法律也不会允许她入籍。不过，我得说，如果我因为自己子女的行为被评判，其他人也必须因此接受评判才公平。”

“那是当然，肯定的，”国防部长说，“我提到国籍的问题只是因为它和你女儿的另一个问题相关。”

“那又是什么问题？”

“相信你已经注意到，她现在的老板是个俄国人。”

“她只是个巴黎大学的学生。因为最近不肯向父母要钱，每周两次去照顾一个两岁的孩子赚点零花钱。确实，我知道那孩子的父母是俄国人。”

“那你肯定也知道那个俄国人很有本事。”

“乌斯马诺夫是个有本事的人。”奥尔汗说，他指的是俄国最富有的人，“这个人跟他一比，不过是小巫见大巫。”

“尽管如此，他和克里姆林宫还有关系。”

这种含沙射影的说法还真是让人震惊，奥尔汗想。在所有主要的政府各部门部长中，他认为自己是受俄国影响最少的那个。事实上，他是部长中为数不多的母语不是俄语的人。即使到现在，很多部长私底下也会相互说俄语。俄语像是一种暗语，一种前苏联统治后遗留下来的产物，一种让他们确信自己是受过教育的精英。甚至还有谣传说总统的母语也是俄语。

“关系，”奥尔汗说，“那都是90年代的事了！从那以后他就流亡异乡了。他现在不过是个小人物，靠着从俄国出口镍到德国赚点钱。”

国防部长叹了口气，“你已经全面审查过这个人了？”

“当然。”

“那你确定你女儿现在没有被俄国人利用，也不会被用来要挟你？进而影响你的行动？”

我会记住你的这些话的，奥尔汗想，“绝对确定。”

“我会将你对这件事的态度传达给总统的。”

30

——阿塞拜疆，占贾——

锈水从破旧的排水渠和废水管中溅出，将阿伊达·塔吉耶夫所住的泥泞街道上的灰色房屋染得污渍斑斑。

马克能看出，五十年前，这些摇摇欲坠的阳台都一样，但现在，它们如同里约贫民窟中破损的小屋，或是孟买的棚户区那样，每一个都独一无二。有些用三合板围着，再搭上生了锈的金属屋顶，阳台就变成了另一间卧室；还有的用嵌板或是砖块围了起来。大部分阳台上都晾着衣服，好似鲜艳的彩旗，挂在生了锈的滑轮间。

马克在一间标有 11873 号的建筑外停了下来。楼牌号写得很潦草，黑色的墨水早已褪色。这个地址是考克斯给他的。在门外，一个满脸皱纹的老头坐在一棵枝蔓横生的苹果树下的木质椅子上，用小收音机听着足球比赛。他看上去昏昏欲睡，却在马克靠近时把头抬了起来。

他微笑着，露出满口金牙。

马克伸出右手，这个阿塞拜疆人也友好地回应了他。他的手指肿胀，长满了老茧。每个指甲都有半月形的污垢。“你好，朋友，”马克欢快地用阿塞拜疆语说，“卡帕队今天表现怎么样？”

卡帕是当地的足球队。

“一比零领先。卡里姆进的球。”

马克握着这位老头儿的手，说：“我想找阿伊达的丈夫拉苏尔·塔吉耶夫。”

虽然马克在巴库长大，但他的阿塞拜疆语说得和本地人没什么差别，也是一身阿塞拜疆人打扮：一身刚从市中心买的土耳其制造的高端西装，打着领带。确实，他白皙的皮肤，深棕色的头发，深陷的浅棕色眼睛和略微有些下垂的眼睑，让他看上去更像俄国人，但俄国人和阿塞拜疆人多年来一直通婚，他们也不会立马认为马克是个外国人。马克左手拿着一盒玫瑰味的土耳其糖果。

“你有烟吗？”

马克松开了老头的手，拍拍运动外套，“噢，我倒希望有。我三个月前戒了烟。要是有一定给你。”

老头耸耸肩，开始调收音机的频道。

马克知道阿伊达·塔吉耶夫的街道地址，但考克斯不知道具体的门牌号码——他从没去过她家。

马克问，“你知道拉苏尔·塔吉耶夫现在见客人吗？”他又继续说，“我是他妻子在巴萨杜兹建设的同事，”他举起土耳其糖果盒说，

“我是来慰问的。”

马克想过这个老头可能是特意被安排在这儿的。他查过巴萨杜兹建设仅在占贾一个地区就有近千名员工。所以公司员工路过这儿不足为奇。要是这个老头儿是被派来看守这栋房子的，他所报告的也只是阿伊达·塔吉耶夫的同事前来慰问而已。

老头儿审视了下马克，再次耸耸肩，“214 号。他应该在家。”

“谢谢，朋友。”马克拍了拍这位阿塞拜疆人的肩，“谢谢。”

***

马克很快就知道了为什么阿伊达·塔吉耶夫会接中情局的活了。

所有房屋一楼的窗户都安装了金属防护条。底层的走廊又冷又潮，散发着一股霉味。瓷砖地板倒是最近打扫过了，可天花板上渗水地方的油漆都已脱落。楼梯井处狭窄的小窗和监狱中的一样装着栏杆，阳光从那里透了进来。

与周遭阴暗的环境不同，214 房的门刷上了鲜亮的绿色。他敲了敲门。门后响起一阵婴儿的啼哭，他这才意识到自己敲门的声音太大了些。

一个瘦小的男人隔着安全链打开了门，“什么事？”

他的语气里充满了怀疑。

马克自称为阿迪尔·奥尔洛夫，阿迪尔这个名字表明他有阿塞拜疆人的血统，也说明了他的阿塞拜疆语如此流利的原因；而奥尔洛夫则是典型的俄国人的名字，正好解释他的长相，“你是拉苏尔·塔吉耶夫吗？”

那人粗黑的眉毛更加衬托出那双不安的黑色眼睛。

“我是。”

马克露出一个恭敬的笑容，并说明他在巴萨杜兹建设员工福利部工作。“关于阿伊达的事我很抱歉。”他是真心感到抱歉。拉苏尔，阿伊达，他们的孩子……他们不该承受这样的事情。

马克举起土耳其软糖的盒子，但显然，门开的程度无法将盒子送进去。

拉苏尔·塔吉耶夫的眼睛渐渐充满泪水。

“我能进去吗？”马克问。

“已经有人来收走她的东西了。”

“巴萨杜兹的人吗？”

“当然。”

“什么东西？”

“她的电脑，徽章。他们是昨天来的。”

“哦，嗯。不过我是巴萨杜兹另外一个部门的。我不是来取她的东西的。”

“阿伊达”，他用手背擦去脸颊上的泪水，“从没提过有个叫阿迪尔的人。”

“我听说她是个优秀的会计。不过，事实上，我们从未见过。我到这来是要和你商量你妻子的财产问题。你知道她在加入公司时购买了公司的人寿险吗？”

那人沉默了两秒。马克猜阿伊达·塔吉耶夫没买保险。事实上，没几个阿塞拜疆人会买保险。但也不能排除有这个可能。

婴儿依然在哭闹，这让马克想到莱拉。她是否醒着？要是在这样的地方将她抚养成人会是什么情况？他想象着自己推着婴儿车走过坑坑洼洼的街道，看着她的衣物晾在废弃木材搭起来的阳台上。学校会是什么样呢？肯定很糟糕。他将这些思绪抛出脑外，说："抱歉打扰到你的孩子了。"

拉苏尔凝视着马克，"你说你是巴萨杜兹的人？"

"是的。"

他把锁打开，"进来吧，我去泡茶。"

***

永远都是茶，马克坐在狭窄的客厅里想着。他认为自己很有耐心，不过这一点总会在他拜访某个阿塞拜疆人的时候被考验。他们总为自己的热情好客而骄傲，觉得自己是世界上最热情好客的人！可这种热情总免不了耗费大把的时间去准备茶水。

等着的时候，马克尽可能地观察了这间公寓。客厅的墙被涂成了浅绿色，家具看上去是新买的。两把一长一短的手工竖琴立在墙角。一面靠墙的架子从地板排到了天花板。架子中间齐眼的高度摆放着蚀刻着星型图案的橘红色水晶花瓶。马克站起来仔细看着这个花瓶。

"真漂亮。"当拉苏尔端着茶出来时，马克轻声说道，以免又把婴儿吵醒。他指着花瓶说："现在的捷克水晶制品和当年的东西没法比。”

在前苏联时期，捷克斯洛伐克以生产最上乘的水晶而闻名东欧。

“我父母送的结婚礼物。”

“他们住在占贾？”

“在巴库。”

阿苏尔将盛有两个梨形玻璃杯和一个茶壶的托盘放在了一个较低的桌子上。倒茶的时候，他的手不停地颤抖。托盘上还有一碗酸樱桃酱，两个果仁蜜饼糕点及被切成小片的士力架。

“谢谢。”马克喝了口茶说。茶的味道更加偏向于阿塞拜疆人的口味，比较清淡，不是他喜欢的那种土耳其式的浓茶，“味道好极了。你在占贾还有亲人吗？”

“没有了。”

“阿伊达，也来自巴库？”

“是的，我们去年搬过来的。因为她工作的关系，也是临时性的。”

“你会搬回去吗？”

拉苏尔耸耸肩，茫然地看着自己的手，好似想一个人清静会儿，但又碍于礼貌不好意思说出口。

“请，”马克说，“坐一会吧。”

拉苏尔坐在了沙发对面的椅子上。

马克吃了片士力架，说：“关于这个人寿险。就像我说的，你妻子在与公司签订合同时就办了。在巴萨杜兹，所有员工都是一家人。

对于你经历的这个惨剧，我们感到非常悲痛。同时，我们也希望你知道我们非常重视你妻子的工作。并想尽一切可能来帮助你。”

“没人帮忙，所以也就没有葬礼，没有体面的安葬，也没有……”拉苏尔的声音越来越小。他开始用右手的大拇指按下每一个指头的关节，每按一次就短暂地停一下；有些穆斯林有这种习惯，类似于拨弄念珠。一分钟后，他说：“我不知道该怎么办。”

“一个人也没有？”

“我是在警局看到的她，我指认了她。我们还讨论了关于葬礼的事情。可是后来他们就说检测出她患有肺结核，可是她从没得过肺结核，她很健康。”

“他们给你看过检测结果吗？”

“没有，他们就说检测结果呈阳性，他们非常担心病毒会传染，就把她火化了……他们告诉我她已经被火化了，会给我她的骨灰，可后来……后来就没有下文了。”

马克知道肺结核在阿塞拜疆是个不小的问题，那些表面无事的病人也有可能是病毒携带者。不过就算阿伊达的检测结果呈阳性，立即火化也是不正常的，因为古兰经中明确禁止了这种做法。除非土葬可能会引起大规模的病毒传播，但尸体上的结核抗药性也不会引发这样的病毒传播。

她被火化了，马克想，是因为尸体上留有证据。他想起拉里尸体的防腐工作做得有多快。

“警察没来过这吗？”

“没有。她也没有理由会到山路上去。我知道警察怀疑她出轨了。但她没有。”

“你给警察说过这些吗？”

“当然，当然说过，但他们说他们也无能为力，那不过是场交通意外，而且她身上还带有病菌，就再没说什么了。您能做些什么吗？至少让我拿到她的骨灰吧。”

马克叹了口气。鉴于他妻子为中情局所做的一切，中情局确实欠拉苏尔·塔吉耶夫一个交代。但显然，警察不是凶手，就是被逼掩盖事实。“我也希望能帮上忙。”

“求你了。”

“我在警察那边也说不上话。”

“巴萨杜兹是个很有权力的公司。他们也许能左右一下警察。”

“要是我能帮你，肯定帮。但我无能为力。你可以试着直接联系巴萨杜兹，或是写封信给总统。他可能会帮上忙。我能告诉你的是我实在无能为力。抱歉。真希望能帮到你。”

拉苏尔皱着眉点了点头。

马克说：“现在，关于这个人寿险。”

“说实话，我都不知道她办了那种东西。”

“有五千美金。我受公司所托将现金交给你。公司也知道，现在，不管是情感上还是经济上，对于你和你的孩子来说都是个困难时期。”

马克从背包里拿出考克斯交给他的钱。他考虑是否要给拉苏尔一罐护臀霜，不过那样做会让人感觉很奇怪。他想还是把这两罐都留给达莉亚。

拉苏尔惊讶地捂住嘴，“这钱，你打算给我？”

“这就是你的。你的妻子指定你和你的女儿为受益人。另外，我建议你跟我一起到银行去，我可以在那正式将钱转给你。要是钱被偷，或者你的某个邻居……”马克放低了声音。拉苏尔比任何人都清楚他住的这个地方治安有多差。“为了避免发生那些情况，我建议在银行转交。你想去哪家银行？”

“我们在占贾银行有个户头。”

“可以。”

“现在吗？你想现在就去？”

“你想什么时候去就去，塔吉耶夫先生。我现在有时间，要是现在你不方便的话，也可以安排一个你方便的时间，我这边完全没有问题。”

“那我把孩子带上。”

“当然可以，没问题。”

“那现在就可以。”

***

马克陪着困惑的拉苏尔·塔吉耶夫和他的女儿一起到市中心的占贾银行分行，银行职员将他们引入后面的房间后，马克把钱交给了这个年轻的男人。

“好了，”马克说，“你不需要我帮你设置账户了。祝你好运。还有，再次对你的遭遇表示抱歉。”

“但……”拉苏尔显得十分慌张。他一手抱着女儿，一手拿着信封，“……我是不是需要签——”

“相关文件很快会通过邮件发给你。同时，你的存款收据也是巴萨杜兹将钱转给你的证据。”

说完后，马克离开了银行，买了一包考克斯抽的云丝烟，叫了辆出租车。几分钟后，拉苏尔住的廉租房再次出现在他眼前。那个阿塞拜疆老人还坐在外面。

“拉苏尔忘记孩子的奶瓶了，你能怪他吗？”在老头回答他之前，马克拿出一支烟给他点上，“一点小意思，谢谢你刚才给我指路。”

马克飞奔到二楼，累得气喘吁吁。放聪明点，他这么告诉自己，并且环视着走廊两边的路。动作得快，得把风险降到最低，必要时得玩命地逃。

他很满意自己在买土耳其软糖前购买的简易工具让他在一分钟之内就开了锁。这个工具包括由发夹和电工胶带做成的薄三角钩和单钩，另外厚一些的三角钩和单钩是由装订夹中的钢丝制成的，还有一个用一对弯曲的镊子制成的张力杆。作为一个长期伏案工作的站长，他的谍报技术已有些生疏，但这些技能最近正变得熟练起来。

在厨房外储存餐具的封闭阳台上，他打开了对着马路的双开窗户。他并不想从二楼跳下去，但他必须做点准备，以便危险来临时能紧急逃脱。

他看了下表，5 点 2 分。他告诉自己要在十分钟内完成任务，十分钟后，危险将更大。

***

经验告诉马克，人们通常会选择把东西藏在卧室。那里让人有种安全感，至少在晚上入侵者想要在黑暗中悄无声息地从卧室拿走东西是不可能的。所以他决定从拉苏尔和阿伊达的卧室搜起。

他仍可以感觉到房间中有阿伊达的味道，或者至少是她用过的香水味。玫瑰花的味道从壁橱中散发出来，那里挂着她的裙子；梳妆台中，她的 T 恤、牛仔裤和内衣整洁的叠放着。那味道与拉苏尔衣服上的泥土味或孩子身上的尿布味截然不同。

壁橱，吱吱作响的床垫下面，梳妆台抽屉中，墙上的镜子后面，没用过的尿布中间，甚至是垃圾桶中垃圾袋的最下面，他都搜遍了……他有条不紊地将整个卧室分为了四个区域，只有在搜完其中一个区域中的所有东西后，他才会转移到下一个区域。当他发现藏在阿伊达镶钻首饰盒中的佳能袖珍相机时，他觉得找到了想找的东西。相机中的存储卡可能会是间谍藏文件的地方。但当他把卡插入与 iPad 连接的外部转接器中后发现，卡里什么也没有。

搜完卧室花了他整整四分钟。另外三分钟的时间，他大多都用在厨房里——冰箱、饼干罐、小微波炉、橱柜……还有所有的抽屉。照这样的速度，他知道自己没有充足的时间将公寓其他地方彻底地搜查一遍了。拉苏尔随时都可能回家。他从厨房水槽上的窗户向外望去，发现那个老头已经离开了。

仔细想想。

马克推断，要是东西藏在这间房子里，就不能被拉苏尔或其他人偶然找到。所以这间房子中哪里是拉苏尔很少用到的？马克已经搜完阿伊达卧室里的所有私人物件，现在他在水槽下面的清洁用品中搜寻，谁知道呢，也许拉苏尔会帮着做清洁，也许不会。马克还在靠近大门的壁橱中搜查了阿伊达的冬靴、夹克，还有……

在他闯进公寓的十五分钟后，马克终于在浴室的治疗痛经的非处方药瓶里找到一个小小的无标记的指状储存器。他将储存器插入外部转接器的 USB 接口中，看到了仅有的一个 Excel 表格。

他松了口气，这正是他想要的。

从雷蒙德・考克斯告诉马克的有关于阿伊达的信息来看，她是个可靠并且非常有条理的人，是那种肯定会将重要文件备份的人。拉苏尔说巴萨杜兹的代表来收走她的电脑的时候，马克还有点担心，但推断她也不太可能会将这种于己不利的文件保存在电脑上。那么就剩下外部储存器或者在线备份了。要是东西存放在外部储存器中，那么，她在公司和遇害地之间唯一到过的就是自己的家了。

他一直希望杀死阿伊达的那些人不是粗心大意就是头脑简单之人，不会搜查她家。看来，他们确实是这样的人。

31

马克沿原路从楼里出来，穿梭在各栋楼间交错的小路上。确定没人跟踪后，他走到主路上拦了一辆出租车。坐在车后座，他打开了Excel文件。

文件是用阿塞拜疆语写的，标题为巴萨杜兹建筑：年度财务报表及补充说明。标题下面是文件的目录，主要内容有：资产负债表，收益表，现金流量表和补充说明。而补充说明项下还有几个小项目：总务及行政费用，已完成的合同和进行中的合同等。

算上补充说明，文件一共有两百多页。

他滑动着鼠标，开始浏览每一个项目：资产，流动负债，合同收入……公司去年大部分的收入都来自占贾及其周围的一些项目，补充说明中也可以看出这些项目有很大的特殊性：修理占贾河大桥、翻新火车站、重铺大占贾的马路等。不过，有一个价值超过四千万马纳特的项目却没有任何补充信息。这项收入几乎占了巴萨杜兹去年财政收入的百分之三十。

这个项目就是纳希切万。

“先生，”出租车司机说，“我们到了。”

马克抬起头。到市中心了

他付了车钱，下车走到斯大林式巴洛克风格的市政厅对面的长凳边，坐了下来。市政厅外墙上挂着一幅三十英尺高的总统画像。接下来的一个小时他查看了其余的文档，想要找出更多与纳希切万相关的信息，但一无所获。

唯一有用的东西是在总务及管理费项下的附加工资表，这个表链接到一份包含了每一位巴萨杜兹建设员工的职位、去年所获报酬、代扣税金、家庭住址、入职日期及国家社保号的工资报表。

在浏览高层人士的资料时，他想或许可以从奖金入手来查看有关纳希切万项目的信息。巴萨杜兹建设有三千多名员工，可收入上十万的却只有四个人：公司的所有者，也是当地执委之一，公司副总裁，财务总监和总工程师。这四个人去年将近两千万的款项收入囊中。这两千万中的大部分流入了执委的口袋，但把他选为目标风险太大，所以马克抬头找了下其余三人的地址。

他注意到总工程师的住址离这儿不远。

32

矗立在占贾市中心，阿巴斯清真寺西侧的建筑看上去就像是巴库近期所有整修建筑的克隆体。

马克走到这个建筑的背面，撬开一个没有窗户的灰色金属门，进入到一个杂物间，里面放着电子断路器和一排崭新的热水器。杂物间的另一扇门则一直通到中央大厅。

马克忍不住要把这地方跟他刚刚离开的那间屋子比较。高高的颓废派风格的天花板，水晶吊灯，印有鸢尾花的壁纸，宝石红的真丝地毯铺在镶木地板的中心。一个装有黄铜门电梯似乎在向马克招手，但马克选择走楼梯上了三楼。

他隐约听到 301 房间里传出了电视的声音，于是将耳朵贴在门上，确定是电视声，而且有人在不停地换台。现在刚过下午 3 点，他希望这位总工程师还在公司。因为房里有人，马克不得不另想办法。他爬上四楼，站在了 301 正上方房间 401 的门口。这次，门后没有任何声音，他大胆地敲了敲门。

无人应答。

马克掏出开锁器，可摆弄了一分钟后还没能把门打开，他低声咒骂起来。最终他将厚厚的挂钩掰到一个更尖锐的角度才将房门打开。进门后他觉得自己在比什凯克的公寓简直太寒碜了。光滑的木地板上铺着手工编织的土库曼地毯，厨房里的不锈钢器具闪闪发亮，嵌入式照明灯点亮了黑色的花岗岩台面……

“有人吗？”他用阿塞拜疆语喊道，“房屋维修！”

没人回答。在把注意力转到主卧的厕所之前，他快速地检查了五间卧室，发现都没有便捷的紧急出口，他只得冒险行事了。在铺开一大卷卫生纸后，他用马桶刷将纸堵住水箱底部的排水口，向上抬起盖子，然后对着挡板阀胡乱敲打一番，好让马桶一直不停地流水。

离开公寓的时候，马克故意没有锁门。

***

十分钟后，总工程师公寓里传来了女人的惊呼声。

马克在楼梯间听着动静，当他听到 301 开门的声音时，立马跑回了一楼。一个女人跑进了楼梯间，马克猜她是想去查看漏水的地方。听到她打开通往三楼大厅的门时，他三下两下爬上楼，进入了总工程师的公寓，女人太着急离开时连门都没关上。

“有人吗？”他喊了一声，以防屋里还有别人，“我是来检查漏水问题的。”

这个地方跟楼上的结构一样，所以马克径直跑向了第一间卧室，确定它只是个储藏室后便跑到隔壁的房间，发现那是一个健身房。

当他探头到主卧室时，听到里面的厕所里传出了滴水声。马克迅速查看了一张照片，他猜照片里的男人就是工程师了，而他旁边那位踩着细高跟，穿着银色收腰外衣，梳着蜂窝式发型的中年女子便是工程师的妻子了。之后他潜进隔壁的卧室，这间卧室被用作家庭办公室。总工程师是个整洁的人，没过一分钟，马克就从桌子左侧的橱柜里找到了银行账单。

他快速对着银行账单拍了几张照片，然后将其放回原处，这时他听到了脚步声和一个女人的声音。

“它不会停，不会停！乌加没接电话，我不知道该怎么办！”

马克慢慢地关上了办公室的门，这样那个女人到主卧去的时候就会看到办公室的门是关着的。马克贴着门听着那边的动静。

“不，你现在就过来！不只是漏一点，天花板都快被弄坏了！”

马克本以为这女人需要花些时间来处理马桶的事。她可以用东西塞住马桶，或是关闭阀门，亦或是抬起水箱盖并重新拨弄一下插板……要想停止马桶漏水可没那么困难。

他把门开了一道小缝，看到那个女人站在主卧中间，身体朝着厕所，没有试图去阻止漏水，而是不停地在手机上写着什么。

这就是马克在照片上看到的女人，不过现在她身穿绿色丝绒运动服，及肩的头发有点乱。马克想训斥她回到楼上，处理那该死的马桶。但一分钟后，她按掉电话，坐在大双人床上，无奈地盯着浴室。

马克冒险把办公室的门稍稍打开了一些。虽然她现在紧盯着从浴室天花板上滴下的水，但只要她稍一转头，自己就暴露了。马克想要是真被她发现了，就声称自己是来检查漏水问题的。巧的是，她并没有转头，滴水声也掩盖了他的脚步声，他退到了大厅，出了公寓，跑回一楼并从大楼的后门离开了。

***

马克回到大街上后，穿过人行道上漫步的人群，用预付费电话给约翰·德克尔打了电话。

"嗨，事情进行得怎么样，兄弟？"德克尔说话听起来永远那么愉快。他好像正在吃三明治。

"我需要你汇点钱。你有笔吗？"

"啊，稍等。"马克听到咀嚼吞咽的声音，然后德克尔说，"你那边怎么样了？一切都顺利吗？"

"嗯，我很好。给我打一万块。"

"妈的，我明明记得这儿有支笔的。"

"左边最下面的抽屉里有一些备用的。"

电话里传来一些沙沙声和咚咚声，然后德克尔说："找到了，说吧。"

“汇到阿塞拜疆国际银行，占贾分行。”他右手拿着手机，左手拿着 iPad，将 iPad 中的文字放大后，把工程师银行对账单上的账户和汇款路线号码告诉了德克尔。

“你什么时候要？”

“现在。”

“没问题，老大。”

“从我们英国巴克莱银行的溢出账户转，就是那个只用一个数字设置的账户。我可不想有人因此追查到我们在比什凯克的行动。”

“明白。”

33

下午四点，马克看到巴萨杜兹的首席工程师拎着手提包匆匆往家赶。他面露愠色，灰白的头发凌乱地耷拉在头上。

“照我刚说的做。”马克对出租车司机说。

马克下了车，故意撞在工程师身上，好像他根本没看路。他对工程师说：“查一下你的银行账户。”

“什么？”

“我给你打了笔钱。应该够弥补你的损失。”

“你是谁？”

“一个朋友。”

马克走回车上。工程师站在自家楼前，呆呆看着马克。车启动后，司机把相机还给了马克。

“去哪儿，先生？”

马克给了司机一张一百美元的票子，说：“到街尾就行。”

***

马克买了杯土耳其咖啡，边喝边在工程师家对面的公园里闲逛，同时观察着进进出出的人。半小时过去了，马克觉得工程师已经查过银行账户了，于是起身准备去和他聊聊。就在他过马路时，一辆巴萨杜兹公司的车停在了路边。马克猜这有可能是去工程师家检查损失的，那么工程师可能又得忙上一会儿了。于是他又买了杯咖啡，重新回到公园，在长椅上坐下。马克想起了达莉亚和莱拉。他想如果工程师知道阿伊达·塔吉耶夫被杀的原因，清楚纳希切万项目的底细，他也许今晚就会打包走人，搭乘明天一早从巴库到比什凯克的飞机。

一小时后，巴萨杜兹的那辆车开走了，马克再次准备去工程师家。这时他看到工程师和妻子走出了公寓楼，他的计划不得不搁浅。

为了不让他们看见自己，马克又躲进公园，然后尾随他们到了一个昏暗拥挤的餐厅。餐厅的墙上用塑料做的枫树枝装点着，吧台上挂着希尔达朗牌啤酒广告。两个系着白围裙、顶着高高的厨师帽的年轻人在开放式厨房里的火炉上做面饼。他俩中间站着一个双手沾满面粉的丰满女人，在用双滚筒往面团里加食材。

马克在吧台边坐下，叫了半升希尔达朗。

“我请后面那对用餐的夫妇喝酒。”马克头朝工程师夫妇那边晃了下，给了吧台服务员二十马纳特，“让他们想喝什么就点什么。”

服务员是个又黑又瘦的阿塞拜疆女人。她耸耸肩说没问题。

服务员把话捎给工程师后，他抬起了头。马克和他对视了一会儿，当工程师认出马克时，马克点了点头。

工程师拒绝了马克的好意，但不一会儿就朝马克走了过来。

“你是谁？”

“你查过银行账户了？”

“你为什么要这么做？”工程师用怀疑的口吻问道。

“我想给你看样东西。”马克把 iPad 从包里拿出来，放在吧台上，把那份财务报表打开放到工程师面前，“看看。”

工程师看了文件后瞪大了双眼，鼻翼微张：“你怎么弄到这个的？”

“当然这只是个备份。原始文件在我同事手里。我看你去年挣了三十六万七千块呢。”

工程师的妻子坐在餐厅另一边盯着他俩，工程师勉强朝她笑了笑。“我猜这是你偷的吧？”没等马克回答，他又说，“你知道我是谁吗？”

尽管工程师说的阿塞拜疆语，但他说得很生硬，不像本地人。马克猜他应该是在国外上的学，很可能是英国。

“我知道你是贾瓦多夫家的人。”

贾瓦多夫是当地执委的姓。

“对。”

“你问我这份东西是不是偷来的。我没偷，是你偷的。然后你卖给了我。我给你银行卡里打了一万美元呢。”

“明白了。”工程师冷静地说。

“你真明白了？”

“你想勒索我。不过没用的。我觉得如果你够聪明的话——”

马克打开 iPad 翻出一张照片来，“这是我们在你家楼下见面的照片，之后我就转了一万美元给你。拿到钱后你就给了我这份资料。”

“别在这儿丢人现眼了。”工程师说，但他看上去有点被吓到了。

“四天前巴萨杜兹的一名叫阿伊达·塔吉耶夫的员工被杀害了。你应该听说这件事了吧。”

“没有。”

马克盯着工程师，想看出他在说谎，但没能看出来。

“导致她被害的原因就是你刚刚在我 iPad 上看到的那份文件。她本想偷了那份东西卖钱的。现在，设想一下如果有人发现是你给了我这份资料——”

“那个女孩。谁杀了她？”

“你觉得呢？”

“我没头绪。也没人会相信我给了你这份东西的。你还不明白吗？我是贾瓦多夫家的人。”

显然工程师认为，没人会怀疑贾瓦多夫家的人。可马克不这么想。权贵们最提防的往往是自家亲戚。历来篡夺王位的往往是皇亲国戚，而非老百姓。

“如果您不帮我的话，我就给巴萨杜兹打电话，把这份文件转卖给他们。执委肯定会根据电话追踪到我的住所。他会派人去搜查。我房里有份报告，上面写了买通你的详细经过。”

“买通我，”工程师说，“可笑。如果是这样，我倒想知道买通我的你到底是何方神圣呢？”

马克没理会工程师的问题，接着说：“照片和银行对账单都能作证。你现在肯定在想，如果执委的手下拿到了这些证据，你可以亲自去跟他解释。但是你要知道，这张我俩的合影——”马克指了指iPad——“只是其中一张。我跟了你好几周了。两周前的周六，你去叶尔努尔饭店吃饭，进门时我就站在你后头；三周前你去瓦吉夫街的洗衣店取衣服时，我也在那儿，还和你站得很近。这些全被我同事拍下来了，这样我就好拿这些照片跟我上司说我一直在努力策反你。”

工程师名下有一张借记卡，过去一个月的消费明细都能在银行对账单上查到。

“我不觉得……”工程师摇了摇头，显得很生气。但他声音变轻了，明显心慌了。

“我会再给你汇五千美元，但就这么多了。”马克软硬兼施，“你自己决定吧。”

“我不要你的钱。”

“我知道。去年巴萨杜兹在纳希切万的一个项目完工了。我需要知道那是什么项目。你只要提供我需要的信息就万事大吉了。没人会知道我们见过。”

工程师又望了妻子一眼，好像希望她赶紧过来支援自己似的。他低头看着吧台，挠了挠头。

“我们根本不认识。”

“对。”

“我没法相信你。”

“我为一个受人尊敬的外国情报机构工作。”

“哪个？”

“我知道，有时我们那儿的做事方式不那么讨喜，但我们不会过河拆桥的。你帮我，我就会保护好你。就像今晚为了保护你，我是在确保没人尾随后才来见你的。”

过了一分钟。

工程师开了口：“关于纳希切万的项目，我知道得不多。”

“那就把你知道的告诉我。”

“然后呢？”

“我会销毁我们之间联系过的一切证据，然后我就闪人，永远消失”

“这不公平。”

“我知道。”

又沉默了片刻，工程师说：“机场跑道。我们在那儿建了一条机场跑道。”

“民用的？”

“我看不是。那条跑道建在……建在很偏僻的地方。”

“哪儿？”

“靠近与伊朗还有亚美尼亚交界的地方。但也没那么近，在交界处是看不到的。”

“你有卫星导航坐标吗？”

“没有。”

“那儿怎么去？”

“去阿纳斯。”

“那是什么鬼地方？”

“一个小镇。阿纳斯北面只有一条路可以出去。你沿着路走会看到一个围栏。那儿有守卫。整个区域都有人守着。”

“他们建机场跑道干吗？那儿有什么飞机？军用飞机？”

“这个我不知道。”

“我才不信。”马克说。

“你不相信也没办法。不知道就是不知道。”

“他们给你们这么多钱就为了让你们造一条机场跑道？”

工程师耸耸肩。

“为什么找巴萨杜兹做这个项目？”马克问。

“雇我们的人不想找巴库的那些大公司，那样太惹眼。”

“谁雇的你们？”

“我不知道。”

“你觉得是谁？”

“这不是我操心的事。谁要跑道谁付钱呗。”

马克在 iPad 上点开一个窗口，给工程师看了看录音软件的界面，“我会好好保存我们的对话的——”

工程师忍不住骂了一句“操你大爷”。

“——等我确定你对我说的都是真话后，我就会删了它。但我得先问一句，你对我说得都是真的吧？好好想想，这可关系到你的小命呢。”

工程师瞥了一眼 iPad，恨不得把它砸了。马克赶紧把 iPad 装进包里。

马克和工程师对视了好一会儿。最后，工程师说：“那条跑道不在阿纳斯，在奥尔杜巴德。你出了奥尔杜巴德后一直往北开就能看到。”

“谢谢，朋友。等我查证你说得都属实后，我会销毁那段录音和一切对你不利的信息。我也会保证你和你身边的人都安全。巴萨杜兹不会知道我俩的交易。”

事实上，马克一出餐馆就会删掉那段录音。他从不会在 iPad 或手机上留下任何不利于自己或线人的信息。而且他经常重装系统，将 iPad 和手机恢复到出厂设置，因为这样才能确保信息被彻底抹掉。

“你可不是我的朋友。”

“的确不是。别忘了明天去查查另外那五千美元有没有到账。”

34

马克找了一家能无线上网的咖啡厅拨通了考夫曼的保密电话。“雷蒙德·考克斯现在应该到巴库了。戴维斯会去查我的一份报告，你能安排一下吗？”

“收到。知道考克斯的线人是被谁杀的了吗？”

“有很多线索，但还不知道是谁。”

“查出第比利斯那事跟俄国有什么关系了吗？”

“那只不过是我的直觉而已。我觉得巴萨杜兹的安保远比考克斯和他的线人知道得严的多。这很可能是因为纳希切万的事。所以考克斯他们被发现很正常。”

“所以唯一能把布兰的死和考克斯线人的死联系起来的就是纳希

切万。”

“差不多。”

“他们在纳希切万做什么？”

马克没理会这个问题，问道：“为什么你非要派人盯着南奥塞梯的俄罗斯军事基地？有国家侦查局盯着还不够吗？”

美国国家侦查局操控着美国的间谍卫星。

“我跟你说过，我们想更详细地掌握他们基地的动向。”

“我知道。但我不觉得在南奥塞梯基地那样的地方，一点波动就会引起什么重要的警报。”

考夫曼沉默了好一会儿，然后说：“我们也在其他地方发现了俄军不寻常的行动。”

“哪儿？”马克问，“如果那边的事和我调查的事无关，你就不要说了。”马克办事从不过问与其无关的问题，他觉得那样比较安全。

“俄军在亚美尼亚和塔基斯坦的基地。”亚美尼亚和隶属于俄罗斯联邦的塔基斯坦共和国都与阿塞拜疆交界。

“这是什么时候的事？”

“过去两周。那两座基地的运作和南奥塞梯基地的基本是一个模式，也是一次不会进很多人或设备，但是几个星期下来就很多了。而且只进不出。”

“国安局怎么说？”

“他们啥都不知道。”

“没有去问问俄国人到底怎么回事吗？”

“问个鬼。我们才不会让他们知道我们在盯着他们。纳希切万那边你有什么消息？”

马克跟他说了机场跑道的事。正当考夫曼准备发问时，马克说：“我现在真的只知道这么多，不过我明天会去那边看看。”

听到这话考夫曼很是感激，他满意地说：“很好，萨瓦，你干得很棒。”

“但我去那边之前最好能看一下卫星数据。”

考夫曼答应说会尽快去查看。正当马克准备挂电话时，考夫曼说：“对了，我刚接到第比利斯那边的电传，说是你让他们那边的一个人帮你查布兰死前可能见过的女人？”

马克顿了一下，说：“呃……是啊。没错。”

“为什么？”

“我找到……那个女人的一样东西。就在布兰死的那个房间。”

“哦。那女人是谁？”

“我现在不想谈这个。”

“你最好说一下。”

“你告诉第比利斯那边给我好好查就行。”

“他们查了。第比利斯没有人是在那天出生的。”

“他们去档案馆和劳保局查的？”

“嗯。第比利斯那边问我，是该不管你这事了呢，还是该让莫斯科分局在俄罗斯继续查，毕竟她是俄国人。”

“继续查。”

“你发现的她的那件东西是什么？”

“说来话长，泰德。等我查出什么有用的信息再和你谈。”

“萨瓦——”

“求你了，泰德。帮我把这件事办了。”

第五部分

35

——阿塞拜疆，纳希切万——

宽阔的山谷中，一些小房子散落在小麦地和甜菜地间，金属屋顶在阳光的照耀下熠熠生辉。牛羊在山间悠闲地吃草。羊只并不多，这个时节，羊群通常会上山觅食。房子西面有一个人造灌溉池。

与山谷中的肥沃的土壤不同，周围的群山光秃秃的，毫无生气。古老而多彩的岩石和黏土层在山口形成一片冲积扇。一条条经阳光暴晒而干涸的深邃沟壑横亘在冲积扇中。

向西北边望去，可以看到伊兰达格山。当地传说称这座多石之山是诺亚方舟首次登陆的地方。不过在登陆亚拉拉特山——即现在的土耳其东部——之前，方舟在山顶上留下了一个深深的裂痕。

伊兰达格的双峰上飘着缕缕白云。马克朝着西边远远地张望，他想自己现在所处的位置也不低了，或许能窥见积雪覆盖的亚拉拉特山，但周围一片模糊。

现在才早上 8 点，他想，再过几个小时，云雾可能就会散去。

一开始他沿着一条新路缓慢行驶，但他现在把车停在满是污泥的路肩处，离沿线的黄色天然气管道只有几英尺。昨晚他已抵达纳希切万，并在纳希切万郊区的一个只能现金交易的酒店住了下来。四十美金一天的高额房费让酒店主人乐得将自己的雷诺轿车借给马克使用。

马克对外宣称自己来自一家制造塑料瓶盖的土耳其公司，此行的目的是了解纳希切万这方面的市场行情。

他在占贾的时候抽空制作了名片，然后用一晚上创建手写日志，并把伪造的有关瓶盖的数据输入他的笔记本电脑中。他的灰色运动外套太大了，条纹领带又有点太宽太亮。他为了装扮成一个努力想引起别人注意却不得的低收入单身推销员，特意打扮成这样。

他汽车前座上的塑料袋里装有一百来个瓶盖，每一个瓶盖都打上了标签。瓶盖旁边放着一张地图，这样，万一有警察过来询问他为什么会出现在这条路上时他可以抓起手边的地图告诉他自己迷路了。马克知道纳希切万的警察很多疑，所以遇到这种事不足为奇。

而他真正关注的是山谷对面一英里开外的狭窄土路。这条小路穿过农田，绕到一座陡峭的山后，一直通向传说的秘密机场跑道。马克指望能看到从山后开出来的车，任何车都行。

泰德·考夫曼通过电子邮件传来的首批卫星照片上有一个被荒山和高大的防护网包围的绿色山谷。而马克正在看着的这条路，由南穿入山谷，一直延伸到一座类似仓库的建筑。

可照片就显示了这些，没有跑道。

而第二批发过来的卫星照片比第一批早拍了半年，那时山谷大部分地区都被两列好似帐篷的巨型建筑覆盖着，以掩盖帐篷下的活动。通往山谷的道路已被压出了车辙，从这些车辙可以看出经过的是重型工程车辆。

***

三小时后，一辆米色轿车从山谷里驶了出来。马克看不到谁在车里。他没带望远镜，甚至连一个像样的相机也没有带，因为任何一个这样的东西都可能引起怀疑。

被伊朗、土耳其和亚美尼亚包围的纳希切万长约八十英里，最宽处不超过四十英里。严格来说，阿塞拜疆与亚美尼亚仍然处于战争状态，这两国相互厌恶的事迹都够写一本传奇了。在苏维埃时期，阿塞拜疆大部分地区都成了秘密军事区，所以纳希切万人有一种受困的心态，他们觉得一旦放松警惕，家园就会被周围更强大的敌人所占领。外国人和那些拿着相机东问西问的人都会被纳希切万人所怀疑，所以马克不得不小心。

他迅速用手机拍了一张照片，并将它放大以便他能看到汽车的前格栅，应该是辆现代，他边想边删除了照片。马克将车驶离路边，慢慢开往几英里外的主干道，等着那辆车追上他。他经过了一个小村庄，看到公鸡在街上啄食牛粪。

马克从后视镜中看到那辆现代汽车驶近时，他稍稍提了速。他看到司机和前排乘客都穿着正式，像是摩门教传教士。司机戴着眼镜，看上去更高一些。快到主路时，马克再次看了一眼后视镜，看到司机打了右转灯，马克于是也向右转。

他们朝纳希切万市区开去。马克的左边是地处纳希切万和伊朗边界的阿拉斯河。朝右边放眼望去，一片白雪皑皑的山脉横跨阿塞拜疆与亚美尼亚的战线。

路边的野生红罂粟让马克想起卡特琳娜和那幅画。卡尔昨晚留下一个口信。与考夫曼说得相反，第比利斯的档案局有她的信息。1977年她和家人从莫斯科搬到第比利斯的时候他们就拿到了她的出生证明。目前还没有查到她的联络方式，也没有她结婚或死亡的任何记录，但是卡尔知道卡特琳娜出生于 7 月 18 号，知道她父母的名字和出生日期，他将信息发给美国驻莫斯科大使馆，也将尝试在第比利斯更多的政府数据库中查找。

高速公路是新修的，车辆很少。马克一直在慢车道开着。路上装了不少摄像头。马克确保车速不超过每小时九十公里，并告诉自己不要正眼去看那些摄像头。开了几英里后，他降低了车速，好让后面的现代汽车超过。

36

——南奥塞梯，俄军基地——

俄联邦反间谍处副处长汇报的消息让德米特里·蒂托夫很感兴趣。消息说中情局的一个特工昨晚到了纳希切万。

“这消息哪儿来的？”蒂托夫摘下眼镜问。很多年来他都不愿戴眼镜，直到上个月他发现自己已无法看清报纸了才妥协。

“我们买通了一个美国驻巴库使馆的报道官。”

为了密切注意美方在纳希切万行动中的动向，俄联邦安全局反间谍处的人假扮成德国情报部门的人，绑架了中情局一位报道官的妻子。“如果你不跟我们合作我们就杀了你妻子”是一个用来策反的老套路了。虽然这样有些残忍，但屡试不爽，至少短期来看是这样的。

“那个报道官提供的消息是从纳希切万发出的吗？”

“不是——很奇怪，是兰利那边给中情局巴库分局拍的电传，告诉他们中情局已经在纳希切万活动了。”

“谁拍的电传？”

“我们根据路由地址查过去，发现是中情局在中欧亚分局的负责人。”

蒂托夫说：“那就是考夫曼。我知道他。”

“电传很短。只说他们的一个合作人离开占贾去了纳希切万，接下来的四十八小时内不会有什么消息。”

“一个合作人？”

“很有可能是一个个人情报机构。”

“知道叫什么吗？”

“不知道。”

蒂托夫怀疑这个消息不可靠。

据说萨瓦是中情局在阿塞拜疆最有价值的特工。蒂托夫开始不以为然，然而当萨瓦在巴库轻而易举地甩掉了他们的人后，蒂托夫就不得不信了。

现在纳希切万又莫名冒出个中情局的人。比什凯克那边的调查也没有什么实质性的进展，虽然俄联邦安全局的人现在在找一个前海豹突击队队员，此人可能是萨瓦的同谋。但蒂托夫觉得在比什凯克的调查没有什么意义。

“这个新冒出来的人肯定是直接向考夫曼汇报的，”蒂托夫总结道，“然后考夫曼再通知他们巴库分局。问问反间谍处能不能搞到纳希切万机场的录像和航班上的乘客信息。”

37

——阿塞拜疆，纳希切万——

马克第一次去纳希切万是在 20 世纪 90 年代初，那时他刚到中情局特别行动科不久。阿塞拜疆和亚美尼亚当时刚刚开战，所以通往纳希切万的贸易路线都被封了。很多人失业，整天饥肠辘辘。前苏联时期的基础设施毁于一旦，也没有石油和天然气来支撑这个地方的经济。巴库也给予不了什么支援，那时阿塞拜疆的石油产业还不繁荣，首都巴库政治动荡、腐败横生、经济萧条。所以巴库能为纳希切万做的也很少。

马克在那儿待了一个月，期间悄悄帮忙运送武器给纳希切万的土耳其人，土耳其人再武装阿塞拜疆人。十年后，马克作为中情局调查员来这儿收买一名土耳其外交官，发现这座城市已大为改观。和伊朗与土耳其的贸易恢复了，道路修葺一新，中产阶级化的浪潮也初露端倪。

可现在……这个城市变得很陌生。所有房屋道路都修葺一新，古老的纪念碑也重建了。阿塞拜疆的总统很喜欢纳希切万，因为这是他父亲的出生地。石油大繁荣带来源源不断的财富，纳希切万也因此受益匪浅，仅次于巴库。

在这座面貌一新的城市中心，矗立着一座十三层的玻璃幕墙大厦——大不里士酒店，它是纳希切万的最高建筑。马克跟着的那辆现代轿车驶进了酒店的停车场，但马克没有跟进去，他一直往前开着，最后在街尾的一家药店门口停了下来。马克下车后一路小跑回去，直到看见酒店的大门才放缓了脚步。

酒店大堂装修得很像高档商务酒店，但里面空空荡荡，只有刚刚那辆现代车上穿西服的两人站在服务台前。

两人看上去都是三十岁左右，留着黑色短发，无须。矮个的戴着一副玳瑁眼镜。两人手里的皮包都很旧。马克站在他们身后，佯装等待和前台服务员说话。

“附近有保龄球馆和影院，走路就可以到，”马克听到前台服务员用俄语说，“不过今晚不开，明天才开。”

“我们不打保龄球。”高个男人用俄语说。

戴眼镜的男人搔了搔前额。他看起来好像一夜没睡，“别说娱乐设施了，告诉我们哪儿可以吃饭。不是晚饭，是现在哪儿可以吃饭。楼上的那个餐厅我们已经吃腻了。”

“你们可以试试阿塔图克的那家戈伊戈尔饭店。不远，你们可以走着去。”

“你可以帮我们预定吗？”

“当然可以，先生。但午饭不需要预定。”

高个男人拍了拍前台，皱了下眉头说：“好的，谢谢你。”

两人正准备离开，马克用俄语说道：“我可以跟你们一块到戈伊戈尔吃饭，但你们可以先去，不用等我。”他拍拍戴眼镜男人的肩膀，冲他们一笑。

两人看了看马克。马克猜他们肯定以为自己只是一个友好的俄罗斯同胞。他继续说：“你们不用等我，我刚到，还没登记入住呢。飞得累死我了！你们去吧，不用等我。”

他们离开的时候，马克听到一人悄悄对另一人说了什么。马克没听懂，因为不知道他们在说什么语，但从语调上来判断可能是说马克有毛病之类的话。抑或他们说的就是俄语，只是马克没听清罢了。

“先生？”前台服务员喊他。

“开一间房。”马克还是用俄语说。他用肩膀指了指正出大堂的两人，说：“在我朋友隔壁。”

服务员敲了几下键盘说：“816 房间不是标间，但里面有一张大床。”

“好，就它了。”

马克把自己的阿塞拜疆护照递给了服务员。

服务员推开前台后面的门，喊道：“拿一下 816 房间的钥匙。”然后他开始输入马克的身份信息。过了一会儿，服务员抬高嗓门又喊了一遍：“萨尔曼！816 房间的钥匙。听到了没？”还是没人回应。服务员愤愤地从打印机里取出一张纸递给马克说：“在这儿签个字，我去给你拿钥匙。”

服务员推开身后的门，里面有两个男人站在一台老式电视机前，“萨尔曼，你没长耳朵吗？”

“干吗？”

马克瞥了一眼电视屏幕。电视上的画面是航拍的，警车封锁了一栋被炸毁的楼。屏幕右上角是阿塞拜疆国家电视台的标识。画面紧接着切换到一个混乱的新闻发布会现场。马克看出发言人是伊朗总统。

不一会儿服务员回到前台，交给马克一把很大的金属钥匙。

“出什么事儿了？”马克问。

“抱歉让您久等了。您也看到了，有些员工就是占着茅坑不拉屎。如果大不里士尽是这样的人，那早就关门大吉了。”

“我是说电视上。出了什么事儿？”

“哦，发生爆炸了。”

“在伊朗？”

服务员把马克签过字的单子收进下面的柜子里，耸耸肩说：“对啊！当然了！有人想杀霍拉桑尼。他的住宅被炸了。”

大阿亚图拉[①]·霍拉桑尼是伊朗的最高精神领袖。

---

① 伊斯兰教什叶派别中的一个等级。什叶派的宗教学者等级制度包括大阿亚图拉、阿亚图拉、霍贾特伊斯兰三个等级。大阿亚图拉为其中一个等级。只有极少数的什叶派宗教学者（乌里玛）才能达到大阿亚图拉的等级，比如伊朗前最高精神领袖霍梅尼。

“怎么炸的？”

“不知道。有说是导弹，有说是汽车炸弹。现在都只是传言。”

“什么时候炸的？”

“今儿黎明前。但现在才报出来。不过大家都觉得是以色列搞的鬼。”

“这下可闹大了。”

“那当然。但真主保佑，霍拉桑尼不在家。他还活着，所以应该不会打仗。”

38

——南奥塞梯，俄军基地——

一小时后，蒂托夫就拿到了纳希切万机场的录像。现在他心中有数了。

他电脑上显示的是一名叫阿迪尔·奥尔洛夫的男性乘客，但蒂托夫确定他就是马克·萨瓦，虽然画面中男子的头发比萨瓦在第比利斯时深且短。萨瓦先是出现在第比利斯，现在又在纳希切万。情况逐渐明朗起来，这个美国人在盯着俄方的行动。

“把这张照片发给我们在纳希切万的每一个特工，”蒂托夫对副手说，“告诉他们这个人为美国中情局工作。他平时用马克·萨瓦这个名字，但现在用阿迪尔·奥尔洛夫，也用过史蒂芬·麦克道格。严查通往奥尔杜巴德机场跑道的那条路，还有周围的路。然后再查纳希切万所有主要的酒店。每一个酒店大厅都要查到。最后盯着所有进出纳希切万的高速路。纳希切万不大，必须找到这个人。不过你们得格外小心，这人可不是什么省油的灯。”

39

——阿塞拜疆，纳希切万——

马克走向自己的房间时，看了看他前后的房间：817 房挂着请勿打扰的牌子。他想应该是他跟踪的那些人不想清洁工来乱翻他们的东西。

天花板上的监控对着马克，所以当他把手伸进口袋准备拿出开锁工具时，他挪了一下挂在肩上的旅行袋以挡住摄像头。

门锁是普通的四角类型的，马克花了不到一分钟就打开了。房间干净整洁，电视机旁的桌子上有一包本地品牌的薯条和一瓶开封了的格鲁吉亚红酒。两张大床占据了房间的大部分空间，床上很凌乱。从房间的大窗户看出去，可以看到纳希切万市典型的红色屋顶和阿拉斯水库。阿拉斯河在城市的南面，被堤坝截住。由于水库是阿塞拜疆与伊朗的边境线，那里成了禁区，空荡荒凉。

马克转过身，开始搜查浴室。由于水槽边上的两支牙刷没有品牌，马克也不能判断出那是从哪买的。同样无法判断的还有旅行装小瓶洗发水。没有药物。还有两个看着不错的四刀片的吉列剃须刀，不过这可能买自纳希切万，也可能是世界上任意一个地方。垃圾桶里除了几张用过的纸巾外，别无他物。

回到房间，他搜查了梳妆台和电视柜，但这两个地方都空无一物。电话旁边是酒店便签纸，他拿起来从一个特定的角度看去，希望能从之前便签留下的痕迹中发现点什么。这是老间谍们的经验之谈。但很遗憾，这张纸非常光滑平整。

在壁橱中的行李架上，马克找到一个开着的新秀丽牌行李箱。箱子里面装着黑色绸缎运动短裤，黑袜子和白背心。其中短裤和背心都是在玛莎百货买的。玛莎百货虽然是英国公司，但世界各地都有；袜子没有品牌。行李箱上也没有行李牌。

行李箱上面的衣杆上挂着两套深蓝色西装和四件白衬衫，衣服都用干洗店的塑料袋装着。马克检查了西装外套，发现外套颈部的标签，西裤后面的标签及衬衫颈部的标签都被剪掉了。

很显然，他们行事都很小心。

他把夹克和裤子都翻了个遍，仍然没能找到任何可识别的标记。西装看上去是定制的。他当然可以剪掉内衬，好在里面找到些什么标记。但这样一来他们就会知道有人偷偷进来过。

马克站在那儿，一面仔细聆听周围的动静，一面思索着。他再次扫了眼衬衣，发现衬衣是用干洗店的衣架挂着的，而衣架用纸裹着。

忽然间他想到了什么，解开了其中一件衬衣最上面的两颗纽扣，并将衬衣从衣架上拿了下来。

马克看着浅米色文字，用英语念道：特拉维夫市，本耶胡达街，克莱因曼洗衣店，03/523-8967。马克看不懂英文上面的文字，但猜想那是用希伯来语写的相同的信息。

希伯来语。马克忽然想到先前在酒店大厅里那两人嘟囔的正是希伯来语。

40

——阿塞拜疆，巴库——

奥尔汗刚和以色列摩萨德[①]的局长通完话，就接到了秘书的电话。

他的秘书听起来惊慌失措："长官，有人找您。一共来了五个人，待在这儿不走。我不知道该跟他们说什么，我——"

"哪儿的人？"

"内政部的。他们说有总统签发的逮捕令。"

"什么逮捕令？"

"长官，我很抱歉。"

"什么逮捕令？"奥尔汗又问了一遍，虽然他心里已经有数了。他将因被指控泄露了纳希切万行动的情报给俄罗斯人而被逮捕。

① 以色列情报和特殊使命局。

“您的，长官，您的逮捕令。”

“知道了。”

电话是秘书从巴库市中心的安全部打过来的。这时奥尔汗在南城的家中，坐在一楼办公室外的一个院子里。十年前，他们举家从拥挤的住宅区搬到这栋别墅里，现在他开始后悔了。他一度认为自己就应该住在开阔幽静的高地，与那些富有的巴库市民为邻，拥有一套带院子、泳池和配有最先进安保系统的房子。但他现在开始怀念起老邻居了。

他还是很喜欢家中的院子，尤其是今天这种风和日丽的日子。虽然他身着西装领带，他还是很享受晒太阳的感觉。热量穿过他的黑色西服，把他的肩膀烤得很舒服。这能让他不慌不乱地思考问题。院子中央的喷泉哗哗作响，让人心情愉悦。

先是马克·萨瓦现身，然后又有一个俄国间谍发现了纳希切万的行动，再是有人想炸死伊朗的最高领袖，现在内政部长想逮捕他。

直觉告诉奥尔汗，所有这些事同时发生绝非偶然，肯定大事不妙。可会是什么事呢?

他望了望守在自己私人办公室前的法式大门边的保安。一共有八个人守着他家。这些人都是他的亲戚，都忠于他。他早猜到今天会有事发生，所以选择在家办公。

“这份逮捕令，”奥尔汗问，“是总统本人亲笔签署的？”

“我亲眼看到了签名。我该怎么跟他们说呢？”

“实话实说。告诉他们来家里找我。”

奥尔汗随即沉默了一阵。他心想：五个人径直闯入部里，简直就是公然羞辱自己。

他得立马走人，但他必须留下两个人挑那份逮捕令的毛病，这样就能拖住内政部的人，给自己争取时间。

“您确定——”

“还有一件事——记一下这五个人的名字和职位。这事绝不会就这么算了。明白了吗？”

“没问题，长官。”

41

——阿塞拜疆，纳希切万——

马克心想，自己跟踪的那两人真的是以色列人吗？刚刚在楼下听到的真的是希伯来语吗？

如果他们真是以色列人，马克猜他们肯定是从俄罗斯移民到以色列的，因为讲一口流利的俄语，所以被选中参与行动。就当他们是以色列人，可他们来纳希切万的这个被秘密管制的地方做什么呢？

马克倒是能猜出个一二来。尽管阿塞拜疆是个穆斯林国家，但和以色列的关系出奇的好。不过，考虑到地缘政治的敏感性，以色列和阿塞拜疆从未公开承认两国关系密切。以色列百分之四十的石油是从阿塞拜疆进口的，而阿塞拜疆常从以色列购买武器，例如无人机、防空武器和反导系统。根据透露出来的消息，阿塞拜疆总统曾把阿塞拜疆和以色列的关系比作冰山，90%处在水面下，而露出的只是冰山一角，让人捉摸不透。

所以两个以色列人来这样一个秘密管制区，很有可能是因为以色列与阿塞拜疆在合作搞秘密军事行动。

现在的问题是：这是什么行动？为什么要建一个从空中看不到的机场跑道？还是说巴萨杜兹的那个工程师撒了谎？马克想起那两个以色列人带的包。他怀疑答案就在里面。

***

马克来到自己的房间，把 iPad Mini 塞进后裤兜，把自己常用的手机和两个预付费手机装进前面的口袋里，再把皮包放进衣柜。他犹豫了下要不要带上那幅画，但想了想还是决定不带，怕带多了东西走不快。他走出大不里士，想去戈伊戈尔饭店碰碰那两个以色列人，乘机偷他们的包。

可他的计划被破坏了。他发现一个眼间距很窄、骨瘦如柴的男人跟着自己出了酒店。那个男人几乎是明目张胆地跟着自己。他皮肤很白，不像纳希切万本地人。但由于长期被前苏联统治，很多纳希切万人都有俄罗斯血统。

糟了，马克心想。他希望这人是纳希切万人，倘若俄国人发现自己在这儿，情况就不妙了。但不管怎样，他得在那俩以色列人吃完饭前先把跟踪自己的人甩掉。他深呼吸一口，脑海中浮现出一幅纳希切万的地图。他在想哪条路可以让自己既能轻易甩掉跟踪者又能通到戈伊戈尔。快找一条最容易脱身的路，马克暗自忖度。

马克快速走向盖达尔·阿利耶夫大道。跟踪他的人离他十五米左右，完全没有隐蔽行踪。马克走进一个清真寺旁的公园。公园是前苏联时代建的，占地不到一千平米，里面全是野路，不用担心被车撞上。

公园最里面是一座十边形、二十五米高的12世纪陵墓。墓上用阿拉伯文刻着“安拉”字样。马克走向陵墓，但没有进去，只是猫腰绕着陵墓，尽量拉开与跟踪者的距离。

他穿过一个郁金香花园，然后下到一个很陡的野草丛生的河堤边。下去之后，他迅速左转，让河堤掩护自己，沿着一座大广场快跑，从广场可以俯瞰阿拉斯水库。他跑到广场东南角后，翻过及腰的金属栅栏，跑上一个长满野丁香和常青树的小山坡。

快要隐匿在树丛里时，他回头扫了一眼，这一眼让他真正开始担心了。一个比之前的跟踪者老和矮的人正在翻越栅栏。马克飞奔起来，穿过树林来到一条马路上。他沿着下坡路拼命往南跑，边跑边寻找能脱身的路和可以防身的器物。他觉得现在自己对付这种情况真是心有余而力不足了。

身后传来一阵脚步声。可马克已经累得上气不接下气了。

“停下！”这个词是用英语说的，但带着浓重的俄国口音。马克回头瞥了一眼，说话的是个年轻矫健的男子，像是越野运动员。

马克右边原本停着的一排车都开动了起来。他先是假装要从车上越过去，接着却用右脚踢了一下汽车的保险杠，然后转身就跑。马克撞上那个年轻男子时朝他脖子挥了一拳，可没完全打着。两人一个趔趄全都倒在汽车前盖上。他们摔下来的时候，马克又对着那人脖子打了一拳，这次打了个正着。

三十米开外，一辆车正加速朝他们驶来。他们身后的另一辆车也加大马力冲了过来。马克赶紧左转，但从大不里士酒店就开始跟着他的那人追了上来，想从侧面包抄他。

那人掏出手枪朝马克的腿开了两枪，但没打中。马克一边拼命狂奔，一边望着路边树木丛生的山坡。重新回到那儿简直是自寻死路，但他已被四面夹击，别无他路了。他唯一的选择就是躲回那个山坡里。

山坡很陡，马克也已经精疲力竭了。他爬了 6 米左右后向左急转。他听到下面有人进入树林，头顶上陵墓旁的广场传来呼喊声，有人用俄语指挥着下面的人。

见鬼！

有一小队人在追他。可这是为什么呢？什么事需要如此兴师动众？

他估计自己这次逃不掉了。他低声骂了几句，轻手轻脚走了两步，在一棵松树下打了个滚儿，从口袋里掏出了一部预付费手机。

42

——吉尔吉斯斯坦，比什凯克——

达莉亚用食指试了下小塑料婴儿浴盆中的水温，正合适。然后，她将莱拉慢慢放进浴盆中。达莉亚想莱拉肚脐处的伤口已经愈合了，浸到水里应该没事。她挤了一点婴儿专用洗发液到黄色的小鸭形状的毛巾上，开始给女儿洗澡。

莱拉嘴里发出咕咕的声音，达莉亚看着她嘴角的表情猜想她是在微笑，虽然她知道婴儿这么小不会真的露出幸福的微笑。

“你很喜欢，是吧？”达莉亚跪在浴缸前说。婴儿浴盆就放在大浴缸里面。她挠了挠莱拉的小肚子，“莱拉洗澡澡的快乐时间！”

洗完莱拉的头发，她开始洗莱拉的脚和手。

她很好奇自己的亲生母亲——那个在她还是婴儿的时候就在伊朗遇害的女人——有没有这样为她洗过澡，有没有这样爱过她？

当然有吧，达莉亚这样告诉自己。她近来感觉自己和母亲近了很多，比以前任何时候都要亲近。她想着她和莱拉生死相别之时会是什么样，如同发生在她和她母亲身上的那样。想到这些，一股复杂的情感——对莱拉的不舍，对母亲的同情，对可能发生之事的悲伤等——油然而生。

莱拉又发出了咕咕声。

“妈妈的想法太疯狂了，是不是？”她挠了挠莱拉的肚子，“快告诉妈妈别太担心啦。”

但她肯定是会担心的，尤其现在马克不在。距他们上次通话已经两天半了。她不知道马克在哪儿，不知道余下的日子是否也要这么下去——马克出门在外，而她却成天待在家中怀着焦虑的心情照顾莱拉。

那简直糟透了。

他们曾经半口头半默认地达成一个协议，即要分担照顾莱拉的责任，按需投入。并非达莉亚不愿照看莱拉，相反，她有时在照顾莱拉的过程中感到强烈的喜悦之情，但她内心深处又会想马克是否想过……

“你又在担心了，”她大声说了出来，“别想了。好了，先给莱拉洗完澡。”

把莱拉全身洗干净后，达莉亚将她放到铺在防滑垫上的白色婴儿毛巾上。

“好了，现在把你擦干。”

达莉亚放在厨房桌子上的手机响了一声。她给莱拉擦完身体，用毛巾裹好她。在抱她去尿布台的路上，她顺便去了厨房，看了眼手机。

信息是由一个陌生号码发过来的。她点了下屏幕。刚看的时候，她以为只是一封没有内容的信息，但随即她就意识到屏幕的左上角有个 x。

“噢，不，”她自言自语道，“不，马克，不……”

43

——阿塞拜疆，巴库——

奥尔汗坐在一辆装了防弹窗的黑色雪佛兰后座。他两个妹夫兼保安跟着他。司机是他的侄子，也是他的私人助理。他们把车开出奥尔汗的专用车位，加速驶离巴库的高地。

“长官，去哪儿？”司机问。

奥尔汗想了想。他在内政部的眼线已经在调查内政部长了。但如果在调查结果出来之前他就被抓了的话，大家就会知道他已经失宠了，那时即便是他的亲信也会弃他而去。

但他还没被捕之前，不会有人离他而去的。

“先去纳尔达兰。去拜访一下阿亚图拉，看看他对伊朗爆炸的事知道些什么。”纳尔达兰在巴库东北面二十多英里处，是阿塞拜疆宗教气氛最浓厚的地方。奥尔汗虽不是一个虔诚的教徒，但他和当地阿亚图拉关系很好。他让阿亚图拉的清真寺衣食无忧。阿亚图拉则提供给他极端分子的消息。

奥尔汗的电话响了，是一个陌生的号码。他把手机递给助理，说："按下免提，看看他们想怎样。如果他们找我，你就说我在纳尔达兰开会。"

奥尔汗的助理是个长着粗脖子和蓄着短须的大块头。他接过了电话。

"奥尔汗吗？"电话那边问道。

"你是谁？"

"甘巴尔部长在哪儿？"那边小声问道。

"纳尔达兰。你大点声说话。"

"我得跟他说话

"他在开会。"

"让他接电话。告诉他这是马克·萨瓦的电话。"

"萨瓦？"奥尔汗问道。

"奥尔汗，快接电话。我时间不多了，马上就要被抓了。"

奥尔汗接过电话："告诉我怎么了，萨瓦。"

"我有些消息要告诉你，但你得先帮我个忙。"

"什么消息？"

"关于你们国家在纳希切万的行动。"

奥尔汗顿了两秒，问道："你知道些什么？为什么前两天在巴库的时候不告诉我？"

“没时间说这个了，奥尔汗，我时间有限。快派人来救我。”

“你在哪儿？”

“纳希切万，马米涅哈顿陵墓附近。你能通过我的电话定位吗？”

“可以，但——”

“我不到迫不得已不挂电话。但我现在的情况很危险。”

“马克，什么——”

“他们来了。”

“马克？”奥尔汗把手机拿在手里盯着看了一会儿，重新放到耳边，“马克？”

电话断了。

44

——阿塞拜疆，纳希切万——

马克将联系过奥尔汗的预付费电话塞进内裤中。当他将第二个预付电话从口袋拿出来的时候，有人抓住他的脚踝，将他从树下拉了出去。

这时又跑过来两个人。马克注意到他们都佩戴着MP-443乌鸦式手枪，这种枪虽然不美观，但很好使，很受俄国军方欢迎。他们不断踢着马克的胸和腹部直到他几乎昏过去。他感觉自己至少断了两根肋骨。

他的耳边一直回荡着“去死吧”这三个字。

他们用俄语说：“放下电话。”

马克用英语说：“我听不懂你说什么！”

回答是带着俄语口音的英语，“电话，混蛋，放下！”

大不里士酒店的人出现时，马克松开了手中的电话。

搜身的时候，他们拿走了他的钱包、iPad、常设电话和钥匙，但没有搜到打给奥尔汗的那部预付费电话。有人把他拽了起来。马克像具死尸一样被架着。

“走！”其中一人命令道。

马克没听，反而将腿并拢。这样更有利于将预付费手机固定在私处，以防滑落。

四个人一起拖着他，把他拽回停在路边的黑色起亚轿车。他们费力地把他拖进车后座，用布袋套着他的头，将他扔在地上。

“头向下！”

马克正准备照做，他的头就被一脚踹向地面。他感到脖子被人用枪抵着。有人坐在了后座上。

“你要是抬头或反抗，我就一枪打死你。明白吗？”

“去死吧。”

又是一脚，“眼睛朝下。别废话。”

***

他们大概开了半个小时，这期间马克的头一直被人踩着。他的左胸处断了几根肋骨，压着地面时疼痛不已。

即使头被麻袋套着，马克仍然可以感到从车子右后方照进来的阳光。这是上午晚些时候，他估算太阳在东南方，也就是说车的右后方朝向东南，也就是说，车在朝着北方前进。

他们大多数时间都是在平地行驶，直到最后几分钟才开上了一个陡坡。

“出去。”

马克躺着没动。

“我说了出去！”又是一脚。然后用俄语说：“拖出去。”

马克双手紧握在胸前，双腿交叉，宁愿遭受更多的踢打也不想照他们的意思主动下车，不然预付费手机很可能会掉出来。当他们来抓他的时候，他放松身体，呈死尸状。三个人使劲将他拽了出来，然后拖着他穿过一条感觉很长的人行道。他试图去听其他车或者人的声音，但什么都没听见。

他感觉被拖着穿过了一个旋转门，然后进入了一个有地毯和空调的地方。

“要带他到哪？”

“楼下。在蒂托夫上将到之前一直守着他。”

“他知道我们抓住他了？”

“当然。一接到你们的报告我们就告诉他了。他今天晚些时候到。”

他们说着俄语，好像马克不存在似的。

“他不是预计明天才会到吗？”

“嗯，我也没弄懂。”

“犯人受伤了吗？”

“没怎么受伤。”

“那他怎么没站起来？”

“因为他是个狗杂种。”

他们拖着马克向下走了几个走廊，下了几节楼梯，进了一个电梯。电梯下行。电梯门打开时，马克闻到了金属的味道，又或是……他无法做出具体判断。空气似乎特别干冷。透过麻布袋，他感觉到了一丝微弱的光线。

周围回响着踩在碎石上的脚步声。他们将马克丢到一个像是塌了的床上。床垫中的弹簧吱吱作响。马克重新调整了一下位置以减轻折断的肋骨带来的疼痛。

“好了，混球，欢迎到你的新家。”

有人笑了，说：“我得来点酒。”

“那个马屁精禁止喝酒。”

“啪”的一声，酒瓶开了，“去他妈的蒂托夫。”

45

——吉尔吉斯斯坦，比什凯克——

达莉亚拨通了约翰·德克尔的电话。

“马克被抓了!”她用肩膀拖着手机。她正将一些日用品——尿布、婴儿湿巾、数字温度计、防溢乳垫、奶嘴、尿布垫及中国制造护臀霜——塞进莱拉的尿布包。

“发生什么事了？”

“我收到了紧急信息。”达莉亚又塞了一个尿布进去，努力想拉上袋子的拉链。莱拉已经醒了，在摇篮里哭。

“什么信息？”

“我们有个约定，要是他觉得自己要被抓了，会尽可能让我知道。所以我也不知道具体发生了什么，而且也以便……”达莉亚并不想大声说出下半句，“总之，我现在已经在打包了。”

“以便无论谁抓走了他，也不能利用你和莱拉来对付他。”

“嗯。”威胁伤害，或实际伤害犯人家属是审讯中惯用的伎俩。所以她和马克做了一些基本的防范措施，“我们商量了一些暗号。我收到的是情况最糟的那个。你能追踪手机吗？”

“在这可以，我们有些关系。不过在阿塞拜疆不行。国安局倒是可以。”

“德克尔，我不知道……”

莱拉哭得更大声了。

“他最后一次联系你是在哪儿？”

“巴库。”

“在那之后他去了占贾，我给他打过钱。要是我强烈要求的话，应该能联系上考夫曼。要是他有点良心的话，可以调用中情局的资源查出马克打来的地点。把马克发给你的信息转发给我。”

“好。让考夫曼去查，德克尔。这是他欠马克的。”

“我试试。”

“不是试，去做！要是考夫曼在马克这件事上搞砸了，我发誓我会亲自去收拾他的。你也可以把这话告诉他。”

“你知道，眼下你可以去大使馆。没人能在那抓你。”

达莉亚在她和马克的卧室，将她的化名文件装进包中，那儿早已放了一支短管格洛克手枪。

“只要找出马克在哪就好了，剩下的我来解决。”

46

——阿塞拜疆，纳希切万——

马克听到踩在碎石上的脚步声，然后听到有人说："欢迎您，蒂托夫上将。"

过去的几个小时，马克一直在想着达莉亚，希望她收到了那条信息，并带着莱拉到了一个安全的地方。他担心由于自己在很深的地下，预付费电话的信号会不好。

他感到有人正盯着他看。漫长的一分钟，没人说话。

之后有人说："揭开他头上的袋子。"

麻袋被扯了下来。马克眨了眨眼以适应光线。他所在的地方看上去像是个矿井，但不是出产煤矿或者铁矿石的肮脏的矿井。天花板和墙上都是透明的灰色晶体。

"这是盐。"有人用带着俄语口音的英语说。那人站在马克身后，

“这可以保持空气清洁和干燥。那些患肺病的人会上这儿休养。我们在女士专用区。这边空气更好点。”

难怪这儿有床，马克想。这儿大概有一百张床，沿着洞穴笔直地排成两长排。床都镶着金属边框。每张床上都铺着一张印有花卉图案的涤纶毛毯。洞穴拱形的天花板上挂着一排昏暗的光秃秃的灯泡。

“转过来。”

那个声音——马克觉得以前在哪听过，但怎么也想不起来。他转过身去。

六英尺外，有个男人坐在床上，确切说是低头垂肩地坐在床上。他中等身材，但看上去身强力壮，饱经沧桑。蓝眼睛，高颧骨，薄嘴唇，前额突出，灰色的头发被削成平头。他穿着灰色的休闲裤，脚蹬一双被擦得锃亮的黑色尖头鞋，一件带领子的紧身短袖衬衫更凸显出他身体和手臂的肌肉。他右手懒洋洋地拿着一把大乌鸦式手枪，枪就靠着他右侧大腿放着，好像他根本不在意马克会做些什么。

“为什么他们叫你马屁精？”马克用英语问道。

“什么？”

“你的人。为什么他们会这么叫你？你拍谁的马屁？”

蒂托夫转向身后的守卫，用俄语咆哮着：“你们这群蠢货！你们当着他的面说话？他懂俄语。”

“他撒谎，长官，”其中一个守卫说，“没人说过——”

“滚出去！”

马克观察着逮捕他的人。他用俄语问道：“我们见过吗？”

蒂托夫没有回答，反而拿出放在床边的一个马尼拉纸质文件夹扔给马克。“打开它。”

文件夹打到了马克的胫骨，掉到了地上。马克探身去捡，努力不被身上断了的肋骨所带来的刺痛影响。

蒂托夫稍稍转了下持枪的胳膊，将枪口对着马克的头。“这么多年了，你都没怎么变，”他看着马克说，“没怎么变，至少我看监控录像时能认出你来。”

马克从信封中扯出一张光滑的彩色照片。相片很模糊，他猜是从视频中截取的某个画面。他自然是能认出自己的。照片中的他正在第比利斯的达希酒店中拉里·布兰死去的那个房间看着卡特琳娜的自画像。

他看了看照片，又看了看蒂托夫，“你怎么认出我的？什么时候认出的？”

“卡特琳娜，你几乎看不到她的脸，但能看到她的头发和身段。她看着很漂亮，不是吗？”

通常情况下，马克会试着猜测审讯人想听到的信息，以此取舍他的回答来控制整个审讯，即使他是被审讯的那一方。但现在这种情况，他完全捉摸不透蒂托夫想知道什么，也不知道他为什么想知道这些。这意味着他很有可能会给出错误答案。

他观察到蒂托夫下巴紧绷，腿上的枪被抓得更紧了些。

“回答我的问题。”蒂托夫说。

“我不喜欢你问问题的语气。是你杀了我的朋友吗？”

“朋友？什么朋友？”

“拉里·布兰。”

“那头猪？是的，当然是我杀了他。他真是蠢到家了，竟然还会回到格鲁吉亚。我给了他注射了点sux——你知道这种药吧？”

马克知道。氯化琥珀胆碱，英文缩写是 sux。这是一种肌肉松弛剂，会引起包括呼吸肌在内全身所有肌肉的麻痹。在医院，这种药主要在呼吸机的呼吸管插入病人体内前使用；在医院外，这种药被用来杀人，主要原因是这种药很难在毒性试验中被检测出来。马克回想起几年前以色列情报机关摩萨德被披露在迪拜暗杀哈马斯情报人员时使用了这种药物。

蒂托夫继续说：“我看着他就那么看着卡特琳娜的画像窒息到死。他的大脑正常，却不能呼吸。看起来就像是离开了水的鱼。”蒂托夫鼓了鼓嘴，“还尿了自己一身。看着可真有意思啊。”

马克盯着蒂托夫，“这跟卡特琳娜有什么关系？她在哪？”

“我冒险杀了——”蒂托夫说到一半时停了下来。他头一次显得一脸惊讶，“你问我什么？”

“这究竟跟卡特琳娜有什么关系？”

蒂托夫缓缓地说着，仿佛不相信马克敢问出这样的问题。

“她现在在哪儿？”

他拿着乌鸦式手枪比划着，说：“你是说你不知道……”他摇了摇头，“我不相信你。”

“二十四年前，我还在格鲁吉亚上学时，认识一个叫卡特琳娜·库斯金斯卡娅的姑娘。但从那以后就再也没见过或听说过她了。”

蒂托夫猛地跃向前，将手枪砸向马克。马克用前臂挡着并朝蒂托夫撞去，而蒂托夫用手枪打了马克的后脑，抬起膝盖对着马克的脸顶去。马克摔倒在地，然后感到后脑被枪管指着。

你这个王八蛋，马克心下骂道。等着吧，老子一定会加倍奉还。

“你敢动。”蒂托夫边说边在马克的身后移动着，枪管紧紧贴着马克的头骨。之后，他用狂躁却又不大的声音说：“现在就是你的死期。上帝不会来救你。没人会理会你的哀求。你死之后，你的血液会玷污地面，尸体将被抛在垃圾堆中。没人会哀悼，没人会在意。”

马克感到枪管离开了他的头骨。

蒂托夫说：“现在，你想起我是谁了吗？”

47

——格鲁吉亚，第比利斯——

——1991 年 6 月，前苏联解体六个月前——

马尔科·萨维利奇之前从未吸食过海洛因，但在他的家乡，新泽西伊丽莎白，他看到过很多街头流浪汉吸食海洛因，因此他知道少量服用这玩意儿并不会把人怎样。

仅在他发现卡特琳娜美术包中的窃听器的几个小时后，那帮克格勃暴徒就绑架了他，并把他弄得神志不清。他们显然对初步的刑讯逼供结果并不满意，于是又开始了第二轮的审问和殴打。他们审问了两周还是三周？马尔科已经完全没有时间概念了，但从手上的针口判断肯定已经有段时间了。只要马克身体能承受，他们就拼命给他注射海洛因。有时药物初始的冲击太过强烈以至于他还未进入那个无痛的虚无世界前就感到快要窒息了……

但就在前一天晚上，注射突然停止了。

药效令他一直处于兴奋状态，他们没有打他。也许是因为给一个人注射强效止痛药后再对他施加痛苦没有意义。不过现在他知道了，由于药物效果没有感受到的疼痛会在药效消失后放大十倍。

当他们再一次对他进行审问时，他试图去回答他们的问题。他确实回答了，可答案并不是他们想要的。他们又开始殴打他，有时用橡胶警棍，有时就直接拳打脚踢。

他把自己和一个叫拉里的美国人的所有见面，以及为新闻俱乐部募集资金的事情都告诉了他们，只要是他能记起的事他都一字不漏地说了。但那对他们来说还是不够。他们确信他为中情局工作，知道的远不止这些。

他甚至编造了他们想听到的关于中情局的事情，但他对中情局了解得不多，所以没什么说服力。

他们给他水和过期的咸味饼干当早饭，但由于发热和胃绞痛，他都吐了出来。他想排便，但身体每一寸地方都剧烈地疼痛，以至于无法蹲上放在他头边满是他排泄物的桶。

他将脸移动了几英尺，贴到一块凉爽的地面。也许他们已经榨干他了，意识到他没有任何价值了。

门开了，灯光洒了进来，有人踢了一下他。

“起来。”说的是俄语。

马尔科没法起来。

有只手抓着他的头发，使他呈跪着的姿势，把他向门口拖去。

门外，四个带着黑色滑雪面具的人围着另一个人。那个人跪在地上，脸暴露在外，双手被铐在背后。所有戴面具的人都持有武器。

“我想让他们见见彼此。”其中一个戴面具的人说。马尔科认出他是头。他认出了他的蓝眼睛，强健的肩膀，以及黑色靴子上的划痕。

有人将马尔科向前拖到一个年轻男人的面前。他留着棕色齐肩的头发，嘴唇肿胀，瘀青的棕色眼睛有哭过的痕迹。

这个头儿狠狠地踢了一下马尔科的大腿，说：“你一点用处都没有。而没用的混蛋都是这个下场。”他从腋下露出的手枪套中拿出一把黑色半自动手枪，指着无名无姓的犯人的后脑，用俄语说：“现在就是你的死期。上帝不会来救你。”犯人开始颤抖，“没人会理会你的哀求。你死之后，你的血将玷污地面，尸体将被丢弃在垃圾堆中。没人会哀悼，没人会在意。”

之后，他扣动了扳机。子弹穿过犯人的头，从他的鼻子穿了出来，掉到了马尔科的双膝之间。犯人向马尔科的方向倒下，喷出的血溅到了马尔科的肩上。

“好了，现在轮到你了，”那个领导对马尔科说，“准备好了吗？”

马尔科觉得自己已经准备好了。他自己也不禁感到奇怪。他太累了，太痛了，已经准备好结束这一切了。

48

——阿塞拜疆，纳希切万——

——现在——

“是你。”马克现在认出这是二十多年前折磨过自己的人。他的眼睛、声音甚至连肩膀的样子也一点没变。现在他终于知道这个俄国人是谁了。

蒂托夫。

马克本以为自己必死无疑，但他只是听到一声枪响回荡在空房间里。接下来的几周里，俄国人当着马克的面又处决了五个人，老少都有。逮捕自己的人马克一个也不认识，那些人也没有说这些被处决的人来自何方及其为什么会被处决。马克希望这些人本来就是死囚，这样的话俄国人就只是早点送他们上路而已。但这只是马克的猜测。

蒂托夫重新坐到床上，“所以你一直都在撒谎。你从前就给中情局干活，现在还是在为他们卖命或跟他们合作。别否认了。我知道你在比什凯克的活动，你那位海豹突击队的老兄，还有你在那儿为中情局干的活。我很快还会知道更多的。”

马克看着蒂托夫。再次与他面对面，听他提到自己妻女所在的地方，对马克来说简直就是一场噩梦。在格鲁吉亚被关押的那段经历教会他，想要完全摆脱这些恶棍控制的唯一方法就是不去想他们会对自己做什么。在格鲁吉亚时他几乎已经修炼到了这个境界，那时他已经准备好甚至迫切希望被处死了。后来他一直怀着这样的心态为中情局工作。这是一个好特工的核心素质。

可当莱拉降临到这个世界上后，他不再这么想了。即使自己的老命不值钱，女儿可是无价之宝。莱拉的命运或多或少还是和自己的命运相关的。自己若是死了，就无法养育和保护莱拉了。

至少到目前为止马克是这么想的。看着蒂托夫站在眼前炫耀自己在比什凯克的调查成果，马克真恨不得上去撕破他的喉咙。

马克盯着蒂托夫看了一会儿，说：“我在第比利斯上学的时候，帮过拉里·布兰，布兰当时在中情局工作。除了亲自参与的行动，我对其他事情一无所知。我当时已经把我知道的都告诉了你们，但你们很蠢，不相信我。”

蒂托夫对马克的谩骂无动于衷，“你两年不到又回了格鲁吉亚。我们在阿布哈兹发现了你。”

“那时我的确在帮中情局干活。但最初你们知道我时，我只是中情局的一颗棋子，被布兰利用了。”

“我们绑架你后，布兰到处找你。他派了人去救你。如果只是利用你的话，他不会这么做的。”

“是的。”布兰动用了他与格鲁吉亚反对派的关系组了一支临时队伍，把克格勃驻第比利斯的人消灭干净了。所有抓马克的人都被赶尽杀绝。蒂托夫当时不在那儿，所以侥幸活了下来。

马克与蒂托夫对视了一会儿。

蒂托夫问：“告诉我你逃走后发生了什么。”

“你为什么想知道这个？”马克不明白蒂托夫为什么不停地追问陈年旧事，却闭口不谈纳希切万的秘密军事禁区，俄国驻军，或者为什么要杀死布兰。他也不明白这些事和卡特琳娜有什么关系。他疑窦丛生。

蒂托夫没有回答。

马克接着问：“你干吗揪着过去不放？”两人又对视了一会儿，马克说：“我回美国后戒了毒，加入了中情局。拉里·布兰介绍我去的，他想让我有个好归宿。”

“我是说在你回美国之前，布兰救了你之后，你还在格鲁吉亚的那段时间。

“没做什么。他把我救出来后我就离开了。”

“你真是没一句实话，萨瓦。”

“我没完成学业，我真的什么也没做。”

“你就这么走了。”蒂托夫嘲讽道。

“那些救我的人——”

“你是说那些杀了我手下的人。”

“——把我扔在第比利斯街头。我回了公寓，发现房子已经租给别人了，因为我已经两个月没回去了。你知道我那时是什么鬼样，你心里清楚你都对我做了什么。我站都站不稳。我身体脱水，需要尽快治疗，但我根本不知道该上哪儿。我愣愣地站在原来的房门前。房东赶我走，还威胁说要叫警察。我知道你的人和她串通好了，因为她看都没正眼看我。我跟她说只要她借我用一下手机，我就走。我给卡特琳娜打电话，可打不通。我走到大街上，卡特琳娜的房子就在一英里外，虽然我知道我很可能支撑不到那儿，我还是努力往那边走。这时拉里·布兰接上了我。”

49

蒂托夫发现他根本无法判断萨瓦是不是在说谎。即使是二十二岁的萨瓦也很难让人读懂，他说的事总是前后不符。即使那时他不是一个间谍，他也表现得像个间谍。要是他当时崩溃了，恳求原谅，审讯时间也不会那么长。不过蒂托夫总感觉萨瓦隐瞒了什么，哪怕萨瓦只是出于自尊。他已经决定将他完全摧毁，毁去他所拥有的一切，但他没能做到。萨瓦还能撑住。虽然有一半的时间他都神志不清，但他还是能朝人脸上吐口水，不管有没有真吐。

“拉里·布兰接走你后发生了什么？”

萨瓦的眼神呆滞。他的嘴几乎没怎么动，“当然，就如你所知道的，我染上了毒瘾。”

蒂托夫对此不想回应。他一生中做过很多后悔的事，但完全不会对他对萨瓦所做的一切感到后悔。萨瓦被救走后，克格勃在第比利斯的部队被布兰的敢死队弄得溃败不堪，蒂托夫也因此被发配到车臣做安保工作。那些灰暗的日子在前苏联解体后更加苦不堪言。克格勃的存在也因此受到质疑。蒂托夫和克格勃花了很长的时间才东山再起。

萨瓦说："布兰把我带到一个乡下的房子。他帮我把身子清理干净，给我喂食。也给我少量的海洛因，以至于我在格鲁吉亚的时候不会有脱瘾症状。他想把我调理到能自己搭乘飞机。这些就是后来发生的事。在那房子里待了几天后，我被送到了机场。一个大使馆的人一直陪着我。虽然身体还是不适，但至少我能走动了。总之就是我在第比利斯被绑架了。总之，我活着到了家。先是把毒瘾戒掉，之后接到了布兰的电话，问我是否愿意加入中情局。"

"你说你愿意？"

"看起来是这样。"

"之后你从未试图再联系卡特琳娜？"

"没有。"

"为什么不？"

"那样更安全。"

"你说过在回第比利斯后会试图联系她。"

"是的。"

"为什么改变主意了？"

"我曾经有好好考虑这事。可想来想去觉得要是我离她远远的可能她会更安全。我不想她遭受那些你对我做的事。”

“你凭什么会认为我们会伤害卡特琳娜？”

“你利用了她，不是吗？你和你的人在她身上安了窃听器来接近我。”

讨论那么久以前的事让马克产生了一种幻觉。事情太久远了，久得让人难以相信那些事真实发生过。

“可能吧。”

“你我都心知肚明你做了些什么。而且我知道，要是我不离开她，你们会再次利用她来接近我。所以我放手了。”

蒂托夫用枪拍了下大腿，“尽管如此，你也没打过一个电话，甚至连留言都没有。你肯定不怎么想她吧。”

“你错了，我爱她。”

蒂托夫盯着马克的眼睛。他说他爱卡特琳娜时和他说自己经历的折磨时都是一副目光呆滞的神情。这个美国人要么是个极其出色的骗子，要么是真的不知道到底发生了什么。

“布兰有没有试图阻止你联系卡特琳娜？”蒂托夫问。

“没有。”

“真的？”

一阵沉默。蒂托夫不知道马克是在回忆还是不想回答。

“可能有吧，”马克最后说，“我们讨论了我的处境，以及接下来最好怎么办。”

“怎么办。”

“你问的都是二十多年前发生的事情。你也知道当时我的情况。我对那段时间的印象很模糊。你为什么要杀拉里·布兰？为什么卡特琳娜的画像会放在他的房间里？”

“哦，对了，那幅画。现在我们来谈谈画。”蒂托夫的声音升了一个调，“因为要是你真的如你所说的那样离开了格鲁吉亚，也没有再联系卡特琳娜的话，你不可能会认出来的。”

“不见得。”

“那幅画里她都没露脸，萨瓦，你不可能就这么认出了她。而且我知道这幅画是她在你被绑走之后画的！所以要是你在逃跑后再也没见过她，你不可能会认出这幅画的。”蒂托夫让萨瓦想了一会，“所以我知道你在说谎。不，你逃走后去找了卡特琳娜，看到了这幅画。画还在风干状态，是吗？还有，萨瓦，我知道你在那的时候都做了些什么。”

蒂托夫怒视着萨瓦，看这个美国人是否敢否认事实。

洞穴尽头的电梯门打开了。蒂托夫的一个手下走了出来。他戴着战斗耳机，手上拿着短管自动步枪，“长官，我们有麻烦了。”

***

巴巴可疗养院坐落于纳希切万市西北面十英里外一片荒地边缘的一个大型的战前古老建筑中，地下是古老的盐矿。这个建筑本是为那些患有哮喘的前苏联退休人员躲避俄罗斯中部内陆地区湿冷的天气而建的。最近，一群过于热情的土耳其投资者将之整修了一番，企图吸引土耳其和伊朗年迈的退休人员来这儿进行空气疗养。

不过这个投资失败了。事实证明花高价到一个集权国家的盐矿中疗养的吸引力非常有限。一个月前，俄联邦安全局从土耳其银行手中收购了这个地方。一周前，蒂托夫开始悄悄地将他的部下和装备从南奥塞梯转移到纳希切万，并将这个疗养院作为他的基地。

一出矿井上到疗养院的电梯，蒂托夫就见到了他的一个手下。这位年仅二十五岁的莫斯科人，是俄联邦安全局圣彼得堡分局指挥官的儿子。

“有多少？”蒂托夫绕着电梯前关着的喷泉半走半跑地问。

“六辆车，十四个人。”

“他们现在在哪？”

“九个人包围了疗养院，五个守在前门。”

“武器呢？”

“马卡洛夫手枪和一些乌兹冲锋枪，没有重甲。”

“他们想干什么？”

“搜索这栋楼。”

怎么会发生这种事？俄联邦安全局反情报组的先遣队给过当地警方好处。疗养院附近也没有什么人烟，都是荒地和沙漠。是萨瓦。他用某种方式把阿塞拜疆人引来了。蒂托夫不知道这个美国人是如何做到的，但这帮人在萨瓦到这之后不久就出现了，这绝不是巧合。

“你跟他们说了什么？”

“我们询问了他们是否有进入的许可。他们说没有，但要是我们不允许他们进来，他们就硬闯。”

“你相信他们吗？”

蒂托夫已经到了前厅。虽然前厅装了亮晶晶的瓷砖和俗气的吊灯，但是没有家具，整个房间感觉很空旷，没有生气。透过玻璃门，他看到他的人在和一名看上去是阿塞拜疆警察的人争吵。

蒂托夫躲进前厅外的房间，那里挂着十台不同的液晶监视器，每一台都实时显示着疗养院中不同位置的情况。蒂托夫再次确认了他刚得知的消息：疗养院被包围了。

蒂托夫对他的人非常有信心，他们都是经过严格训练的，隧道中也存满了武器，虽然这些武器是为之后的行动准备的，但现在用来防卫也不为过。不过一旦战争开始，阿塞拜疆人就可以要求增援，甚至召唤军队。如此一来，隧道就会被搜查，武器就会被发现。他们的伪装就暴露了。

蒂托夫抓过一个无线电耳机，确认发报机已经被设定为通过快速更改频率来阻止窃听之后，发出了一段代码。他听着每一名手下的回复，然后指示他们其中的一个告诉门口与阿塞拜疆人交涉的那位继续拖延。

蒂托夫摘下耳机，但仍将一个听筒举在左耳边以便继续监控手下人的通话。然后，他拿出一个卫星电话，直接按下了他的上司——俄联邦安全局指挥官的号码。

电话响第二声的时候被接了起来。

蒂托夫迅速汇报了一下现在的情况。当指挥官开始斥责他的时候，蒂托夫插话道："我担心的不是我个人的安危，而是整个行动的风险。我现在需要你授权提前启用我的第二部队。"

蒂托夫将他的行动人员分成了两队：拥有准军事部队技能的间谍和当作间谍一样训练的准军事部队。前者在几周前就已经到达纳希切万，现在与他同处在这个疗养院中。后者，除了原本是一名士兵的蒂托夫本人，其余所有人昨天才刚进入纳希切万境内。

"就算我们现在派出你的第二部队，你也无法逆转局面。现在威胁你们的人无疑和纳希切万当局有联系。而且保护你的伪装毫无意义，你们已经暴露了。"

"我可以让那些阿塞拜疆人进来，让他们觉得自己是安全的。然后在第二部队到达时迅速扣押他们。要是你能授权在今晚就开展行动，就等于给蒙在鼓里的阿塞拜疆人当头一棒，他们根本没有时间反抗。"

指挥官咒骂了一声。

"战争不会总照着计划走，长官，"蒂托夫说，"你和我，我们总要面临临场发挥。这也是为什么我们今天会在这，会活得这么久的原因。你会照我说的做吗？"

"我会将事情汇报给总统。至于那些伊朗人是不是能跟着时间表走，我就不知道了。"

"那我的第二部队呢？"还没等指挥官回答，蒂托夫又说，"长官，等你给总统汇报完再启用他们就来不及了！那时情况就变了。我们会更局促。"

指挥官顿了一下，然后说："现在启用。"

“谢谢长官。”

“不过先告诉我——那些阿塞拜疆人是怎么找到你的？”

蒂托夫犹豫了，他并不想将萨瓦的事告诉指挥官。于是他说：“不知道。”

50

马克注意到俄国看守好像在听耳机里传来的讯息。

“是，长官。马上，长官。”守卫转向马克，“把手放到脑袋后面。去电梯。”

马克坐着没动。守卫又重复了一遍，可马克还是不动。守卫只好对着耳麦问了问该怎么办。

听一会儿，守卫说：“如果你不自己走，我就用枪把你的腿和胳膊打断，再把你拖上电梯。你自己选。走。”

马克心想，这帮俄国人真是太难以捉摸了。但他知道这次他们要来真的了，所以还是站了起来。

“快点！”守卫用他的 AKS-74 顶住马克背部。这是一把有折叠枪托的自动步枪，和乌鸦式手枪一样深受俄国军方喜爱。走到电梯口时，守卫说：“放下左手，右手别动。按电梯。”

马克照做了。电梯门开了。

“进去，”守卫说，“按六层。”

马克按下了一二三层，但守卫在电梯外，所以看不到。

“按了，然后呢？”马克问。

“手放到头后。面对墙壁。”

马克照做了。守卫进了电梯，电梯门关上了。守卫把枪口顶在马克左边肩胛骨上。

守卫发现马克按错了楼层后，咒骂了几句，然后用枪猛戳马克的后背。马克感到一阵刺痛直穿胸膛。

“你觉得这样很好玩吗！”

“并不。”

守卫又对着马克腰部一阵猛戳，嘴里冒出一连串脏话，“废物。傻逼。”

马克故意按错楼层只是临时起意——如果俄国人急着要去六楼，那么放慢一下他们的脚步也无妨。

守卫边骂边胡乱按下几个按钮，希望能重新设定楼层。

当马克感觉电梯到达一楼时，他听到守卫在疯狂地拍打电梯按钮，还有大约十五米外的一群人正用阿塞拜疆语争吵。有人想要另一人离开大门，还有一个人在大叫有人闯了进来。

守卫调整了一下站姿，马克感到顶在背后的枪管松了些。他想这可能是自己唯一的机会了。趁守卫不备，马克奋力转过身抓住了枪管。

一声枪响。马克感到屁股上一阵刺痛，他的左手已经抓住了枪，正在推开枪管。守卫又开了几枪，但都打在电梯内壁上。玻璃被打碎了。马克先是用右脚朝守卫的裤裆踢去，然后又猛咬他的扣着扳机的手。

又是一阵枪响，这次持续了好几秒。马克听着好像是从接待处那边开的枪。

“把枪放下!”

这是用阿塞拜疆语说的。

电梯门慢慢合拢。关门前传来一阵砰砰声，好似装满水的气球撞击路面后炸裂的声音。马克感到脸上湿了。守卫松开了步枪。马克一把夺过枪，朝他腿上扫射。射完后他才发现此举已经没必要了，因为守卫的后脑勺几乎没了，刚刚他听到的炸裂声正是头骨破裂的声音。

马克趁着电梯刚要上升时伸手按下了开门键。两个穿着皱巴巴便衣的人站在离电梯三米开外的地方，举着以色列制造的乌兹冲锋枪对着马克。其中一人穿着塑料凉鞋。马克放下步枪，举起手。

“你叫什么!”年长的那位用阿塞拜疆语朝马克喊道。

“马克·萨瓦。”

“就是他。”另一人说。

“跟我们走。”第一个人说。

“还有一些俄国人在这儿。”马克说。

“多少？”

马克想了想自己碰到的和听到的，说：“至少有六个，可能还不止。可能有人在顶楼。就是这人”——马克指了指地上守卫的尸体——“要带我去的地方。千万小心，他们都有武器。大部分是 AKS-74 突击步枪，还有一些短筒卡宾枪。”

51

疗养院外，一辆深色车窗玻璃的白色福特面包车急停在了主楼的大门廊下，刚刚越过了马克站着的接待区。

“走，”一个阿塞拜疆的便衣警察向马克招招手说，“快点。”

又有五个人冲进疗养院，其中两人很明显是当地警察，其他人穿着便衣，看起来像是训练有素的军人。

马克径直走向货车前座副驾驶位的车门，猛地打开它，愣了一下，然后恍然大悟。奥尔汗·甘巴尔坐在驾驶座上。仪表盘上放着一把马卡洛夫手枪，副驾和驾驶位之间的地板上丢着一把乌兹冲锋枪。

马克抑制住自己的惊讶，因为尽管他希望奥尔汗能帮忙，却没想到他会屈尊亲自出现。他说：“我多久没见过你开车了，有十年了吧？

司机呢？”

奥尔汗穿着平时穿的深色西装和白色按扣式衬衫，但没打领带。他坐在那儿，肥大的肚子将衬衫撑起，条纹内衣清晰可见。他的眼袋下垂得比平时还要严重，土耳其人式的鼻子看起来特别大。

“快上来。”奥尔汗说。

马克照做了，因为肋部的压力变大所以蜷缩了一下，“你在这做什么？”

“我接到了你的电话后，追踪你的电话信号到这家疗养院，然后信号就消失了。到底发生了什么？”

“他们把我关在疗养院下面的盐矿里。我给你打电话的时候你已经到达纳希切万了吗？”

“没有。但当时我已经在苏姆盖特的空军基地附近了。”

马克仍然不明白为什么奥尔汗这种管理着众多手下的人会丢下手边所有的事立马飞往纳希切万。他对奥尔汗说出了心中的疑惑。

奥尔汗说：“现在巴库方面有一些进展了。我离开会比较好。我觉得我们得谈谈。我的人对付的是什么人？”

“俄罗斯人。”

马克把他之前传达给疗养院内的阿塞拜疆人的信息跟奥尔汗又说了一遍，提醒奥尔汗降低面包车驾驶员一侧的车窗，并朝着守卫在疗养院门前的阿塞拜疆人喊话。

“快进去！我们会保护好自己的。到里面配合萨利米。”

“是的，长官。”

“你有增援部队吗？”马克问。

“没有。”

“应该叫增援的。”

奥尔汗摇摇头说：“没可能了。算上咱俩，我们有十五个人。对付他们六个人应该够了。”

“我说的是他们至少有六个人，而且都是经过专业训练的。”

奥尔汗无奈地叹了口气，“在纳希切万，我唯一信任的人就是我妻子的妹夫。他用他信任的人组建了这支队伍。他们都是很好的人，经验也很丰富。不过就算他们不行，也没法调军队来。内政部的武装部队连想都不用想了。我在国安局的部队也没法调用，原因很复杂，我不想谈。总之没有增援部队。只能靠我们自己。”

“你有麻烦了，朋友。”马克说。

奥尔汗俯向马克那边，打开仪表盘下的小柜。里面是另一把马卡洛夫枪。他手拿枪管把枪递给了马克。

马克问：“你想让我也进去搜查？”

“不，你帮忙负责外面的安全。我让你开枪的时候你就开。等我的人把里面占领了，你就帮我们审问里面的犯人。我希望你知道该问什么。”

马克拿着枪，评估了下己方所处的位置。门廊的屋顶遮住了疗养院上层的客房。前台前面的玻璃门已被击碎，大厅一览无余。要是有人从路上或疗养院的后面发动袭击，他和奥尔汗有时间做出反应。而且面包车本身能给他们提供一些保护，也能快速移动。这位置不坏。

“好吧，”他说，“我们聊聊吧。”

“你在流血。”

马克看向自己的右胯。那儿的衬衫黏糊糊的，不是因为出汗。他检查了一下伤口，自己的腰部被子弹擦伤了，不过应该不会流血太久。

“我没事。”

“你说你要跟我说些事。到底是什么？”

当马克告诉奥尔汗俄军准备从南奥塞梯、亚美尼亚和塔基斯坦都大面积入侵时，奥尔汗脸色铁青。

“谁告诉你的？”

“中央情报局欧亚分局已经监测到这些了。”

“你在华盛顿的老板，泰德·考夫曼告诉你的吧。”

“是的。”

“你相信他。”

“是的。”

“这帮俄国人准备向我们进攻。”奥尔汗总结道，“这很明显。”

马克也考虑到这种可能性，否则为什么俄国人偷偷地在靠近阿塞拜疆的地方集结部队？但无端地攻击阿塞拜疆将引发国际社会的谴责。不过俄国人可能已经准备好了遭受谴责，就像他们从乌克兰偷走了克里米亚，或者是夺取了跟格鲁吉亚有争议的领土那样。如果俄国人要干涉从 BTC 管道流向西方的石油，或者通过亚得里亚海管道从阿塞拜疆输送到欧洲的天然气，那么美国和欧洲肯定会被逼急。这里面牵扯到太多的利益关系。马克向奥尔汗说出了自己的想法。

“是，但是这些俄国人，虽然你跟他们打了十几年交道，但是你没有我——”奥尔汗用食指敲了三下胸脯，“了解他们。”

马克回想着九十年代时和蒂托夫在一起的那段时间。同时也想起了和卡特琳娜在一起的时光，以及这些年他认识的俄国人，直到现在，他还把他们当中的很多人当成朋友，“我想我足够了解他们，奥尔汗。”

“那你就应该不会对现在发生的这些感到震惊！俄国人从来就不接受失去阿塞拜疆或格鲁吉亚、哈萨克斯坦、吉尔吉斯斯坦、乌克兰甚至是——”

“我知道。”马克说。奥尔汗真正想说的是有些俄国人，包括俄国总统，想把之前前苏联时期占有的地区纳入其势力范围。“但对阿塞拜疆无故发动攻击……我觉得这不会发生。”

“哦，这不是无缘无故的。我们必须说说纳希切万。你都知道些什么？”

“有人告诉我纳希切万南部建了一个秘密飞机跑道。我们的卫星也捕捉到了建造跑道时的画面，但现在什么也看不到了。那边发生了什么？”

奥尔汗用鼻子重重地出了口气，然后从上衣里面的口袋掏出一个柠檬味的止咳片，他拆开包装，“你想吃一个吗？我还有很多。”

“不用。”

奥尔汗含了一会止咳片，说道：“是中情局的人雇你来调查这个禁区的吗？”

“不，是俄国人雇佣我的。”

奥尔汗扫了一眼马克。

“我开玩笑的。”

“一点也不好笑。”

“中情局注意到俄国在南奥塞梯的动作，所以他们雇我的公司来调查。可是我派去的人被谋杀了，而且他也是我朋友，所以我被卷进来，要查清楚到底是谁杀了他及为什么要杀他。我一步步调查到了这儿。”

“谁杀了你的朋友？”

“一个名为蒂托夫的俄国上将。”

“他是俄联邦安全局信号旗特种部队的指挥官。”奥尔汗就事论事说。“去年刚升的职，他的晋升资格是有问题的，不过俄联邦安全局的头是他的 Krisha。”

Krisha 是在俄语里是屋顶的意思。在俄罗斯黑手党中指的是收保护费的那个人，虽然大多数人并不愿意交保护费。而俄联邦安全局经常和黑手党抢着收保护费，所以 Krisha 在俄联邦安全局的意思和在黑手党中的意思差不多。

奥尔汗继续说：“当他们一起在阿富汗服役的时候，蒂托夫就开始给他的 Krisha 交钱了，同时蒂托夫还秘密进行海洛因交易。这个 Krisha 就是他的指挥官。这是常识，大家都知道这一点。”

“我不知道。”

“这是因为你浪费了太多的时间在女人和孩子身上。后来他的 Krisha 升职了，蒂托夫也鸡犬升天，成了俄联邦安全局在莫斯科经营的六个犯罪企业的执行官。这些安全局的人都是罪犯。你说蒂托夫因为你的朋友在南奥塞梯查到的事情而把他杀了？”

马克犹豫了。他不想提任何关于卡特琳娜的事情，“我觉得是。另外，我知道这里的项目还涉及以色列人。今天早些时候我尾随了两个以色列人从禁区回大不里士酒店。”

听到这，奥尔汗笑了，“好吧，这样的话事情就好办多了，萨瓦。我就实话告诉你吧，现在我也没什么人可倾诉了。”

“出什么事了，奥尔汗？”

“俄国人在我们政府里安插了眼线。我现在明白了，在准备发动军事进攻前，他们先从我们内部进攻。现在我的政府也在追捕我。我对总统已经失去信心了。当然，你说得没错，这个禁区是一个空军基地。”

“但是为什么在我们的卫星照片里看不到这些呢？”

“因为它的构造就是为了避开卫星侦查。大部分装备都在地下。飞机必须偷偷驶入一个十米高二十米长的入口，同时也要有一个出口。无论是入口和出口都被土地覆盖了。空中是看不到的。”

“这是和以色列的合作项目？”

“是的。”

“飞行员能顺利在这儿起降吗？”

“飞行员？不，没有飞行员。”

“无人机。”马克恍然大悟道。

“是的。”

“以色列制造的无人机。”

“是的。叫苍鹰，不过是新的隐身型号。我相信后面的不用我说你也能猜到。”

马克心跳加速，“以色列人正使用无人机基地从阿塞拜疆侦查伊朗。”由于距离太远，所以以色列制造的无人机无法从以色列飞抵伊朗。但从纳希切万的无人机基地进行侦查的话，伊朗的国土将一览无余。“作为回报……”马克不得不思考了片刻，“作为回报，你们能使用他们的无人机刺探亚美尼亚和纳戈尔诺-卡拉巴赫。”

阿塞拜疆和亚美尼亚为纳戈尔诺-卡拉巴赫的领土争议已经打了二十多年仗。这片地区目前被亚美尼亚占领着。

“当然。”

“然后俄国人发现了？”

“基本上，是的。”

“因为他们站在亚美尼亚那边——”

“萨瓦，听着！俄国人确实对我们的石油流向以色列和西方很不满，他们担心我们会绕过俄国把更多的石油和天然气输送到欧洲。而且俄罗斯人也不希望看到我们比他们的宠物亚美尼亚厉害。但这并不是他们入侵的理由。它们入侵的原因和亚美尼亚一样，他们都是在一个地方住了一段时间后，就想当然的认为那个地方就是他们的了。他们忘了这片土地真正属于谁。无人机基地的问题是次要的。那只是一个借口。”

马克并不认同奥尔汗所说的关于俄罗斯人和亚美尼亚人的话，但他知道现在争论这个也毫无意义。他说："要是俄罗斯真的摩拳擦掌准备入侵——"

"很明显他们正在这样做。"

"——那他们就需要想出一个更好的借口，而不仅仅是拿无人机基地当幌子。你认为——"马克边说话边看着车外。他眯起眼睛说："把望远镜给我。"

望远镜就在驾驶位门上的袋子里。奥尔汗把它递给马克。"看到了什么？"

马克对了对焦，看到一辆白色的小型面包车行驶在荒地上，正向他们逼近。

奥尔汗咒骂了一声。

马克专心地看着面包车侧面的土耳其语，"土耳其卡尔斯省自然及观鸟之旅，"他读道，"纳希切万确实有鸟可看……但我不认为——"

"呸！这些傻瓜来这可不是为了看鸟。"

"确实，我也这么想"

奥格汗拿起仪表盘上的对讲机，通知他的人有敌人来了。"派人去关上大门，马上！告诉他们疗养院已经关闭了。再多派两个人去外面守着，要是他们想闯进来，就直接开火。"

过了一会儿，一个纳希切万警察冲出了疗养院，奔向他的警车，朝着金属门的方向开到一百码。

警察到达大门口后赶紧关上门，这时小型巴士正好冲到门口。巴士司机跟警察激烈地交谈起来。通过巴士脏兮兮的窗户，马克数了一下，车上一共有十二名男子。

他努力记下这些人的特征。有些头发已经花白了，但总的来说，他们比马克印象中的观鸟者年轻得多。他们没有因参观疗养院的计划被破坏而交头接耳，全都面无表情地坐着，直盯着前方。

其中一人用手遮着嘴说了几句话。

“好吧，我们确实有麻烦了。”马克说。

不久后，从疗养院楼上发出了枪声。纳希切万警察跌倒在地，小巴士突然向前冲去，撞向大门。

门没被撞开。奥尔汗从距离小巴士二十英尺的地方朝小巴士开枪，然后不断前进。此时，疗养院的门突然被打开了。巴士里的人用枪敲碎了窗户。奥尔汗没有子弹了，马克举起手枪朝司机连开三枪，子弹擦过奥尔汗的脸，但没有打中目标。

“快跑！”马克指向西侧。他们现在寡不敌众，子弹也快用完了，“走捷径！”

沿着基地中的山丘小路开下去，可以绕开大门和小型巴士。

就在奥尔汗驾着面包车，绕着疗养院门前一字排开的圆形车道开着时，司机一侧的前轮胎却泄了气，轮胎的金属钢圈猛地撞上坚硬的路肩，车子猛地震动了一下。

面包车冲下山坡时，奥尔汗尽自己所能控制着汽车。马克转过身，一直看着身后。几秒钟后，山顶上出现了一辆警车。

“他们有辆车。”马克不得不喊出来，以便奥尔汗在嘈杂中能听到自己的声音，“他们在门口袭击的那个警察——他们找到了他的钥匙。”

奥尔汗试图加速，但是面包车却危险地左右晃荡。警车快速从山上下来。马克估计他们的速度是自己车速的两倍。他甚至可以看到警车上有两名男子。

“我们还剩多少弹药？”马克检查了一下他的马卡洛夫弹匣，还有七发子弹。他打开仪表盘下的柜子。

“什么都没有。”奥尔汗说，“就现在这些东西，我们得赶快走……”奥尔汗的声音弱了下来，他正集中精神保持车在陡峭的山坡上平稳下行。

眼前出现了一片平坦的路。马克一直用望远镜盯着警车里的两人。乘客座上的人身体探出车外，手拿 AKS 突击步枪，等待时机攻击。当他们到达平地后，奥尔汗试图加速。泄了气的轮胎从轮辋上掉落，轮窝火花四溅，金属轮毂摩擦地面发出刺耳的声音。

路边有一个深沟。马克估计大概在一百英尺内，当他们的车绕过一个大弯时，至少有几秒，警车上的人是看不到他和奥尔汗的。

“拐弯的时候尽量慢点，只要能让我安全地跳出去就行。”

马克爬出自己的座位，蹲在奥尔汗后面，挨着面包车后备厢的门。他右手拿着马卡洛夫，左手拉着门把手。

奥尔汗将信将疑，“然后呢？”

“然后我来对付他们。”

“你可不是小伙子了啊，萨瓦！我觉得你还是跟我一块待在车里比较好。”

“来吧，我会没事的。”

“我等你。”

“别，我来料理他们，我们纳希切万市区见。派一个人到蓝色清真寺。”马克并不想当英雄。分开行动有助于迷惑敌人，马克宁愿冒险下车，躲在山上，等待合适的时机重新回到纳希切万市区。而继续待在目标庞大且隆隆作响的破面包车上，空手击退俄国人可不是什么好的选择。而奥尔汗太胖，无法轻松地穿过荒地，只能待在车上。“如果我出了事，就联系泰德·考夫曼。把你告诉我的也全都告诉他。他也许能帮助你。”马克背出了考夫曼的电话号码。

奥尔汗边重复着号码边在仪表盘下的柜子里找笔试图写下来。

面包车进入弯道，奥尔汗降低了车速。马克猛地打开后备箱的门，迅速看了一眼路况，确认警车上的男子看不到他后跳下了车。由于惯性太大，双腿无法承受，他被迫在地上翻了个跟头。翻滚之后，他撞上了在路边沟渠上的一块齐腰高的巨石。

他强迫自己向前爬着，慢慢缓过气来。胸口像被人用锤子砸了一样。断了的肋骨疼得火烧火燎，那儿正好撞上了石头。

他本打算躲在道路旁边的沟里，但岩石已足以给他掩护，所以他躲在它的后面。

几秒钟后，警车出现了，以最快的速度朝他咆哮。在距离他只有五十英尺时，马克将头探出岩石外，强迫自己忽略疼痛，快速瞄准在副驾驶位的家伙，迅速开了三枪，他觉得有一枪可能击中了要害，然后又朝司机开了三枪。

警车经过他时，已经开始在路上来回摇晃。它撞到了沟渠，被弹得老高，然后翻滚了下去。

马克向车子走去，他捡起被抛出 AKS 冲锋枪，确认里面装满了子弹，然后扔掉了手中的马卡洛夫，将 AKS 步枪调到自动模式，打开弹堂，把步枪扛在了肩膀上。

他有点呼吸困难，走路歪歪扭扭。慢慢来，他这么告诉自己。他觉得头晕，连呼吸都需要用尽全力。

警车翻了个底朝天，里面的两个人都躺在已经成为地板的车顶板上。他们的身体不能移动，不自然地扭曲着。马克向司机一侧的门边走去，想要深呼吸几口来给自己力量，但深呼吸又让他的胸口隐隐作痛，所以他只是轻轻吸了几口气，就用枪把车窗砸开。他把司机拖出车外后自己也跪倒在地。

我到底怎么了？阳光明媚。别昏过去。

他花了一秒钟让自己振作起来，然后观察着眼前的俄国人。

鲜血从男子的左眼、太阳穴和嘴里流了出来。他已经没有生命迹象了，子弹打中了他的头。俄国人的脖子上挂着一个勋带，上面用俄语和土耳其语写着他的名字：圣彼得堡大学生物研究所，维克托·佩特罗夫。在下面用更小的字印刷着以鸟为主题的标志：土耳其卡尔斯省自然及鸟类探索之旅。

马克咳嗽了一下，朝地上吐了口口水，搜查了一下司机，从肩膀皮套中搜出一个黑色乌鸦式手枪。他检查了一下，还有五发子弹，于是把它别在后背的皮带上，朝着车的另一边走去。他敲碎了副驾驶位的窗户，检查了第二个俄国人。他发现这个俄国人胸前中弹了，他本来是瞄准他的头部开的枪，显然打偏了，不过这个家伙看起来也是死了。马克搜了一下，发现了相同的乌鸦式手枪。马克拿出弹匣，将其放在自己前面的口袋里，然后把手枪扔到了沟里。

好了，马克想，现在暂时安全了。他告诉自己快集中精神。

他又咳嗽了一声，胸口的疼痛让他直不起腰来。上帝啊，为什么连呼吸都这么难？他慢慢站起身，摸索着断了的肋骨。每一个地方都那么灼热，也许断掉的地方正在流血，也许他被子弹打中了，只是自己没发觉而已，但是他的衬衫是干的。

分析下情况，你现在有武器了，那些俄国人把你惹毛了。马克对自己说。

马克回头望着疗养院。刚好能看到屋顶。他们能看到自己吗？他们看到车子出事了吗？

他身后是一片荒地；身前是通向阿拉斯河的一条干涸的低谷。他的计划是穿过荒地，甩开俄国人，然后回到纳希切万市，等走到高速公路，也许可以叫一辆出租车，但上帝，他感觉很糟糕，而且——

马克伸手去摸他塞进裤子里的预付费电话，可电话已经不在了。那就叫不了出租车了。

该死。

也许奥尔汗已经停下来了，或者就在不远处，他这么想着。他特别想就那么倒在地上，但他强撑着朝奥尔汗离开的方向慢慢跑着。他回头看了看，发现只走了几步。

一名男子从疗养院前的山坡急速跑下，他也许离马克有半英里远，但他正朝着车子撞毁的地方跑来。马克走到路的转弯处，没有发现奥尔汗的迹象。他朝东南方望去，试图在荒地间找出个小路或是水沟。他发现了一个，硬着头皮稍稍吸了几口气后，他眨了眨眼，擦了擦眼睛周围的汗水，开始朝目的地跑去。

52

奥尔汗到了主干道后左转向着纳希切万市区开进。

他扫了眼后视镜，看到有几辆车在靠近，但没一辆是从疗养院方向开来的。他的车速远低于限速。那些车经过他时，里面的人都警惕地盯着这辆残破的面包车。不一会儿，迎面驶过一辆警车。奥尔汗不停地按着喇叭，并将面包车停了下来。警车急转过来，停在了面包车后面。

奥尔汗收起手机和手持型无线电，但没有捡起地上的乌兹冲锋枪。他下车时，警察叫住了他。

“回到车上去。”

奥尔汗没有照做，反而大步走向前。警察将手放到腰间别枪的地方。奥尔汗的脸因愤怒而扭曲，他没有理会警察的命令。

“停下！”警察命令道，说完后便拔出枪。“回到你的车上去。”

奥尔汗不慌不忙威胁似的说：“把我送到纳希切万市区。”奥尔汗完全不担心那个警察会开枪，他从屁股口袋里拿出他的政府身份证明，放到警察眼前。

“长官，我——”警察忽然盯着身份证明。

“现在带我去那个地方。”奥尔汗说。

警察艰难地咽了口唾沫。他看了一眼指着奥尔汗的枪，然后放下了拿着枪的手，“你是——”

“是的，我就是那个奥尔汗·甘巴尔，你们的国家安全部部长。要么你立即按我说的做，要么我逮捕并枪毙你。”

53

马克向后看了一眼，没看到那个从疗养院跑下来的俄国人，但不排除他已经跑到附近了。他注意到自己橡胶底的鞋在干燥的地面留下了模糊的脚印，于是赶紧跑到一个不会留下脚印的已经干涸了的满是岩石的河床上。他现在晕晕乎乎的，根本无法在崎岖的路面站稳。他脚扭了一下，摔在了地上，胸腔附近的肌肉一阵抽搐。

他躺在岩石上，弓起身子。他想起上次肋骨断了的时候还是在 1997 年，那是在塔吉克斯坦被车撞的。不过那次没有这般疼，那点疼痛他喝了几天伏特加就好了。那时他只有二十九岁，身体更为灵活，更——

别心不在焉了，快起来！

他将身体抵着膝盖，撑着手上的 AKS 突击步枪站了起来，继续在这个干枯的河床上走着，逼着自己尽可能快点。

可他走得一点也不快。他越努力，断了的肋骨就越疼，呼吸也越困难。

俄国人可能很快就会追上来，而他肯定跑不过那人。他感到身体明显不对劲。难道蒂托夫又给他下了药？还是从面包车上跳下来时加重了伤情？

马克停了下来，他已经没有力气继续前进了。他现在需要找一个地方躲起来，可周围根本没有任何遮挡物。手上的枪好重，他真想放手。终于他支撑不住倒了下去，尖锐的石头划伤了他的膝盖。

他举起枪，向着那个俄国人可能出现的地方瞄准。但他实在太虚弱了，一分钟后，枪就掉到了岩石上。他想着自己需要一把手枪，这时又一阵咳嗽袭来，折磨着他的身体。

胸口的肌肉又开始抽搐。抽搐平息下来后，他从背后掏出了乌鸦式手枪，吐了口痰。岩石上顿时被喷得一片血红。

就在这时，那个俄国人出现在了峡谷的入口。他的眼睛和枪都对着马克。马克试图对着那人开枪，但却心有余而力不足。他一阵眩晕，眼前的俄国人也逐渐模糊起来。他再次跌倒，头撞在岩石上。阳光好刺眼。他试图吸口气，但发现呼吸都变得很困难。他想，要是能睡上一会儿，也许体力就能恢复了。

54

“甘巴尔部长，什么风把您吹来了？要是我知道——”

“我需要一个有安全电话的房间。”

“没问题，长官。”

“你办公室就可以了。”

奥尔汗让警察把他送到纳希切万市中心一个不起眼的政府大楼门前。他向入口处的警卫出示了身份证明。三十秒后，当地安全部警戒部队首领气喘吁吁地出现在他面前。这个首领的任命书还是奥尔汗亲笔批的。

“这边走，甘巴尔部长。出什么事了吗？”

奥尔汗走在首领前面，盯着前方，冷冰冰地说：“对，出大事了。”

***

奥尔汗坐在橡木桌后的真皮椅上，发现这张桌子比他在巴库办公室里的更大更好。他想着等一切结束后，就把这张桌子运回去。

桌上有一部电话。奥尔汗将它设为免提后，拨通了总统的专线。

“很抱歉总统现在没空，甘巴尔部长。可以问一下您在哪儿吗？”

“总统有空，他对他的国家安全部部长随时有空。还有就是你不能问我在哪儿。”

长时间的停顿后，一个紧张的声音说：“请稍等。”

他一直等着。奥尔汗猜就算外面灾难肆虐，总统也会通过让找他的人苦苦等待来宣示自己的权威。

五分钟后，电话那边有了回应，“奥尔汗。”

奥尔汗背靠着椅子，电话仍然处于免提状态，“总统阁下。”

“你有叛徒的消息要告诉我？”

“我知道您签发了我的逮捕令，总统阁下。我也知道您认为我是叛徒。我们就打开天窗说亮话吧，怎样？”

奥尔汗可以听到总统呼吸的声音。他猜测总统在捋胡子。真是个无聊轻浮的人。他继承了他父亲的野心和傲慢，却没有继承那个伟人深谋远虑的素养，或者是正如奥尔汗所担心的，没有继承他处理危机的能力。

“我不明白你为什么要打电话给我，奥尔汗。”

“俄国人要对我们动手了。”

奥尔汗并不喜欢美国人，他们品行不端，自以为是；而那些没落的欧洲人更是让人难以忍受。为什么要去法国，法蒂玛？不过他最反感的还是醉醺醺的俄国人。俄国人像美国人一样暴力，还和他们一样粗鲁——这可真不容易！不，奥尔汗一点都不喜欢俄国人。何况他父亲在西伯利亚的劳改营被关了五年。

“什么？”听上去总统相当惊讶。

“他们在亚美尼亚、南奥塞梯和塔吉斯坦都安置了大量人员和武器装备。还派间谍潜入了纳希切万——”

“纳希切万一直都有间谍。”

“不一样的，总统阁下。我担心内陆地区也被间谍渗透了。您得警告下国防部长。我们必须马上派兵到北部边境线上去。”

“谁告诉你的？”

“一个美国人给的情报。”

“你总是太相信美国人，奥尔汗。不是他们在玩你，就是你打算玩我。”

“不，总统阁下，是您被耍了。我把这个消息告诉您是想让您有机会保卫我们的国家。我之所以被内政部长陷害，也是因为他和俄国人结盟了，而且想在俄国人发起攻击前除掉我。因为俄国人知道我会和他们拼命，也会要您去和他们拼命！”

长时间的停顿后，总统说：“真是奇怪，伊朗人决定在南边对我们发动攻击时你却建议往北境派兵。”

“伊朗人？为什么——”

“得了吧，部长大人。你今天是与世隔绝了吗？”

“要是您指的是德黑兰的爆炸事件，我可以向你保证我一直在监视——”

“监视！呵，要是你一直在监视这个情况，那这个可能会让你感兴趣。”总统满口嘲讽的语气，“一小时前，伊朗总统开了个新闻发布会。现在伊朗宣称攻击了他们的最高领导人的无人机来自纳希切万那座秘密基地，对，没错，就是那里，甘巴尔部长，伊朗人知道那儿！他们宣称，是我们和以色列人合谋建了那座基地，并在那里部署了以色列制造的隐形无人机，我们让以色列人在无人机上装上武器，飞到伊朗实施刺杀行动。他们还宣称找到了被击落的以色列无人机残骸！”

奥尔汗感到很意外，很长时间后才回复道：“可是没有无人机被击落。就算有，那上面也没有武器。”

“他们宣称有无人机向最高领导人住所射击的证据——”

“他们在说谎。要是最高领导人的住所被炸，那也是他们伊朗人自己弄的，好来嫁祸于我们。”

“你怎么知道？你怎么知道以色列人没背着我们将其中的一个无人机武装起来？你怎么知道他们没有真的去杀伊朗总统？”

“因为我相信以色列人。”

“你相信他们。呵呵，很好，甘巴尔部长。”

“而且我也不相信他们会这么鲁莽。”

“我，可没法那么相信他们。不管是不是谎言，伊朗人宣称已经在无人机攻击霍拉桑尼在德黑兰的房子后，将其击落了。他们在电视上展示的东西看着也像以色列无人机的残骸。他们说，作为报复，将控制纳希切万的领空。没错，你没有听错，伊朗军队已经集结。他们看上去要准备入侵纳希切万了。你听到了吗？伊朗人现在准备进攻了。而现在，就是现在！你却告诉我俄国人的事。要我往北边派兵。奥尔汗，你可真是蠢到家了，连叛徒都不会当。”

“但俄国人在亚美尼亚的基地，还有——”

“军事情报部门没发现你说的任何一件事。”总统抬高了嗓音，“你说的事，内政部长从没发现过！我不知道你为什么要把无人机的事情告诉俄国人，奥尔汗——”

“我没有那么做。”

“但我知道我要守卫国家，而你对我的工作完全没有任何帮助。”总统沉默了好长一段时间，然后说，“你在哪儿？”

“纳希切万。一小时之内，我会登上回巴库的飞机。之后，我会去办公室。”

奥尔汗听到咔哒一声。总统挂了他的电话。

想都没想，奥尔汗直接挂了电话，一等拨号音重新响起，就输入了泰德·考夫曼的电话。要是总统太腐败无能，不能保卫阿塞拜疆免遭俄国毒手，奥尔汗想看看是否能让美国人来干。

55

——阿塞拜疆，巴库——

奥尔汗·甘巴尔到达巴库机场时，一队阿塞拜疆军车已守候在停机坪上了。这些车大多是南非产的悍马仿制品。他走下飞机，看到国防部的将军在等候自己。

将军是个小个子男人，制服松松垮垮地搭在他身上。他身后站着十三名士兵。将军右手拿着一张纸。十年前他和奥尔汗一起守卫过阿塞拜疆与伊朗的边境。

“甘巴尔部长。”将军皱了皱眉，说，“我们所处的年代还真是很奇怪。”

奥尔汗上前一步说：“的确很奇怪。”

“我希望你能明白我没有主动申请这个任务。”将军把那张纸拿起来。奥尔汗抓过来读了起来。

“你知道，我也是身不由己。”将军说。

奥尔汗猜对了，这是对他的逮捕令。他被指控犯了叛国罪。右下角是总统的印章，印章下面是他硕大而潦草的签名。

“别自责，将军。”奥尔汗边看边说，“这事解决之后，我保证不怨您。”

奥尔汗说这话时不怀好意，暗示其实自己会记仇的。

“谢谢您，长官。”

过了一会儿，将军显得犹疑不定，手足无措。

“现在呢？”奥尔汗说。

“我希望您能跟我来，长官。请坐我的车。”

“我们要去哪儿？”

“恐怕要去戈布斯坦，甘巴尔部长。”

奥尔汗点了点头。他虽然心中不悦，但也没感到意外。戈布斯坦是巴库南面沙漠中的一座监狱。里面关押着许多阿塞拜疆的政治犯。奥尔汗曾在那里审问过很多犯人，所以他很清楚那里的境况：牢房肮脏不堪，很多犯人都吸毒，还有不少患有艾滋病。

将军说：“真的很抱歉。这是总统本人的指示。”

奥尔汗回头看了看自己的贴身保镖。保镖小心翼翼地拿着奥尔汗的衣服，生怕弄皱了。奥尔汗对他说：“跟我去戈布斯坦，并通知我爱人现在的情况。”

56

——阿塞拜疆，纳希切万——

马克感到胸口一阵刺痛。他睁开眼，发现自己仰面躺着。他看到一盏灯，灯旁站着一个蓝眼睛的双下巴男人。这人眼里布满了血丝，前额上皱纹横生。一绺灰色的胸毛从这个人敞开的衬衣领口露了出来。

马克听到有人咒骂了几句，然后用俄语说："他醒了，再给他来点。"

马克努力回想自己在哪儿，之前发生了什么。

真他妈疼……

他试图把手放在胸前。那儿疼得厉害，像是被什么冰冷坚硬的东西戳着。可有人把他的手挪开了。

“不许动！”

马克咳嗽了两声。他现在仍然呼吸困难，咽不下气。他感觉自己又要晕过去了，但还是努力保持清醒。他试着抬起头，但有人把他按住了。

“别让他动！”

他的胳膊被几双强有力的手按住了，然后有人用橡胶管把他的左前臂套了起来。几秒后，双下巴男人拿出一根针来。马克挣扎着想要把臂膀抽出来，但无济于事。挣扎需要大口呼吸，可他做不到，空气像是无法进入到他的肺部一样。他感觉自己像是溺水了。

双下巴男人在他身上摸索了一会儿。马克闻到他腋下散发出刺鼻的气味，感觉到针扎进额头，数秒之后，马克感到血流加速。

那帮混蛋。他们又要使老招数了。

马克挣扎着，但一只手紧紧按住了他的胳膊。他感到自己像是被火烤着，过了一会儿，好像有什么东西从胳膊中冲出，他顿时一阵轻松。这种感觉他从来没体验过。

俄国人在说话，“好，我们再来一遍。一、二——”

马克感到胸前一阵刺痛，一个金属器物穿进了他的身体，好像有人在拿刀扎自己。他叫了起来，要么就是他觉得自己叫了。叫声在房里回荡。他感觉自己飘了起来，他身下不再那么硬了，可脑袋在下沉，他努力抬起头。

他听到一阵冒气的声音，好似一个没有扎紧的气球在泄气。

“完事了。在他晕过去之前要固定住他的胳膊。”

放在马克前额上的那只手挪开了。马克抬起头，虽然眼前一片模糊，但他能看到他们对自己做了什么恐怖的事。一枚巨大的针从他的左边胸口穿出，针的一部分用塑料罩住了。血从针口流了出来。像是橡胶手套指套部分的东西被胶带绑在针头上。这个装置简直就是疯子的罪恶发明。

针像是扎进了靠近心脏的部位。

把那玩意儿拿出去。

就在马克试着抬起头来时，漏气声又响了。马克这才意识到这是自己身体发出的声音。空气出来时针管上的橡胶套又响了一声。

马克低下头。他被注入体内的药物侵蚀着。他安慰自己刚刚那一幕只是幻觉。

马克渐渐失去了意识，不，他刚才所见的一切如此真切，他心想。

57

——阿塞拜疆，巴库——

当他们穿过巴库市中心，前往戈布斯坦监狱时，逮捕奥尔汗的上将接到了一个电话。他接起电话，听了一会后说：“是，是，我当然会控制。”一分钟后，又说：“当然，总统阁下。只是我——”

奥尔汗将手伸进衬衫口袋，拿出最后一片止咳糖扔进嘴里。他用鼻子深呼吸着，很享受鼻腔中升起的柠檬味。

“——是，是，总统阁下。不，没有问题。我立即把他带到那去。”上将挂断了电话，转向奥尔汗说，“我们不去戈布斯坦了。”

“不去了？”

“不去了，总统想见你。”

奥尔汗花了点时间来消化这个信息，“我知道了。总统说他想怎样了吗？”

上将看起来很忧心。“没有。”片刻之后，他说，“我真的很抱歉，甘巴尔部长。”

奥尔汗吸着止咳糖，把包装纸揉成一团扔在地上，“我知道。”

***

近年来，一些高档的滨海餐厅如雨后春笋般在巴库南部的里海边涌现出来。阿塞拜疆总统坐在一个餐馆的圆桌旁，头顶是蔚蓝色的遮阳伞。空气中弥漫着海藻、盐和鱼的味道。近海处，石油钻塔和还在施工的人造岛上的塔式起重机在夕阳下闪闪发光。海浪温柔地拍打着石砌的防波堤。

离总统一百英尺远时，总统的保镖将奥尔汗拦下搜了身并拿走了他的手机。忍受了这个略带侮辱性的行为后，奥尔汗被领到总统面前。他看到桌上仅摆着一盘看似嫩牛柳配红酒蘑菇酱汁加洋葱的大餐。

已经是晚餐时间了，奥尔汗也饥肠辘辘。

“甘巴尔部长，你能来真是太好了。”总统叉起一片牛肉送到嘴里说。

“总统阁下。”

“关于那些俄国人，你是对的。”总统含着肉说。他把叉子哗啦一下丢到盘子上，又急急忙忙拿起餐巾纸擦了下嘴，“杜波夫刚刚开了个新闻发布会。”

杜波夫是俄国外交部部长。

总统语气中带着焦虑和嘲讽。他继续说：“他警告伊朗不要进攻，否则俄国会将此当作是对俄势力范围内的领土的入侵，对此他们不会容忍。他还提到了他们在亚美尼亚、南奥塞梯、塔吉斯坦基地中的军队。你是对的。那些俄国人已经准备好了。”

奥尔汗斟酌着总统的话，“势力范围。他居然敢这么说？那条狗。”

“他们一直恬不知耻。”

奥尔汗用手指敲着桌子，“俄国大使怎么说的？”

“他说要是阿塞拜疆有需要，俄国将非常愿意提供军事协助。还真是慷慨大方啊。”

“要是我们需要。”奥尔汗重复道。一切都很明了了。现在他知道俄国的计划了。但一切都比他想象得快多了。

他看向距离最近的一座建设中的人工岛。这些岛是阿塞拜疆模仿迪拜而建的。岛上会建奢华的酒店，一级方程式赛车跑道，甚至还计划建造世界最高摩天大楼。奥尔汗从不认为将巴库建成小型迪拜是个好主意，但他更不愿俄国人跑来叫停这些开发计划。没人愿意在俄国控制下的阿塞拜疆投资。

“俄国大使告诉我们不用担心，他们不会容忍伊朗这么入侵阿塞拜疆的。根据《卡尔斯条约》，俄国有义务保护纳希切万领土的完整。”

“那个老共产主义条约跟这事没一分钱关系。”

“他还说他很担心我们没有足够的力量抵抗伊朗的入侵。”总统努力吞下口中的食物，又拿起另一片肉吃起来，仿佛告诉人们虽然他们所讨论的事确实很麻烦，但还没有可怕到值得打断吃饭的程度。可他飞转的眼睛出卖了他——他确实害怕了。

“不过他说的是实话。”奥尔汗说，“我们的确没有足够的力量来防守。”

“我试着给伊朗使馆传话说我们已经准备关闭无人机基地，关闭所有的东西，也接受伊朗的监控。但伊朗封锁了所有的外交渠道。他们根本不想听真相，不想谈判。他们二话不说直接派兵到了边境。”

“也许我们可以拖延伊朗人几天。不过要是战争打出了纳希切万，打到阿塞拜疆的心脏……我们的边境线太长，而且，毫无疑问，要是我们和伊朗打起来了，亚美尼亚会乘虚而入的。”

“你以为我不知道这些吗！”

“我没有指责您的意思，总统阁下。只是说说我的看法而已。”

总统喝了口水，他的手在颤抖，“你近来还真是口无遮拦啊，甘巴尔部长。”

“我这样说只是因为我希望能阻止灾难发生。”奥尔汗向前倾去，“事情是这样的，总统阁下。俄国人查到了我们在纳希切万的无人机基地，而以色列人用它来暗中监视伊朗。我不知道他们是怎么发现的，而且那也不重要。重要的是俄国人打算把这件事告诉伊朗。为什么？因为他们知道伊朗肯定不能容忍这种事。不过他们并不打算鼓励伊朗攻击这个基地，而是带着其他目的——他们让伊朗假装认定是以色列从这个基地袭击了他们的最高领导人，所以他们准备进攻纳希切万，至于接下来的事，就由他们俄国人接手。”

“俄国是为了拯救我们而入侵。”总统说。

“是的。”

“为了我们免受伊朗的打击。”

“没错。当然，他们不会把这称之为入侵。他们会把这叫作援助，是来营救我们的，就和他们营救克里米亚一样。但他们可不想打进阿塞拜疆，他们想让我们自开大门。而且是您亲自下令，总统阁下。”

“我？我为什么会那样做？”

“因为您的内政部长，也就是您的妹夫，会劝说您放俄国人进来。他会向您谗言，告诉您最明智的选择是与俄国人合作，而不是和他们作对，也会试图让您相信伊朗真的要攻打我们，还会宣称已经得到俄方的保证，只要无人机基地一拆除，俄军就会在几天之内撤走，让您认为俄国真是为了保卫纳希切万免遭伊朗的毒手。不过那些都是谎话，总统阁下。内政部长背叛了您，背叛了我们的国家。俄国在制造假象，他们这么干惯了。”

“我知道了。”总统说。

“您怀疑我。”

“我怀疑所有人。”

“在俄国人提议援助后，您找内政部长谈过吗？”

总统没有回答，反问道：“要是我不同意俄国人进入，你觉得他们会怎样？”

“他们还是会进来。”奥尔汗想起 1990 年苏维埃坦克开进巴库的样子。当时他就在那，帮助料理伤员，埋葬死者。他知道这一切可能会重演。“而且他们会宣称是受邀而来。就算我们或其他人知道这是个谎言也无所谓。他们将大肆宣传，在网上发动舆论攻击，他们的特种部队将假扮成阿塞拜疆人，拥护俄军的出现。这就已足够扰乱局势，让反对党闭嘴。我们的边境部队会反抗他们吗？我不知道。不过要是反抗了，俄国人很可能会威胁要从南奥塞梯和塔吉斯坦的基地派兵入侵内陆，而且是从背面的秘密通道进入，好让自己看上去不那么像一群暴徒。当然，由于俄国坦克从南奥塞梯过来需要经过格鲁吉亚，他们会通知格鲁吉亚的。”

“要是俄国人知道我们打算反抗，他们可能会重新考虑。”

“我怀疑他们可能只会增兵，因为他们相信我们最终会放弃的。如果他们认为能突袭成功，而且我们没有反抗的意思，那他们就只会派一个小部队，以免引起国际社会的注意。现在我们必须也制造一个骗局，总统阁下。我们先诱使他们认为他们可以长驱直入阿塞拜疆，然后在他们跨越边境线时，极尽所能消灭他们。这是俄国人唯一会知道的。对外，我们就宣称这只是和亚美尼亚之间的一个小冲突，那样俄国人可以颜面无损地撤退。”

“要是俄国人不屈服呢？要是他们派出更多的部队呢？”

“要是他们真想攻占纳希切万，他们会的。”

总统盯着双手，说：“纳希切万有一些俄罗斯族人。俄国任何大规模的增兵都得从格鲁吉亚和亚美尼亚经过。对他们来说发动真正的进攻也不容易。”

“要是我们把纳希切万拱手相让，他们会毫不犹豫地拿下。但是如果要付出高额代价，他们或许会觉得不值得。那是我们唯一的希望。”他顿了顿，然后说：“要是我们不是单打独斗也许会好些。”

“要是土耳其能涉入——”

“土耳其就算了吧。要是在一年前，也许行，但现在不中用了。”

土耳其和阿塞拜疆，都是说土耳其语的国家，历史上一度关系密切。不过当阿塞拜疆和以色列的军事联系越来越密切时，土耳其和以色列的关系降到了谷底。土耳其希望阿塞拜疆能和以色列划清关系，以示团结。但被阿塞拜疆拒绝了。

总统抿起嘴说：“是的，恐怕你是对的。”

“而且，就算我们请求增援，光凭土耳其也是不够的。”

“我不能把南边的部队都调走。总要有留守的。而且还必须派些部队到格鲁吉亚和塔吉斯坦的边境线上，以防你判断失误，即俄国打算进攻内陆。”

“俄国的目的就是瓜分我们的领土。这也是我为什么会找美国人初步了解情况，总统阁下。”

“你问的谁？”

奥尔汗说了下他和泰德·考夫曼之间的对话。

“然后？”

“要是俄国入侵，美国会损失惨重。尽管我们的石油没有流经纳希切万，他们也知道俄国人会利用占领纳希切万来控制我们。他们不会冒险让俄国人来控制流出里海的石油和天然气。而且美国人嗜血成性，他们喜欢打仗。不过他们近来谨慎了许多。所以我也不能确定。当然了，还是得由您直接提出求助的申请。”

“我们这是在玩一个危险的游戏，奥尔汗。要是美国援助，而俄国派出更多的兵力，然后美国再增加兵力呢？土耳其可能会被牵扯进来，然后是亚美尼亚。土耳其和美国是北大西洋公约成员国，而亚美尼亚、俄国、哈萨克斯坦和——”

“是的，是的，不过——”

“——他们有共同防御条约。这些条约把那些国家绑在一条战线上。之后可能就不是边境线上的小打小闹了，你让北大西洋公约组织成员国与俄国和它那帮忠心的走狗打了起来，结果就是，还没等我们反应过来，第三次世界大战爆发了。”

“不管我们采取何种措施，都是有风险的，总统阁下。但眼下最令人着急的是我们的国土即将被俄国蹂躏。找美国帮忙吧。要是您不愿意，我来，但最好还是您本人去做。”

58

——吉尔吉斯斯坦，比什凯克——

达莉亚开着她的大众捷达快上吉尔吉斯斯坦通往哈萨克斯坦的大桥时，手机响了起来。天渐渐黑了。达莉亚开着车在比什凯克周边转了几圈，在一家她从没去过的街边小餐馆吃了晚饭。她本想开到阿拉木图找个旅店住一晚，但现在决定不去了。

莱拉睡在车后座的安全座椅里。这个安全座椅是达莉亚特意从欧洲订购的，因为吉尔吉斯斯坦卖的她都看不上。电话一响达莉亚立马接了，没让铃声吵醒莱拉。

是约翰·德克尔打来的。

“有什么消息没？”达莉亚小声说。

“考夫曼刚刚来了电话。”

德克尔说中情局认为马克在纳希切万被绑架了。但是没人知道他现在的确切位置。

“怎么会这样。我们才刚有了孩子啊，约翰。我们过得很幸福啊。”达莉亚没有继续说下去，因为她知道自己再说就要哭了。

“马克是个硬汉，达莉亚。我不会——我是说，我不会因为这事儿或其他什么事儿惊慌失措。”

“我没惊慌失措，”达莉亚说，“我是担心。惊慌失措和担心是有区别的。”

“我不是说惊慌失措，我的意思是……不管怎样，事情总有另一面。你听新闻了吗？”

“没有。”因为怕吵着莱拉，达莉亚一直没开广播

德克尔于是告诉她德黑兰的爆炸事件与伊朗和俄罗斯的反应，听完后达莉亚的心立马沉了下去。

她说：“所以现在马克被搅进这么一桩破事儿里了。好极了，真他妈好极了。”

“事情变得越来越糟。我猜考夫曼的意思是，美国不会就这么让俄罗斯或伊朗进军纳希切万的。”

“他们当然不会。克里米亚跟这事不同，如果俄罗斯真在纳希切万有动作了，接下来就是石油问题了。”

“不管什么原因——”

“噢，没有其他原因了。”

“考夫曼说他已经成立了一个小分队，负责阿塞拜疆陆军与美驻军之间的联络。”德克尔停了一会儿，说，“如果是那样的话，情况就

会好很多。”

“我不太明白你的意思。”

“如果俄军或伊朗真进攻纳希切万，即便阿塞拜疆敢还击，也不太可能打得过他们的。”

“所以马克得赶紧离开那儿。”

“对啊，所以考夫曼——我猜是他上头的人——在想要是支援阿塞拜疆，情况也许就有转机了，明白吗？”没等达莉亚回答，德克尔又说，“现在问题是，联络小分队需要一个会说阿塞拜疆语的人，但中情局里没什么人会阿塞拜疆语，而且我觉得他们不太想让自己的人去干……”

“去干这种可能会变成一团糟的事。这样即使出了事他们也可以撇开关系。”

“差不多吧。”

“可如果只是解决沟通问题的话，有很多阿塞拜疆人会说英语啊。”

“考夫曼需要信得过的人。他可不会随随便便找个阿塞拜疆人。达莉亚，考夫曼问你能不能干这个。”

即便刚刚德克尔的意思已经很明显了，可达莉亚还是愣住了。她早已发誓再也不干地下工作了，再也不想参与谋害别人的事了。她已经受够了，“可……考夫曼很讨厌我。”

“他的确不是很喜欢你。但他们那边没有多少你这样的人。你讲一口流利的阿塞拜疆语，在中情局干过，而且现在已经脱离那儿了。

你符合他们的一切要求。”

“是中情局开除了我，德克尔。他们觉得我一文不值，再说，我也不信任他们。”

“是，但比起随便找的阿塞拜疆人，考夫曼肯定更信得过你。那些阿塞拜疆人脑子里指不定有什么疯狂的想法。考夫曼觉得你可能会答应，因为你参与他们的行动的话，也等于是在帮马克。这可是让他们重新认可你的机会，达莉亚。”

“我才不在乎他们认不认可我呢。他们算个屁。一帮无法无天的骗子。如果我说了算，早就让他们关门大吉了。”

“我只是传达一下考夫曼的意思，达莉亚。”

“反正这事没门，我还有莱拉要照顾呢。”

“我完全理解。那我就跟考夫曼说你不答应了？”

达莉亚回头看了一眼莱拉。她貌似睡得很舒服，时不时蹬蹬腿挥挥胳膊。她连奶瓶都还没碰过，达莉亚想都不会想在这个时候离开她，哪怕只是一会儿。帮考夫曼和中情局干活，帮阿塞拜疆和美国杀死一群二十多岁的俄国新兵，做他们的梦去吧。

但那样也等于对马克置之不理啊。

自从收到马克的短信后，达莉亚止不住地想，她不能在马克最需要帮助的时候辜负了他。辜负马克是不是就等于辜负了莱拉呢？万一马克——她试着不去想“死”这个字——真出事了，而她却什么也没有做，女儿将来会怎么看自己？自己又该怎样面对自己？什么样的妻子会对丈夫的死无动于衷？

没错，当初达莉亚和马克约定好，一旦收到马克发来的这样的短信，她就得一心一意保护自己和女儿。保护这个仅存的家。可马克也是家庭的一员啊。帮助马克就是帮助莱拉。

“达莉亚，你还在吗？”德克尔问道。

59

——阿塞拜疆，纳希切万——

德米特里·蒂托夫将军提早一个半小时来到大不里士酒店的顶楼餐厅，那里原本常常座无虚席，可今天为他清了场。现在餐厅里只有他和他的三个手下，两个神情严肃的年轻服务员和一个肚子滚圆、套着不合身西服的经理。

快到点了。除了救走萨瓦的那个人，蒂托夫的人杀光了其余所有袭击疗养院的阿塞拜疆人，然后匆匆忙忙地带走了所有武器和通讯设备，希望他们今晚的行动能得到批准。蒂托夫本人也尽早赶到了大不里士。

大不里士是纳希切万最高的建筑。酒店宣称自己有得天独厚的条件，能在顶层俯瞰整个城市，具有战略价值。蒂托夫建议俄军占领这儿。

但一旦俄军越过边境，阿塞拜疆就会加强在大不里士的防御，尤其是酒店最上面几层。所以蒂托夫决定在俄军越境前先带领人占领制高点，这样俄军到达后就不会遇到不必要的抵抗。

蒂托夫继续嚼着他的晚餐：石榴胡桃酱汁鸡肉、煮土豆和一些昨天从山里挖来的野菜。不一会儿，他看到一个厨师乘着唯一能到这层的电梯下去了。

现在是九点半。厨房半小时前就关了。蒂托夫猜应该还有一个厨师在清理后厨。或许还有一个洗碗工。他不想滥杀无辜，不过他想餐厅工作人员很有可能会留守到最后一拨客人用餐完毕，也就是他的人都离开之后。

他喝掉最后一口啤酒，朝坐在他对面的一个目光涣散的矮个男人点了点头。

一个站在附近的服务员走了过来。

“再来杯啤酒吗，先生？”他问蒂托夫。

“好的。”

“卫生间在哪儿？”目光涣散的男人问。

“这边走，先生，”服务员说，“请跟我来。”

蒂托夫的手下跟着服务员，走过男厕所门上方天花板上的摄像头后，他从宽松的运动服里面掏出一把无声“狮子鼻”①，不动声色地朝服务员后脑开了两枪，然后又迅速朝摄像头开了三枪。

---

① 在美国民间,将枪管长度短于 7.62 厘米的大口径转轮手枪通称为“狮子的鼻子”。

摄像头破碎的声音引来了另一个服务员和餐厅经理。就在他们循声走过去时，蒂托夫朝服务员的背部开了两枪，又朝他的脑袋补了一枪。正当蒂托夫要朝经理开枪时，经理看到了摄像头边躺着的服务员。

经理跪下，嘴里念着“真主保佑”，可蒂托夫一枪结果了他。

蒂托夫对坐在餐厅里的另外两个手下说：“厨房。”然后他做了一个扼喉的手势，“快去。”

不一会儿，厨房就传来两声枪响，随后是一阵器皿摔碎的声音。

然后蒂托夫对目光涣散的男子说：“去拿装备。”

蒂托夫的很多手下都被分配了任务。他们先切断了所有从纳希切万通往周围阿塞拜疆军事驻地的电话线，然后去北面边境与入侵的军队会和。那些随从蒂托夫到大不里士酒店的人用的是伪造的俄国护照，他们声称自己是俄罗斯商人，准备谈化肥生意。他们订了酒店十二层的三个房间，房间就位于餐厅正下方。他们的行李箱里全是武器和通讯设备。

“是，长官。那犯人呢？”

“把他也带过来。我们要在这儿建一个通讯站。”蒂托夫指了指一个小型三角钢琴。餐厅大部分地面都铺上了地毯，但这架钢琴周围的大理石地面或许能抵御下层小型武器的射击。

那名干掉厨师的特工站在电梯门口。

“你，”蒂托夫指了指他，说，“你去十二层楼梯井那儿站着，通报那层客人的进出情况。不要打扰他们，除非他们找我们的麻烦。”然后他对另一个特工说：“你去查看一下房顶，确保那儿没人。”

他觉得下面几层的阿塞拜疆人应该意识到餐厅里出状况了。摄像头坏了，餐厅员工一个也没有离开。但阿塞拜疆人都很懒，缺乏主动性，所以很有可能等到他们的人来查看时，俄军早就入侵了。

60

马克先是听到了水龙头流水的声音，然后是关门声，再是断断续续的俄语声。他感到很温暖舒适，并且很享受这种失重的状态。他觉得这些声音丝毫不构成威胁，甚至听起来很悦耳。

但很快，他脑袋一紧，想道：莱拉饿了，要吃东西了……

莱拉，她在哪？他想去看床边的摇篮，可他看不到；卧室里好黑。莱拉肯定在这，可是……他完全听不到她的声音，甚至听不到她的呼吸声，也听不到达莉亚的呼吸声。只有一些断断续续的敲击声，就像一只老鼠在墙壁间乱窜。

灯在哪？在你左手边的床头柜上。马克睁开眼睛，适应了一会，又将眼睛闭上。他强迫自己一动不动。

呼吸，控制好呼吸，要是呼吸太急促，他就会发现你已经醒了。

他静下心来，试图还原刚刚所看到的场景。

五步开外坐着蒂托夫的情报人员——这个人就是白天在大不里士酒店外跟踪他的人。他长得又高又瘦，眼睛很小。他正在类似平板电脑的东西上轻敲着什么。

马克想起疗养院的混战，想起自己试图和奥尔汗一起逃走，还有在荒地中倒下。但之后发生的事就是一片空白了。

不，也不是完全想不起来。一个针状物的图像在他的脑中一闪而过——他们把它刺进了他的手臂，之后将一个巨大的不锈钢针头插进了他胸口。天哪，他们都对自己做了什么？

控制呼吸，别动怒。

呼吸，马克片刻之后想到。他现在呼吸完全没有障碍。

也不像是嗑药的感觉。他努力去感知胸口的状况，还是疼，有压迫感，但却可以忍受。他感到左边有什么奇怪的东西压着他的衬衫，手臂上还有胶带。是为了固定住静脉吗？

好好想想。

肋骨断了，从奥尔汗的面包车中跳下来，撞到路边的石头，呼吸困难，还喷了血。

但他现在可以呼吸了，说明胸口上的针头在起作用。想到这个，他意识到针头刚好插在他的左肺上。是为了将瘀血排出让他再次呼吸吗？

这也意味着俄国人救了他。但为什么呢？这显然不是出于同情。

肯定是为了蒂托夫能够继续审问他。

马克试图分析刚刚睁眼一瞥所看到的场景。他注意力都集中在俄国人身上了，还看到了什么？他认出了房间中的装饰，是……公共场所的，就像……

是大不里士酒店。他在这儿。他认出了蓝灰色的地毯，笨重的象牙色的百叶窗，漆黑的桌子和印花床单。还有些什么？自己是坐着的，但不是坐在普通的椅子上；他回想着脑中的画面，他瞥见了踏脚板，脚边还有一点轮子影像。

轮椅。他们就是这么把他弄到酒店的，他们推着他经过了前门。外人看上去不过是一个病号在午休。

所以他现在是在大不里士酒店，还坐在轮椅上，俄国人处理了他被扎伤的肺，蒂托夫的一个手下监守着他。马克不知道自己的体力恢复了没有，他想弯曲手臂，或是拉伸腿来感受自己的身体状况，但他不想被那个守卫发现他已经醒了。

他的前臂上盖着一条毛毯，毛毯垂落到他的膝盖上。他冒险绷紧了手上的肌肉，推断出虽然手上的一些胶条可能是用来固定静脉的，但主要的作用还是将他的胳膊禁锢在扶手上。

61

——纳希切万上空——

达莉亚感到腹内一阵绞痛。她目不转睛地看着一台军用电脑上的直播视频。画面上一个突击队员系紧安全带坐在一架民用空客飞机的机尾。她几个小时前在比什凯克登上的正是这架飞机。她之前一直觉得这些只是俄军虚张声势的表演，他们不会动真格的，只是用占领纳希切万来恐吓阿塞拜疆，好从他们那儿得到些特权。

但现在看来，这不是虚张声势。俄军坦克正快速驶入纳希切万。

她答应担任阿塞拜疆地面部队和美国特别行动秘密小组间的联络员。美方也答应如果他们成功阻止俄军入侵，就帮她找到马克。

这笔交易从一开始听起来就不太合理，现在看来更是如此。达莉亚小便时下体还是会痛，乳房也不停地冒出乳汁。她很庆幸自己在分娩前就买了一个吸奶器，这样至少在把莱拉交给自己唯一的朋友娜吉拉看护时，能事先挤出些奶水留给她。但她挤出的奶水也只够莱拉喝十二小时，之后就只能让娜吉拉冲奶粉给她喝了，但她担心莱拉不爱喝奶粉。

最后一批俄军坦克在一分钟前驶出了俄国驻亚美尼亚的军事基地，现在正以每小时四十多英里的速度向南前往纳希切万。这批坦克不少于五十辆，都是最新的 T-90。坦克后面跟着排雷车、装甲车、运输车、卫星手机信号干扰站和装载 Buk 地对空导弹系统的履带式车辆。一架从美国英基里克空军基地起飞的蝙蝠翼 RQ-180 隐形无人机飞过土耳其，在纳希切万上空盘旋，通过加密的卫星数据报告俄军动向。

“他们离边境线还有多远？”达莉亚问。

“七十分钟，”一个突击队员回答，“照他们现在的速度，一个小时多一点就到了。”

达莉亚心算了一下。如果自己一行人能在十分钟内降落，就有五分钟时间与阿塞拜疆那边的人汇合，把人和武器装备都转移到他们的车上。

德克尔就坐在达莉亚身边，他身穿防弹背心，背心上绑着一件战术胸挂。他好像看出了达莉亚在想什么，他挠挠头说：“我们开得再快，即便四十五分钟就到边境线的集合点了，他们也不会需要我们的，除非情况糟到无人机操控员已难辨敌我。但这种情况不会立马发生的，所以我们基本上只需要准时到达就可以了。”

达莉亚点点头。没亲眼看到俄方坦克时，一切都很抽象。即便达莉亚在签署那份授权抚养文件时，她也没特别当真。文件中说若是达莉亚出了意外，莱拉就交给达莉亚的养父母抚养。达莉亚甚至觉得让女儿在美国弗吉尼亚生活，或许能让她更好地成长。达莉亚把女儿临时托付给娜吉拉时，也没觉得事态很严重。这已是达莉亚生平作过的最艰难的决定了。这事让她心里很不舒服，就像对马克的生死置之不顾一样。但这些都没有比她现在看到俄军坦克更害怕。

她既害怕又恶心。俄罗斯玩的这场游戏毫无意义。双方的人都会为此丧命。既然这样，为什么还要继续呢？因为俄罗斯的当权者想要不属于他们的东西，而美国和阿塞拜疆的当权者宁愿牺牲人们的生命去阻止俄罗斯得到那样东西？

得知美国地面部队只派了三名突击队员作为秘密侦查员来援助空军，而她自己当翻译，德克尔当自己的保镖兼后备侦查员后，达莉亚并没感觉好点。

“如果情况不妙，救援直升机只会救助阿塞拜疆的人。”德克尔在比什凯克北面的玛纳斯空军基地登机时对达莉亚说过，“所以，不要让自己受伤。”

美国政府并不大动干戈，只需派几个人在阿塞拜疆把任务完成就万事大吉了。这样他们甚至可以否认曾经到过那儿。而阿塞拜疆人还会觉得自己得到了强有力的帮助。

两个突击队员正在将插在机尾的充电器拔下。他们刚喝下了好几罐红牛，每人还吃了至少一粒利他林[1]。他们身着没有任何标识的迷

① 一种兴奋剂。

彩服。德克尔在检查一副磨损的夜视镜。

“都充好电了。”其中一名突击队员递过一把电池给德克尔说。

“谢了，老兄。”德克尔将一枚电池装进夜视仪里，再装了一枚到特别行动队的激光测距定位仪里。这个测距仪大小相当于一个小型投影仪，可以用来引导炸弹击中目标。

“把你的夜视仪给我。”德克尔对达莉亚说。

达莉亚把夜视仪给了德克尔，德克尔帮她把电池装了进去。

“谢谢。”

“我带了一些备用电池。”德克尔拍了拍背心上的一个弹药包说，“不过通常用不上的，只是以防万一。背心怎么样？”

达莉亚穿着德克尔给她的防弹背心，她把背心套在自己的黑色毛衣上。她现在有些后悔没穿旧汗衫，“很热，而且背心太大了。”

德克尔点了点头说：“这是最小号的了。”

“没事，总比小了好。”

“这些网格地图看起来真费劲。”一名突击队员看着电脑说。

“这已经是无人机所能拍到的最清楚的了，”德克尔说，“谁想得到我们会来这种鬼地方。”

62

马克狠狠地咬了一下舌头，故意将其一边咬破，然后开始咳嗽。他慢慢睁开眼睛，又开始咳嗽。他看了看四周，装着很困惑的样子，“什么……？”

那个戴着像是蓝牙耳机的俄国特工，举起枪对着马克的头说：“他醒了。”

“帮帮我。”马克用俄语说，“我要……”他的声音小了下去。

“你要什么？”

“我在哪？”

俄国人叹了口气，“安静点。”

马克又咳嗽了起来，“水。”

“没有。”

“我不能……”

“你能保持安静，每个人都能。”

俄国人右手边的桌上放着一盒烟和一个老式芝宝打火机。俄国人一只手拿出烟，塞进嘴里，用打火机点燃。

血从马克舌头被咬破的地方不断地流出，在他的嘴里积聚起来，和唾液混合在一起。

“我不能……呼吸了。”马克痛苦地嘟哝道，“噢，上帝……”马克再次咳了起来，这一次，血喷了出来，流经下巴，滴在了盖在膝盖和前臂之间亮橘色的羊毛毯上。

俄国人愤愤地咒骂了几声。

马克开始哇哇乱叫，仿佛呼吸很困难的样子。然后，他吐出了更多的血，又咳了几声，试图使之听起来像是被血或呕吐物噎住了。

俄国人对着蓝牙复述了发生的事情，然后说：“我怎么知道？我是医生吗？”

“我要死了。”马克说。

俄国人没有理睬马克，继续对着耳机说：“我知道的都告诉你了。”然后又说：“好，好，两分钟。”

马克翻着白眼，继续做出呼吸困难的样子。

俄国人站起来，手里拿着乌鸦式手枪，“好了，病夫。我们得走一程。”

***

被推出房间时，马克了解到两个情况：一个是他现在在大不里士的十二楼，另外根据俄国人鬼鬼祟祟地将他快速转移到电梯的行为来看，他们还没有完全控制住这一层。

不过，顶楼是不是也没被控制就不好说了。

电梯门打开时，马克看到装满了烟灰的齐腰高的装饰性垃圾桶中堆着四具尸体。站在尸体旁的持有武器的俄国人对着无线耳机说："他们到了。"接着顿了一下，说："是的，长官。"然后他对推着马克的人说："跟我来。"

在一个和主餐厅相连的小房间中，放着一架黑色的袖珍三角钢琴和一个小鱼缸。几张圆桌被推到一边，好腾出空间给一张放在红色大理石地板中央的大长方桌。德米特里·蒂托夫上将坐在桌旁，周围是一堆通讯设备：两个军绿色无线电台，几个战术耳机和小型商务耳机，一部卫星电话，两台笔记本电脑和一堆各种各样的电线和延长线。

桌上还有一把配有热敏夜视瞄准器的 AKS-74 步枪。蒂托夫的手就放在枪把上。

马克咳出了更多血，呼哧呼哧地喘着气。

"他这样多久了？"蒂托夫问。

"醒来后就这样了。"

"把他衬衫打开。"

推着轮椅的俄国特工拿走了盖在马克身上的毛毯，扯开了他的衬衫。马克没有反抗。

63

蒂托夫叹了口气。

为萨瓦做手术的老医师现在在战地，正在为在北境线附近战斗的信号旗特种突击部队服务。虽然蒂托夫和这些在大不里士的特工学过急救，但萨瓦肺部的伤已经超出了他们的处理能力。

这个美国人的状况真是一团糟。他胸口的那个塑料软管看着还真让人反感。这时候直接杀了他就算是对他的仁慈了，蒂托夫想道。但留着他是有原因的。

“你能说话吗，萨瓦？”蒂托夫大声问，仿佛是在对一个有听力障碍的人说话。

萨瓦没有回答。

“也许应该让他躺下。”蒂托夫说，“可能管子弯了。”

“您想让我把他放在地上吗？”

“放吧。不过把你的武器给我，以防万一。”

俄国特工将手枪柄对着蒂托夫，把枪交给了他。然后从脚踝处拿出一把双刃战斗匕首。他把匕首尖端顶着萨瓦的喉咙，“你要是反抗，我就割下去。明白吗？”

萨瓦快速地吸了几口气，仿佛是在吸取回答所需的空气，“明白。”

特工将萨瓦前臂上的医用胶带割断，把他从轮椅上抬起来，然后将他放到红色大理石地板上。萨瓦翻滚了几下，朝没有受伤的一边侧身躺着，又继续咳嗽起来。血从他的嘴里流了出来。

“出去吧。”蒂托夫对手下说，“去帮赛奇放哨。”当房间中只剩下他俩时，蒂托夫将萨瓦的皮质背包从放着通迅仪器的桌子上拿了出来。他快速打开盖子，拿出了卡特琳娜的画像。

他站在萨瓦旁边，一手拿枪，一手拿画，用英语说：“你肺功能衰竭，肋骨断了，还有一些其他问题。问题很严重。我们给你缓解了一下压力后好些了。为你治疗的医生很不错，我在车臣和他共事了很长时间，我被枪打中了肩膀的那次也是他治疗的。”

“我需要他……现在。”

“不可能。你现在呼吸已经好多了，不是吗？”

萨瓦用手和膝盖支撑着爬了起来。

“躺下去。”

“这个位置……更好，不会闷得慌。”萨瓦吐出更多血，然后低头看了眼他的衬衫，“你刺进我胸口的针头是什么鬼东西……还有……插进胸口的带有橡胶的塑料管又是……做什么的？”

蒂托夫警惕地看着萨瓦。

“针头是用来排气的，也是为了给塑料管一个入口。一旦塑料管进到胸腔，针头就会出来。塑料管末端的橡胶是从手套上割下来的，为了防止空气回流。”他在萨瓦面前四处走动，把画丢在萨瓦脑袋边，“你逃出去后见过她和这幅画。”

“逃出去后，我就在荒地里……什么也没看到，我昏过去之后，你的人就抓住我了。”

“不是今天，蠢货！是1991年，在第比利斯，你的共犯布兰帮你从我手上逃走以后。你那时肯定见过这幅画。要不然，你三天前不可能认出来。而且我想我知道你对我撒谎的原因。但我想听你亲口说。”蒂托夫等了一会，又说，“我还试着帮你治疗你肺上的伤，萨瓦，但这只是临时的。你会死在这。要是你的伤不足以让你死掉，那么……”蒂托夫拍了一下大腿上的乌鸦式手枪，“你应该懂我的意思。就像我们俄国人说的，生活不是过草地。”说着说着蒂托夫想起了他的母亲。她死于心绞痛和癌症，生前亲手埋葬了她的两任丈夫和女儿。每当想起母亲所承受的痛苦，蒂托夫就很难抱怨自己的生活，或是怜悯萨瓦。“是时候说出真相了。”蒂托夫盯着萨瓦，等着这个美国人给出回答。看他不做声，蒂托夫问：“你想现在就死吗？”

“不，我在想。我在努力回忆。”

“回忆什么？”

“那句话，生活不是过草地。我以前听说过。”

蒂托夫不知道萨瓦是否真的已经神志不清了，“你之所以知道是因为这是《日瓦戈医生》中的一句诗。老实交代，萨瓦。”

“你知道我和卡特琳娜以前经常去植物园吗？”

“什么植物园？”

“在第比利斯。我们在一起的最后一个晚上去了那儿，就在你的人抓我之前。之前的几个星期我们也一直去那儿。那是早春的一天，要是你去了你就什么都明白了。”

64

——格鲁吉亚，第比利斯——

——1991 年 5 月，苏维埃解体前七个月——

马尔科和卡特琳娜在离保护区中心的不远处停了下来。他们身旁是一丛被英国常春藤环绕着的竹子。一个月前这儿还是一片亮粉色的紫荆树，现在已绿叶成荫。黄莺栖息在高大的香柏上引喉高歌。卡特琳娜坐在小马扎上，面前放着画架和画布。她正在画一朵鲜艳的罂粟花。画的背景是远处被睡莲叶覆盖的小池塘，在阳光的照耀下泛着粼粼波光。

马尔科盘腿坐在她旁边的毯子上，边看书边抽烟。

就这么静静的过了半个小时后，马尔科放下书，用俄语问道：“你对埃索里亚尼怎么看？”

他正在读的这本书——至少是试着读的书，是用他尚不熟练的格鲁吉亚语写的——讲的是13世纪蒙古入侵格鲁吉亚的问题。但眼下的种种状况，让他无法潜心于那么久远的事上。雅巴·埃索里亚尼以前是个罪犯，现在成了准军人，正倡导格鲁吉亚摆脱前苏联的统治，争取独立。

卡特琳娜全神贯注地画着罂粟花，“你觉得他怎么样呢？”

“呃，我现在很认同他的政见。”

她将刷子蘸入一团褐红色颜料中，抑制住哈欠，说：“那我就喜欢他。”

“但我担心他对民主毫无兴趣，要是他上台了，会和前苏联共产党一样坏。我是说，他虽然不是共产党员，但是……”

卡特琳娜画着罂粟花花瓣时说：“我也希望民主。”

“你这么说不过是为了让我高兴。”

“那这招奏效了吗？”

卡特琳娜声称她并不喜欢共产主义，但马尔科知道这主要是因为她根本不关心政治。她更喜欢讨论雷诺阿——你认为他是真的幸福，还是通过作画带给他人幸福？——除了雷诺阿，她也会侃侃而谈马奈、柯洛、马蒂斯、卡萨特或是毕加索。她并不喜欢毕加索，但她的画集中有马尔科喜欢的毕加索“蓝色时期”①的画作，所以她试着用毕加索引诱马尔科……除了画画，美国电影、U2乐队、性，还有猫都是她

① 1900年至1904年，谓之“蓝色时期”。在这个阶段，毕加索由于生活拮据、心境忧郁，在画作中大量运用冷色调的蓝色。

喜欢的话题——她很想养只猫，但大学不允许她在宿舍养猫。

“你应该和我一起去参加下次会议。”马尔科说，他指的是学生新闻俱乐部的下一个会议。

她轻轻叹了口气，“那我在会议上要做些什么？妈妈和哥哥都让我发誓不会参加任何抗议活动。”

马尔科从未见过卡特琳娜的母亲和哥哥，因为卡特琳娜担心他们不同意她和美国人交往。她曾解释说是因为他们比她更加传统。

“参加会议和参加抗议是不同的。下次会议中，我们将讨论一旦前苏联垮了后，我们想看到什么样的格鲁吉亚政府。当然，民主是肯定的。但会有总统吗？有首相吗？还有很多问题需要解决。”

卡特琳娜歪过头，微笑着向马尔科坐的地方俯下身去。在他嘴边说：“好吧。那我们一起去。”

“真的？”

“真的。”

他们接了一个吻后卡特琳娜继续画画，马尔科继续去啃那本格鲁吉亚历史书。一小时后，马尔科又抽了一根烟稍做休息。快到五点了，天色有些晚了，阳光穿过树叶，在卡特琳娜的金发上投下斑驳的影子，画面异常美丽。马尔科不禁为之一动，伸手打开书包，拿出一个小型的傻瓜相机。

65

——阿塞拜疆，纳希切万——

——现在——

马克把他能想起的那天发生的所有事情都告诉了蒂托夫，然后说：“这幅画不过是我被抓一个月前，我给卡特琳娜拍的照片的复制品。我逃走后没有再去见她。我没骗你。”卡特琳娜一直很漂亮，但那天却异常美丽，马克想要记录下那一瞬间，“那是我最喜欢的关于她的一个画面，她也知道。这也是为什么她照着那张照片画了她的自画像。”

马克的声音小了下来，他将前额耷拉在地板上。他很确定卡特琳娜是那么想的。那一刻他甚至觉得自己感应到了她。

“所以你真的不知道。”

“不知道什么？”

蒂托夫没有回答，反而说："我很高兴能除掉布兰那个人渣。但你刚刚告诉我的这个故事，让我不得不杀了你，很遗憾，萨瓦。来吧，我会让你死得很痛快。不过你首先得移到地毯上去，这儿全是电线，我可不能把地板弄湿。"

蒂托夫弯腰靠近他时，马克想让这个俄国人解释一下他刚刚到底在说些什么，为什么他这么关心卡特琳娜，以及他杀布兰的真正原因。但他随即想到了莱拉和达莉亚。他意识到，他没有时间问那么多问题了。他的首要任务是活下去。

蒂托夫的手一碰到马克腋下，马克就使出吃奶的劲站了起来，后脑猛地撞向蒂托夫的下巴，然后转身对着蒂托夫的喉咙挥了一拳。蒂托夫后退了一步，试着拿手枪瞄准马克，但被连到通迅桌上的延长线绊了一下。

马克扑向蒂托夫持枪的手，同时用膝盖顶了他的下体。之后，他竭尽全力咬着这个俄国人的手掌。他感觉自己的皮肤正在撕裂，骨腱分离了。

当蒂托夫的手稍稍松动时，马克将枪抢了过来，并迅速朝着蒂托夫的胸口开了一枪。他随即转向通讯桌，将手枪别在腰间，拿起 AKS 步枪，边开枪边踉踉跄跄地朝着被俄国特工把守的电梯跑去。而那个特工正在寻找掩护的地方。

电梯的左边是一扇开着的通往楼梯的金属防火门。马克跑了过去，猛地将门关上，并躲在门边的烟道墙边。一个俄国人对着门一阵扫射。楼梯间有人在马克下方用俄语喊道："赛奇！是你吗？"

马克用俄语回复道：“是的，那个美国人跑了！”

说着，马克向前跨了一步。他无法瞄准楼下的俄国人，也不知道饭店里有多少人。他抬头看了一眼，发现上面还有一层楼梯，最上面是通往屋顶的门。

他下面的俄国人喊道：“37，9！确认！”

马克猜想这是某种暗号，需要特定的回答。马克没有回答，他朝楼梯下面开了一枪后向屋顶跑去。

他转了转门把手，门没开。他把枪掰到半自动挡，朝着门闩开了两枪，向门踢去，仍然没能打开。他又开了两枪，才把门打开。

66

蒂托夫呻吟着从地上爬了起来。胸口的疼痛倒没什么，他穿了防弹衣。真正让他痛苦的是刚刚发生的事。

萨瓦。

他本该预料到这个美国人会做出这种事。但萨瓦的肺确实不行了。不过很明显马克没有蒂托夫想得那么疼。

“弗拉德！”蒂托夫叫道。

“到，长官！”

蒂托夫跌跌撞撞地走进主屋，他的右拇指在滴血。他想他的鼻子可能也破了。下体也疼得要命。他看到弗拉德，这个为俄联邦安全局效力了二十年的老兵，单膝跪着，靠在楼梯入口处的墙上，胸口压着 AKS 步枪，手扣在扳机上。楼梯间的门敞开着，被子弹打得千疮百孔。

“他去哪了？”

“屋顶，长官。”

“有人受伤吗？”蒂托夫本想责备他的手下让萨瓦跑掉了，但这么做只会更加凸显他自己的失误。

“赛奇倒下了。”

“死了吗？”

“有可能。”

通讯桌上传来两声尖锐的蜂鸣声。蒂托夫知道是莫斯科俄联邦安全局总部指挥中心发来的信息，他咒骂了一句。

“长官？”

“继续监视楼梯间。我得处理一下这个。”

莫斯科那边已经承诺会让蒂托夫知道地面部队跨越边境线的时间。此后不久，他就可以看到俄国坦克开进纳希切万和一架俄国直升机停在大不里士的屋顶。地面部队会从下到上扫荡大不里士，而蒂托夫的人和从直升机下来的特种部队将从上到下扫荡。一旦酒店被清理完毕，大不里士就会成为俄军的通讯中心。

但现在屋顶并不安全。计划得变。

他跑回通讯桌边，接过卫星电话。

“我们到边境线了，你那边准备好。”电话那头说。

“明白。”蒂托夫说。

挂断电话后，蒂托夫听到了尖叫声。最初，他不清楚声音的来源，但片刻之后就意识到是从屋顶传来的。

蒂托夫走到窗边，俯瞰大不里士酒店前的停车场。一辆阿塞拜疆装甲车刚刚驶入停车场。萨瓦在距他们十三层楼的屋顶上，拼命喊着。而装甲车中的阿塞拜疆人似乎在听他说着。

蒂托夫可以听出其中的一些词：俄国人，占领，饭店，杀阿塞拜疆人……

67

这从开始就不是一场公平的战斗，达莉亚想。

“导弹跟踪。”德克尔和达莉亚戴着无线电耳机交流着，“可能有五百磅。再多的话就承受不住了。”

达莉亚蜷缩在纳西切万北部一个有着数十年历史的战壕里，正从与战壕平行的矮石墙上的小洞中向外看。在这里可以俯瞰亚美尼亚边境线。俄国 T-90 式坦克看上去巨大无比，来势汹汹，柴油机的声音震耳欲聋。她想不出有什么能与之抗衡。他们在边境围栏处停了下来，要求阿塞拜疆军队放行。一个声称是俄国上将的人拿着喇叭站在坦克前面嚷道：

“我们是为了和平而来，为了帮助纳希切万抵御伊朗的进攻。快把门打开，不然我们就直接压过去。给你们一分钟时间考虑。”

一分钟过后，边境大门仍然紧闭着。坦克开始前进，大门在坦克面前像纸一样软弱无力，轻松被碾压了过去。不过，还没等阿塞拜疆开火，俄军队伍中最前面两辆坦克就被盘旋在距离地面大概五万英尺的一架 B-2 隐形轰炸机炸毁了。达莉亚看到坦克在燃烧。她为坦克里的士兵感到难过。因为她确信这场伪装成援助的入侵并非他们所愿。

指挥防卫的阿塞拜疆上将身穿沙漠迷彩服，站在达莉亚身旁。

嘭！两秒之后又是一声，嘭！

又有两辆贸然跨过边境线的坦克被炸毁了。之后又有两辆也遭遇了同样的命运。很明显，俄军根本没想到会遭到这样的反击。这一队人马在最初的两辆坦克被炸毁后陷入了混乱，止步不前。

达莉亚下方，阿塞拜疆一边，有三十辆阿塞拜疆军用车辆，大部分都是俄国制造的 T-90 坦克，不过比俄军现在所用的 T-90 版本旧；顶部配有防空机枪的载人装甲车，还有一些地对空导弹系统。边境线周围都是山丘，附近的战壕中挤满了全副武装的士兵。阿塞拜疆人打算等俄国人进一步推进时对他们发起进攻。但达莉亚不确定事情是否会如他们所愿。

她的耳机中响起一名突击队员的声音。

“告诉阿塞拜疆人做好准备！有袭击！”

达莉亚将消息转达给了她旁边的阿塞拜疆上将。片刻之后，一辆阿塞拜疆的载人装甲车在附近的山坡被导弹击中，滑落下去。

阿塞拜疆上将转向达莉亚说："我们的后方有俄军。我需要你将这些 GPS 坐标传达给你的队伍。"

上将将坐标读了出来；在他说的时候，达莉亚通过加密的无线电将这些信息翻译成英语传达给了连线的突击队员。

几秒钟后，附近的山坡发生了爆炸。

68

纳希切万全城都响起了警报。军车在街上呼啸而过。

萨瓦呼叫的阿塞拜疆战士通过无线电请求了救援。蒂托夫和他的手下在萨瓦逃跑后立即毁坏了电梯，阿塞拜疆的步兵只能爬楼去萨瓦那儿。他们中的两个人被打死了，剩余的人逃走了。但几分钟后，蒂托夫猜测整个步兵排都已经冲进了酒店。

这些阿塞拜疆士兵迟早会过来。

当蒂托夫看到高射炮点亮了北边的天空时，他意识到出问题了。如果阿塞拜疆不出动他们在纳希切万的米格战机攻击前进的俄军地面部队，俄军是不会动用他们在亚美尼亚空军基地的米格战机的。米格战机的声音很独特，能传到好几英里之外，可蒂托夫却听不见天上有声音。

事实上他任何战机的声音都听不到。

而这意味着不会有高射炮出现，但事实却是高射炮出现了，而且在人听不见声音的高空。肯定出状况了。随意发射的高射炮意味着雷达也无法侦测到发生了什么，就更不用说能听到什么了。

这说明阿塞拜疆在危急关头请到了援兵。也许是土耳其，不过更有可能是美国。俄联邦安全局反情报部门会查出来的，他们在美国使馆的眼线很有可能已经知道了。不过等到他们查出来怎么回事也为时已晚了。

蒂托夫的卫星电话响了起来。他没有理会，而是走进了紧急通道。

他的一个手下一直守在紧急通道的门口，好在萨瓦出现时开枪打死他。没有看到高射炮和没有听到炸弹在空中爆炸之前，蒂托夫打算让他的人占领房顶。但鉴于现在的情况，他决定改变策略。

他肩挎一把 AKS 突击步枪，拿了两个装有三十发子弹的弹夹放在防弹衣的口袋里，从脚踝的皮套中拔出一把战术匕首，戴上夜视仪，不过他把目镜翻了上去。

“我建议您别过去，长官，”守在紧急通道处的特工小声说，“楼梯不安全。如果您——”

“去他妈的。”

蒂托夫试着用匕首撬起餐厅通往楼梯的门顶端的铰链。餐厅门是用很厚的金属制成的，旨在阻挡从走廊穿过来的弹药。它的一面布满了弹眼，但门没有被洞穿。

蒂托夫右手大拇指被萨瓦咬废了，一直在抽搐。蒂托夫只好把刀换到左手。他用了好一会儿才把门栓弄掉，然后把门从铰链上移开。

“我要上去！”蒂托夫说。这个防弹门造得有些过头了，导致门极重。蒂托夫因为有一个指头不能用，所以他抬着门，举步维艰，“掩护我。”

“长官，您还是别这么做。”

“掩护我。”

蒂托夫走到楼梯井处，看了看通往楼顶的门。看来萨瓦想把门关上，但门把手被射掉了。门开了一个缝。蒂托夫一边拽着金属门缓缓爬上楼梯，一边想着楼顶的布局。

萨瓦在暗处，他肯定已经准备好朝任何一个从楼梯上来的人开枪。根据门开的方式，蒂托夫判断萨瓦在右边的位置。右边有什么呢？

一个大型空调冷凝器。

想到这儿，蒂托夫仗着自己有防弹门做掩护，爬上了最后几节台阶。他踢开楼顶的门，冲了进去，把防弹门朝他认为马克可能所在的位置放好。

69

在餐厅时，马克一直在佯装自己快不行了，但现在是真的不行了。他靠着一个空调冷凝器坐着。虽然冷凝器不能阻挡子弹，但至少可以做个掩护，而且有助于隔绝身体的热量。他从蒂托夫那儿夺来的步枪装了热成像瞄准器，所以他估计俄国人都配有这样的设备。但冷凝器散发出的热量让他汗流不止，马克感到头晕目眩，心跳加速。

他努力让自己一动不动，以防插进他胸腔的塑料管在他身体里乱动。尽管他呼吸没问题，但左胸还是疼得厉害。他担心待会儿和蒂托夫下架时会加倍疼痛。他感觉自己像被箭射中了一样，强烈地想要把那根管子扯出来，但他知道现在必须保持理智。

马克浑身不由自主地战栗。他想到了达莉亚，想到他们度蜜月时漫步在佛罗伦萨，想起他们在很多个早晨慢慢享用早餐的情景，他喝着特浓咖啡，而达莉亚喝着卡布奇诺……那时他感到出奇的平和快乐，也乐意这样消磨时光。他之前从未去过意大利，所以他在那儿没什么好担心的，也就不用总是回头张望。他又想到了现在，脑海中浮现出达莉亚和莱拉安全地藏身于比什凯克，至少他希望是这样。想到这儿，他直起身子，摆好姿势，努力保持清醒。刚刚北边天空出现的亮光至少说明俄军遇到了——

楼顶的门砰的一声开了。

马克看到好像有人拿着金属门当挡箭牌，于是他朝那边开了两枪。那边的人跑到第二个冷凝器跟前，丢下金属门。

“够了，萨瓦！”那人用俄语大喊道，马克听出了那人的声音，“你对我还活着一定很吃惊吧？要知道现在都穿防弹衣啊。就像背心一样。你没听说过这玩意儿吗？”

马克没做声。他仔细听着周围的动静，想弄清蒂托夫有没有上前来，还是只是在为另一个特工做掩护。

“陶瓷装甲，俄国的。质量很好，你可以试试。”

蒂托夫说得很轻巧，但听语气就知道他忍无可忍了。

“你摊上大事了。”马克说，“阿塞拜疆的部队已经来了。你们打不过他们的。”

“你不了解我的人，萨瓦。而且我方援军也快来了。他们可是耶烈万基地 GRU[①]的特种部队。要我是你，可不会这么自信。”

马克其实一点也没觉得自信。蒂托夫说的是实话，Spetsnaz GRU 是俄军情报部门的人中精挑细选出来的一支特种部队。“北面打起来了，打得很激烈。”马克鼓起劲说话，尽量不让自己听起来精疲力竭。

“我看到了。”

“那对你来说可不是什么好征兆。”

“你我都不知道那意味着什么。我知道的就是要看好这个酒店的楼顶，以便我们的直升机能顺利降落。要是我们的直升机到了你还活着，那就是我输了。不过我们直升机里的人还是会把你除掉。”

“鬼也知道他们会。”

“即使要对付的是你这么狡猾的人，他们也会来很多人的。所以你不是死在我手里就是他们手里。”沉默了好一会儿，蒂托夫又说，“如果他们没来，嗯……对，那就意味着入侵失败了，那对我来说可不是什么好事，明白吗？到时即使你不杀了我，这帮阿塞拜疆人也会。”

马克没吭声。

蒂托夫说：“所以，萨瓦，你准备现在杀了我吗？”

马克还是没作声。

“哦对了，卡特琳娜曾经是我的半个妹妹。你不知道吧。我们是

---

① 格勒乌（GRU）创建于公元 1918 年 10 月 21 日，是俄罗斯联邦最大也是最为秘密的情报机构。

同母异父的兄妹，我爸爸在我两岁时去世了，后来我妈妈改嫁了，然后就有了卡特琳娜。她比我小十岁。”

蒂托夫的这番话像在空气中凝滞了一般。马克的喉咙被冷凝器烤得要裂开似的，咽一下口水都很困难。卡特琳娜和蒂托夫之间有关系让马克很震惊，但不及蒂托夫的话外音让人震惊。

“曾经是你的妹妹？”马克说。没见蒂托夫说话，马克又问，“你说的曾经是什么意思？她怎么了？”

楼下响起了更多的警报声。马克听到酒店门口传来急刹车声。他朝北边扫了一眼，没看到什么打仗的迹象。

蒂托夫说：“也许有人会说是我杀了她。很多年来我都矢口否认，但我现在不否认了，在某种意义上的确是我害死了她。”

“你做了什么？”马克深呼吸了一口，发觉自己没有像想象中那样犯恶心。对他来说，杀死蒂托夫的力气还是有的。

“她不了解我。她认为我在使馆工作。”

马克努力回忆着那段时间的事。对，卡特琳娜提起过她有一个哥哥。马克想起她说过她的妈妈和哥哥都支持前苏联，并且因为自己是美国人，所以卡特琳娜担心她妈妈和哥哥不喜欢自己，所以从没带自己去见过她家人。马克当时因为太沉浸在和卡特琳娜的感情里，所以对这些没有多加注意。

“她不了解你哪些事？”

“我二十一岁时在莫斯科上大学，期间被迫中断学业去阿富汗参战。战后我所属的坦克营指挥官被吸收进了克格勃。他带上了我。”

马克想起奥尔汗说的话，说："你在阿富汗贩卖海洛因。当时那个指挥官是你们老大，现在也是——他是俄联邦安全局的局长。这正好解释了你为什么会在这儿。"

"没错。我的确做过一些不那么光彩的事，我不否认。但卡特琳娜自始至终都不知道我在克格勃干过。她只知道我当过兵，后来去了俄罗斯驻第比利斯使馆。"

马克忽然想起了什么，"卡特琳娜知道你的贩毒史吗？"

"她不知道。"

"她画的罂粟花是在暗指什么吗？"

"我也这么想过。但没有。我觉得她什么也不知道。看见罂粟花时，我想到的是花籽能做毒品，她看到的就只是漂亮的花而已。"蒂托夫忍不住打了一个哈欠，"去第比利斯是个错误。我妈妈和卡特琳娜都在那儿。可当时我没得选。而且我没让她去接近你，明白吗？我没想利用她。可当她告诉我她谈了个美国男友时，我自然就要去查查这个美国人的身份，为什么要来格鲁吉亚。谁让她是我妹妹呢。我调查后了解到了你的一些事，我了解到你在大学里结交了一帮不省油的灯，所以我派人盯着你。后来我看到你和中情局的布兰见了面……我当时就应该让卡特琳娜和你分手，我应该告诉她你很危险。"

"对她来说我一点儿也不危险。"

"但我犯了个错误。我把卡特琳娜和你的关系告诉了我的上司。然后他们就让我利用卡特琳娜和你的关系去调查你，调查你和拉里·布兰在搞什么鬼。你知道我在克格勃工作，这对我来说是个很好的机会。是我自己出钱帮妈妈负担卡特琳娜的学费。”

“是你在她包里放的窃听器？”

“对。是我放的。我不该这么做。如果我不把她牵扯进来，她就不会成为他们的目标。”

“她怎么了？”

“她被杀了，就在你被放走的那一天。”

马克猜到蒂托夫接下来要说什么，他的心怦怦直跳。

“所以你现在知道了，”蒂托夫说，“你的那位朋友拉里·布兰不止安置了那些格鲁吉亚的罪犯——”

“他们是格鲁吉亚的爱国人士，为保卫自己的国家而战。”

“奥赛里安尼和他的人都是罪犯！”蒂托夫用颤抖的声音说。“布兰不只是让那些罪犯杀了抓你的那帮人，他还派他们去杀……”

蒂托夫没有继续说下去，也许是不想说，也许是说不下去了。

“卡特琳娜，”马克说，“你是说拉里·布兰派人把她杀了？”

布兰会那样干吗？马克和布兰可是二十四年的老朋友了。

马克知道布兰会的。如果布兰觉得卡特琳娜是克格勃的特工，而不只是某个特工的傻妹妹，他会那么干的。

“对。就是那个布兰和那帮罪犯把她杀了！因为他杀的是我妹妹，所以这些年来我一直在找他……”

如果是二十年前，马克也许会哭，但现在年纪大了，经历得太多了，这些已不足以让他流泪了。自从1991年离开格鲁吉亚后，他常常想起卡特琳娜，他觉得她应该幸福快乐地生活着。她会重新爱上一个对她好的人，闲暇时画画，享受着青春美貌，优雅地老去。也许她也会不时想起马克。马克和卡特琳娜最终都是彼此生命中的匆匆过客，可谁又不是谁的匆匆过客呢？与其天长地久，不如曾经拥有。

马克多希望能回到过去，回到卡特琳娜身边，好好待她。马克想跟她说声对不起，希望她安好。

“我妈妈自那以后一蹶不振，一年后就去世了，卡特琳娜的死对她打击太大了。”蒂托夫说。

马克垂下头来，回想起救他的那些格鲁吉亚人是怎样快速解决俄国人的。他一想到卡特琳娜也遭受了那样的待遇，就浑身难受。那样做真的很差劲。他不明白为什么老天让他活了这么久，却早早收走了那些更美好的生命。

他发现自己呼吸急促，就快过度呼吸了。

“那幅画，”马克说，“在哪儿——”

“我在卡特琳娜寝室里找到的。当时画还没干透呢。可能她被杀前才画完。我把那幅画给了妈妈。妈妈每天都要在画边点上一根蜡烛，直到她去世。后来我继承了妈妈的房子。我把房子出租了，但那幅画一直放在顶层阁楼里。我实在不忍把画扔掉。后来我发现可以把它放在达希酒店，让那个拉里·布兰死前见上一眼。”

卡特琳娜是无辜的，马克心想，她只是持续了这么久的冷战所摧毁的无数生命中的一个。她的死对结束冷战毫无帮助，死得毫无意义。

蒂托夫很久都没有说话。各种喊叫声、警报声和零星的枪炮声不时在马克耳边响起。

正当马克想蒂托夫是不是说完了的时候，蒂托夫开口说了一句：“人生很可笑，萨瓦。”

马克闭上眼睛，头靠在热乎乎的冷凝器上，手枪和突击步枪放在膝盖上，说：“你说得对。”

70

马克听到两声尖锐的蜂鸣声。过了一会，像是蒂托夫在打电话，“了解。谢谢你们为我所做的一切。”

之后蒂托夫沉默了几分钟。

在他们下方，炮火声越来越大，也越来越密集。楼梯间响起一声爆炸声，也许是某扇门被炸开了。

“什么情况？”马克问。

“你知道我退休后打算做什么吗，萨瓦？不，你当然不知道，我告诉你吧，我想去一家可以打猎和钓鱼的山庄做经理。一个很大的山庄，俄罗斯东部最好的。当然，我更想自己当老板，不过我有自知之明，我这样的人不适合当老板。但我很擅长帮别人打理。而且那种生活也不坏。”蒂托夫停了一下，继续说，“不会有直升机了。我们的军队正在撤回亚美尼亚。企图入侵的事从未发生，我也从没出现在这儿过。”

马克冷笑了一下，松了口气，但由于身体实在太虚弱，连高兴的力气也没有了。

“这是你干的好事吗，萨瓦？凭阿塞拜疆人的一己之力是阻止不了我们的，我想是美国在帮他们。”

马克想要是他没有调查拉里的死，没有发现无人机基地，没有告诉奥尔汗俄国在发展军队和蒂托夫在纳希切万领导的准军事行动，奥尔汗根本不会想到向美国求援——马克对此很确定——那么纳希切万很可能就会落入俄国手中，接下来的几年俄国人就会利用纳希切万威胁阿塞拜疆，同时告诉那些从前前苏联分裂出来的国家，反抗重新崛起的俄国就会落得阿塞拜疆这样的下场。在这个意义上，他成功阻止了多米诺骨牌似的连锁反应。

但他知道此逻辑不通。依照那个标准，是蒂托夫杀了拉里，引出了深入调查，从而阻止了多米诺骨牌倒下。或者说是奥尔汗来到疗养院阻止了事情的发生。甚至可以说是卡特琳娜在几十年前同意和马克一起喝茶阻止了事情的发生，要是没有卡特琳娜，蒂托夫和马克也不会有交集。

不过，尽管表面上看是这样，马克也无法相信仅凭一个男人或女人的一己之力就能够控制一个国家的命运……不管这个男人是总统，还是间谍，或者是一个只是想像雷诺阿那样画画的年轻女人。

马克说："要是你现在向我投降，我还可以留你一命。"

马克年轻时所遭受的折磨，所目击的死刑——即使他在经历了这么久之后再去回想，想象着如果自己是蒂托夫——即便是那样他也不认为蒂托夫的暴行可以被原谅。不，蒂托夫所施加的那些不必要的痛苦，都远远超出任何一个正常人所能承受的范围。也许他是卡特琳娜同母异父的哥哥，但他绝没有她那样的善心。

然而，马克并不是要复仇。他会尽一切努力让蒂托夫不被愤怒的暴民当街绞死。

"生存和生活是不一样的，萨瓦。你们所有人都应该知道这一点。"

马克没有回答。

蒂托夫说："阿塞拜疆人不会轻易善罢甘休的。我现在要站起来了。"

马克绷紧身子，准备好冲锋枪，"举起手来，不许碰武器。"

"你知道，我可不这么想，萨瓦。"

马克抬眼看了一下被他当作护盾的空调冷凝器。蒂托夫的身影已完全暴露在月亮的微光下。他拿着手枪，夜视护目镜被翻起。马克知道蒂托夫想让他做什么，但他不想这么做。

"趴下！"马克叫道。

"动手吧，萨瓦！"

蒂托夫朝着冷凝器上方开了一枪。马克一阵耳鸣。

"趴下！"

蒂托夫又开了一枪。

马克顾不上胸口的疼痛，从冷凝器后面滚了出来，将手枪从安全挡调到半自动挡，对着蒂托夫的胸口扫射了一圈。蒂托夫倒下时，马克迅速上前，朝他拿枪的手开了一枪，然后将他的冲锋枪踢开。

蒂托夫睁大了双眼，张着嘴。有那么一会儿，他看上去无法呼吸。但很快就又缓过气来了。

“蠢货！我说过我穿了防弹衣。”

“我记得。”

蒂托夫闭上嘴，用鼻子急促地呼吸了几下，“拜托了，就算不为我，也为卡特琳娜吧。”

马克慢慢地举起冲锋枪，将靶心瞄准蒂托夫额头正中，扣动了扳机。

他自言自语道：“那就为了卡特琳娜。”

71

——阿塞拜疆，纳希切万——

——六小时后——

达莉亚不知道美国突击队悄声讨论的是否真的是马克。

当传来的秘密情报说可能是一个美国人单枪匹马阻止了俄军占领大不里士酒店时，达莉亚希望那个人是马克。当德克尔打电话给考夫曼，得知已经联系到马克，并且可以在机场见到他时，她的期望就更大了。但直到她看到马克背着皮包，从阿塞拜疆的装甲车下到机场停机坪时，她才确信这是真的。

“马克！马克！这边！”达莉亚向他跑去。马克转过身，发现是达莉亚时，一脸疑惑。他向身边的两个阿塞拜疆军官打了个手势，让他们不用担心。

“达莉亚？”

他面容枯槁，黑眼圈极重，声音听上去既疲惫又困惑。他似乎在发抖。

“噢，马克。”达莉亚担心极了。

他们拥抱了彼此。达莉亚抱着马克的时候感觉他身体僵硬，仿佛很痛苦。

“你受伤了。”她说。

“我没事。”

“不，你有事。”达莉亚在他们拥抱的时候感觉到有东西从他的胸口鼓了出来。她把手放在马克胸口。“那是什么？”

“没什么。”

他的声音很沙哑，好像抽了很多烟。

“不对。”

“肺有点小问题，会好的。”他咳了一声，“奥尔汗给我安排了几个医生，有一个应该就在机场。达莉亚，你来这干什么？”

“来找你。”

达莉亚告诉马克她收到短信后和考夫曼做的交易，还有她和德克尔一起协助阻止俄军入侵的事。

“我不知道说什么好。谢谢你。”马克接着又问，“莱拉呢？”

达莉亚不知道马克这么问仅仅是出于父亲对女儿的关心，还是在暗示自己应该在家照看女儿，即使他可能回不去了。

“和娜吉拉在一起。在她托克马克的表亲家……莱拉很安全，别担心。”达莉亚十分钟前才和娜吉拉通过话。莱拉也能吃奶粉了。

“那就好。”马克闭上眼。“很好。”他深吸一口气，说，“我买到了那个护臀霜。”

“什么？”

“Desitin，你想要的那款，我在巴库买到了。”

“好吧。”达莉亚不知道他是不是精神错乱了，或试着打趣，或者仅仅是在描述事实。但此时此刻她一点都不在乎什么护臀霜。“都发生了什么，马克？你看上去像是经历了一场战争。”她注意到他耷拉着肩膀，好像连站着的力气都没有了，“给我，让我拿吧。”

达莉亚卸下马克的包背在了自己身上。

“我还买了些其他东西，不用挂起来，但也不能把它扔掉，我也不知道要拿它怎么办。”

“你在说什么？”

“这几天太奇怪了，亲爱的，我……”他轻轻摇头，声音低了下去。

达莉亚担心地打量着他。

她很了解自己的丈夫，知道他在遇到麻烦时会变得沉默寡言。他的目光会变得静如死水，几近冷漠，然后心无旁骛、想方设法地完成工作。达莉亚对于他这一点又敬又怕，不过她也知道这是他能活下来的原因。

虽然她从未见过此刻马克脸上的表情——要不是太了解马克，她会觉得马克很悲伤。

“嘿。”她轻轻地靠着他，小心翼翼地不去刺激他的伤口。他低下头靠在达莉亚身上，他们感觉到了彼此的呼吸。

“你会好起来吗？”

“嗯，当然。”

“你确定吗？”

马克抬起头。第一次，他笑得那么勉强，但眼神很释然。他看着达莉亚，就像第一次看到她一样，露出了一个充满倦意但真诚的微笑，“是的，你，我，莱拉。我们都会没事的。”

尾声

——阿塞拜疆，巴库——

——六个月后——

“您瘦了，甘巴尔部长！他们对您太过分了。您必须吃点东西。”

奥尔汗·甘巴尔赤身裸体地趴在巴库市中心一家他最喜欢的土耳其洗浴中心的按摩床上。按摩师是个阿塞拜疆胖子，他的体型很容易让人联想到相扑运动员。按摩师正在按摩奥尔汗的大腿和屁股。

“还有两公斤。我必须再减两公斤。”奥尔汗说。他现在仍然很胖。虽然他的按摩师觉得他不胖，但他的女儿和私人医生可不这么认为。不过比起从前，他已经瘦了不少。

“我必须遵循减肥疗法。”

“我可不同意这种疗法。”

按摩师将的手放在奥尔汗右边屁股靠下的地方，使足劲压了下去，坚持了几秒后放开，再用手拍了拍奥尔汗的屁股。那坨肉晃荡了几下。

“我答应女儿了。她说，要是我没这么胖，她会更尊敬我。我跟她说不准这样和父亲说话，不过她说得好像有点道理。也许那是出于她对我的关心。”

奥尔汗心情很好，因为内政部长前一天终于在吉布斯坦监狱被处死了，联合国监督纳希切万无人机基地拆除工作的最后一批人也走了。俄国那边也已经表示，只要阿塞拜疆限定直接运送到欧洲的天然气总量，他们就不会再骚扰阿塞拜疆，

“女儿啊。”按摩师说，“我也有女儿，女孩总喜欢和父亲顶嘴。从网上学坏。”

奥尔汗咕哝着表示同意，“丫头们小时候还好管些。”

“一点没错。给我手。”

奥尔汗伸出右手，按摩师开始使劲儿按。

“就说我认识的一个美国人吧。”奥尔汗说，“现在他的日子好过多了。他和妻女刚搬到了巴库，小姑娘很漂亮，我见过。可她太小了，还不会说话。她不知道他父亲是干什么的。我也不能对外人说，反正不都是好事儿，你懂吗？”

“当然，甘巴尔部长。”

“你看，等这个女孩长大，知道她父亲是做什么的后，这个当爹的就有麻烦了。”

奥尔汗闭上眼睛，真正放松下来。他想着萨瓦每天推着昂贵的婴儿车陪女儿在巴库湾漫步的傻样。他派去监视萨瓦的人说那辆婴儿车

值四百多美元！什么男人会干这种事？

“也许这个美国人将来会改行吧？”

奥尔汗笑了笑，咳出一些痰，吐了出来，“我觉得他不会。”

致 谢

我越写越意识到自己是个多么幸运的人。我身边有一群智慧、忠诚、友善的人一直在鼓舞激励着我。

非常感谢我的经纪人理查德·柯蒂斯。他在这本书的写作、编辑和出版方面都给了我诸多宝贵建议。我还要谢谢我的图书发展编辑克莉丝汀·亨利·泰萨，她对“马克·萨瓦”系列小说，尤其是这本小说，做出了十分巨大的贡献。多亏了蒂姆·吉福德、大卫·马里兰、斯科特·斯通、海瑟·卡瑟罗、约翰·维克斯达夫和马克·布尔斯坦，《间谍之死》这本书才得以以今天的面目问世。迈克·林格伦对本书做了详细的校对。

在这里我还要特别感谢克里斯托弗·莱恩。他将“马克·萨瓦”系列的小说朗诵了出来。书中有大量类似纳希切万这样的外国人名和地名，这些都给朗读工作增加了困难，但莱恩读得很地道。

写这本书的时候，我亲自拜访了书中涉及到的地方，采访了很多人。这些受访者对我的写作给予了极大的帮助，但由于政治敏感性，为了更好地保护这些受访者，恕我在这儿不能一一列举他们的名字。但我将永远感激他们。我还要谢谢很多记者、学者和前美国中情局的长官们，他们的写作启迪了我。在我的个人网站 danmayland.com 上有一份详尽的参考文献。

最后，我还要感谢我的妻子科琳和我的孩子科尔斯顿和威廉，感谢他们一直以来对我的支持。他们永远是我栖息的港湾。

图书在版编目（CIP）数据

间谍之死 / (美) 丹·马里兰著；彭娟等译. -- 天津：天津人民出版社, 2018.8（2019.3重印）
书名原文: Death of a Spy
ISBN 978-7-201-13871-8

Ⅰ. ①间… Ⅱ. ①丹… ②彭… Ⅲ. ①推理小说—美国—现代 Ⅳ. ①I712.45

中国版本图书馆CIP数据核字(2018)第176317号

著作权合同登记号：图字 02-2018-211 号

间谍之死
JIANDIE ZHI SI
[美] 丹·马里兰 著 彭娟等 译

出　　版 天津人民出版社
出 版 人 黄　沛
地　　址 天津市和平区西路西康路35号康岳大厦
邮政编码 300051
联系电话 022-23332469
网　　址 http://www.tjrmcbs.com
电子邮箱 tjrmcbs@126.com

责任编辑 金晓芸
产品经理 陈海滨
封面设计 戈梦华

印　　刷 天津旭丰源印刷有限公司
经　　销 新华书店
开　　本 880×1230 毫米 1/32
印　　张 12
字　　数 197 千字
版次印次 2018 年 8 月第 1 版 2019 年 3 月第 2 次印刷
定　　价 57.00 元
